清工筆彩繪插圖《聊齋圖說》之〈嬰寧〉（一）

清工筆彩繪插圖《聊齋圖說》之〈嬰寧〉(二)

清工筆彩繪插圖《聊齋圖說》之〈嬰寧〉（三）

清工筆彩繪插圖《聊齋圖說》之〈嬰寧〉（四）

清工筆彩繪插圖《聊齋圖說》之〈嬰寧〉（五）

清工筆彩繪插圖《聊齋圖說》之〈紅玉〉(一)

當代大師馬瑞芳品讀聊齋志異

有意思的聊齋

狐卷

馬瑞芳——著

總序

中華傳統文化經典《聊齋志異》

二十一世紀，中華傳統文化大熱，中宣部及國家相關文化部門組織實施了多個傳統文化傳承發展重點項目，我有幸參與了其中兩個。一個是中國作家協會組織實施的《中國歷史文化名人傳》叢書出版工程，組織當代一百餘位作家給在中華文化發展史上產生過重大影響的一百餘位歷史文化名人撰寫傳記；另一個是由中宣部支持指導、文化和旅遊部委託國家圖書館組織實施的《中華傳統文化百部經典》編纂專案，從文學、歷史、哲學、科技、藝術五大門類挑選百部經典作品，深入淺出地進行解讀。這兩個重點專案中，有關蒲松齡和《聊齋志異》（以下簡稱《聊齋》）的分冊都由我承擔。

到二〇一七年年底為止，我出版的關於蒲松齡和《聊齋》的書已有二十多種。常有讀者問：「您是從什麼時候開始讀《聊齋》的？」十年前，易中天教授也問過這個問題。我當時半開玩笑地回答：「我在娘胎裡就開始讀。」因為母親的嫁妝書箱裡有《聊齋》，我小時候常聽母親講《聊齋》故事。母親告訴我們七兄妹：勤奮讀書，誠信做人，敬老愛幼，會有好報；耍奸取巧，損人利己，就會遭殃。我印象最深的是《聊齋》人物細柳，她的兩個兒子好逸惡勞，細柳便用「虎媽」的方式教育他們，結果一個兒子考中了進士，一個兒子成了富商。母親總結這個《聊齋》故事說：「自在不成材，成材不自在。」母親用這十個字教育我們七兄妹，一九六五年之前把她的七個子女都送進了全國重點大學。「自在不成材，成材不自在」這十個字，我一輩子都忘不了。

因為母親的影響，我對《聊齋》有特殊的情感，而《聊齋》對傳統文化的意義是我畢生研究的動力。廣大讀者對《聊齋》的瞭解可能多來自影視傳播的內容，其實，很多看似和《聊齋》無關的內容，也和《聊齋》有著千絲萬縷的聯繫。例如二〇一七年年底，日本作家夢枕獏的《妖貓傳》在中國大紅，而《妖貓傳》就是模仿《聊齋》寫成的。《聊齋》早在江戶時代（一六〇三－一八六八）就傳入日本，在日本可謂家喻戶曉，很多日本作家——例如芥川龍之介——都學過蒲松齡。其實，在世界範圍內，不僅暢銷書作家學《聊齋》，經典作家也學《聊齋》，馬奎斯、波赫士等拉丁美洲魔幻現實主義大師把蒲松齡當作榜樣，中國的諾貝爾文學獎得主莫言也自稱是蒲松齡的傳人。我認為蒲松齡最重量級的承傳者是曹雪芹，《紅樓夢》在小說主題、哲理內蘊、詩化形式、形象描寫等方面都受到《聊齋》的影響。

《聊齋》受到古今中外文學家的青睞，絕不僅僅是因為內容獵奇。過去，人們習慣性地認為《聊齋》是談鬼說狐的閒書，其實它是中國傳統文化的重要承襲者。世界各大百科全書介紹《聊齋》時都稱它為短篇小說集，法國大百科全書卻說《聊齋》達到中國古代散文的藝術高峰。為什麼這樣說？因為《聊齋》是用文言文寫成的。文言文是古代官方和民間約定俗成的書面語言，只有熟讀詩書的人才能運用自如。用文言文寫作，不僅要講究嚴格的古漢語語法，要有豐富的辭藻和飛揚的文采，而且要能把經史子集裡的典故信手拈來。《聊齋》引用上千種經典，近萬條典故，文字不僅典雅嚴整，而且生動活潑，清新自然，富有詩意，真正把文言文寫得出神入化，讀起來賞心悅目，聽起來音韻鏗鏘。所以，它既有小說的特點，同時兼具散文的特色，對於寫作的人群來說，是不可多得的借鑑佳品。

《聊齋》在課堂上有怎樣的地位？著名作家孫犁先生說過一句很有哲理的話：「文壇上的尺寸之地，文學史上的兩三行記載，都是不容易爭來的。」而在各種文學史上，不管是社科院主編的，還是教育部主編的，《聊齋》都占了整整一章。一九六〇年，我考進山東大學中文系，我們不僅要學《聊齋》的文學史必修課，也要學好幾門《聊齋》的選修課。《聊齋》也出現在初高中[1]語文課本必讀篇目裡，初中語文課本選取了〈狼〉、〈山市〉這種《聊齋》中精金美玉般的散文，高中語文讀本選取了《聊齋》中最好的故事之一〈嬰寧〉。而以前收錄在高中語文課本裡的〈促織〉，我認為選的版本並不好，值得探討。

《聊齋》對大眾讀者有什麼啟發呢？數百年來，《聊齋》在每個時代都有大量忠實粉絲，時至今日，讀者的熱情仍然高漲，既是因為《聊齋》談狐說鬼，構建起一個撲朔迷離

1 編者註：中等教育。中國學制稱為初中、高中。台灣為國中、高中。

的瑰麗世界，令人著迷，也是因為它的故事裡充滿發人深省的人文關懷。蒲松齡在講述一個一個引人入勝的故事時，用他的視角向讀者傳遞：在荊天棘地的社會中，人如何生存？在舉步維艱的情況下，人如何發展？怎樣面對人生逆境困境，怎樣置之死地而後生？怎樣把人的潛能發揮到最大限度？怎樣對待「愛情」、「財富」、「地位」這三個永恆的人生難題？總而言之，就是人為什麼活著？人生的路怎麼走？《聊齋》人物的人生閱歷、喜怒哀樂、悲歡離合，對我們現代人仍有啟發，仍能起到借鑑作用。這也是《聊齋》被選入初中、高中、大學課本的原因。無論是少年，還是而立之年，無論是到知天命，還是步入耄耋之年，每個人都可以從《聊齋》的虛幻世界找到對現實人生的種種解答。

北京大學吳組緗教授曾說：「對於《聊齋》，我們應當一篇一篇加以分析評論。因為每一篇作品都是一個有機的藝術整體，各有自己的生命；我們必須逐篇研究，探求其內在的精神和藝術特色。」二〇一八年，我在喜馬拉雅講《聊齋》，選講百餘篇膾炙人口的名篇，保持經典的原汁原味，一篇一篇細講，裡邊一些畫龍點睛的名言，其實是早就活在老百姓的日常生活中的。現在，我把所講的內容按照鬼、狐、妖、神、人的主題編為圖書，以饗讀者。感謝喜馬拉雅價值出版事業部負責人陳恒達，天地出版社副社長陳德，天喜文化公司總編輯董曦陽，以及各位編輯的辛勞。

＊本書黑白插圖選自《詳注聊齋志異圖詠》；彩色插圖選自《聊齋圖說》，由蒲松齡故居提供，在此謹致謝忱。

序
大美傳奇狐狸精

《聊齋》想像力奔馳，有所謂「飛翔的靈魂」，是一部成人童話，其中最吸引讀者眼球的就是狐狸精。二〇一二年諾貝爾文學獎得主莫言有一首憶往昔的打油詩：「少小輟學業，放牧在荒原。藍天如碧海，牛眼似深潭。河底摸螃蟹，枝頭掏鳥卵。最愛狐狸精，至今未曾見。」

在基督教文化和東亞文化中，「狐狸精」多屬貶義詞。「狐狸精」意味著美麗和欺騙，意味著對傳統道德的背叛。中國人習慣把淫蕩迷人的女人叫「狐狸精」。

狐狸精是中國小說慣用的題材。傳統觀念認為，狐是妖獸，是狡猾的動物，狐狸精化為美女蠱惑男子，吸人精氣，採陽補陰。戰國時的《山海經》寫幽都山玄狐是陽界英雄的剋星；六朝小說把雌狐精叫「阿紫」，稱其專門迷惑男子，《玄中記》說「狐五十歲，能變化為女人，百歲為美女」、「能知千里外事，善蠱魅，使人迷惑失智」。截至宋代的《太平廣記》，寫狐狸精的文言短篇小說有八十三篇。前人小說中的狐狸精的最大特點是害人，使人健康受損、喪失理智甚至生命。狐狸精的壞名聲，多半來自《封神演義》，妲己狐媚，害人毀國的故事，廣為流傳。唐傳奇《任氏傳》中的狐狸精是《聊齋》之前寫得最好的狐狸精。故事中的任氏美麗自重，忠於愛情，但她身上仍保留著狐狸精最致命的特徵——見到獵犬就恢復原形，最終葬身獵犬之口。《聊齋》徹底顛覆了狐狸精的傳統寫法，塑造了多彩多姿的狐狸精形象，描繪出美麗迷人、智謀超群的狐狸精美女群像，以及運籌帷幄、懲貪治虐的狐叟、狐書生行樂圖，在狐狸精故事中寄寓了深刻的社會內容和哲理思考。

一代美學宗師朱光潛教授曾說：「我在讀了《聊齋》之後，就很難免地愛上了那些夜半美女。」這些「夜半美女」多半是狐女。她們風華絕代、風情萬種地向讀者款款走來：

嬌娜。嬌波流慧、細柳生姿、純如水晶的陽光女孩。她用狐狸精修煉的紅丸治病救人，她跟聖人後裔孔生既非夫婦，亦非情人，卻心靈相通，必要時能為對方獻出自己的生命，體現出男女間情深意重卻與「性」無關的「第四種感情」。

嬰寧。愛花愛笑的狐女，有一種道家式的超然境界。蒲松齡稱「笑矣乎」、「我嬰寧」。中國古代文學中，林黛玉哭得最美，嬰寧笑得最美。嬰寧把古代女子不能笑、不敢笑、不會笑的一切陳規打破了。她愛花成癖，是王母御花園裡被貶到人世的仙葩。

小翠。兼具貂蟬的面貌和孔明的心智。仙品狐女到人間替母親報恩，報得圓滿有趣。她陪傻丈夫傻玩瘋鬧，玩鬧著把公爹的宿敵「玩倒」；她略施小技將傻丈夫變成俊朗男兒。王公大臣的智慧和心靈在「顛婦」跟前相形見絀。

阿繡。她冒民間少女阿繡之名跟劉子固相會，不為鳩占鵲巢，只為追求前世已在追求的美，透過劉子固的誤認，判斷自己有沒有將美修煉成功。她寬宏大量，與人為善，在追求形體美的過程中，造就了心靈美。

鴉頭。被逼做妓女的狐狸精，堅決拒絕前門迎新、後門送舊的糜爛生活，忠於自主選擇的愛情，機智地掌握自己的命運，與愛人私奔。被鴇母抓回後，受盡鞭撻，仍矢志不移。蒲松齡甚至將這個地位卑賤的狐妓跟唐代名臣魏徵並列。

紅玉。被馮生父親轟走的紅玉，並沒有一走了之，而是幫馮生娶下美妻。馮家遭受塌天大禍，紅玉又回到馮生身邊幫他重振家業。她頭腦冷靜，智謀超群，被大文學家王士禛看成「狐亦俠」：像搜孤救孤的程嬰、公孫杵臼那樣俠肝義膽的人物，很少能從女性中找到，何況狐仙？

辛十四娘。亭亭玉立的紅袖少女因鬼郡君亂點鴛鴦譜來到人間。在風雨如磐的社會，辛十四娘如大將臨敵，挽狂瀾於既倒，巧治強橫勢力，救助輕狂男人，而後功成身退，明哲保身。蒲松齡把她看成「狐中仙」。

青梅。狐女後裔冷靜地掌握自身命運，從低賤的丫鬟變身誥命夫人。

還有青鳳、蓮香、舜華、封三娘、胡四姐……她們各有各的勾魂故事，且同樣搖曳多姿。《聊齋》狐狸精思想開放，富有活力，行為豁達，不受封建禮法約束，既用迷人風采吸引男人眼球，又充滿獨立意識和舍己精神，想愛就主動地愛，想恨就大膽地恨，想合就義無反顧地合，不想合就拂袖而去。她們是處理難題的能手，靠過人的才智在社會安身立命，活得自在瀟灑，不做男人的附庸。既能在男人受難時相救，也能像〈武孝廉〉中的狐女那樣把負心漢押上道德法庭。

《聊齋》男狐往往承載著更廣泛的社會批判意蘊。有學問、富於閱歷的狐叟，有時是非常有派頭、講究家教的封建家長，如〈青鳳〉裡棒打鴛鴦的叔叔。

狐叟還經常擔任人間善惡的判斷者。〈九山王〉中遭受滅族之禍的老狐狸，是一位優秀的人類心理分析師。他從李秀才對毫無仇怨的狐狸全家下狠手一事，看出李秀才「方寸之間已有盜根」，處心積慮讓「盜根」生根、發芽、登峰造極，令其成了造反的九山王，最終給李秀才帶來滅族之禍。

〈遵化署狐〉中官員殺害群狐，狐叟用揭發他的貪汙行為來巧妙報復。〈王子安〉裡的狐狸精則調侃了利慾薰心的書生。

狐女、狐叟，個個神采飛揚，實在好看極了！

目錄

繁體版體例說明

1.《當代大師馬瑞芳品讀聊齋志異》，當篇行文提及《聊齋志異》原文時，以標楷體特別標示。

2.本套書註釋，若無特別標註，皆為原版註釋，繁體版註釋則標明「編者註」。

01 嬌娜
狐狸精是陽光女孩

嬌娜是優美的狐狸精，單純、美麗、善良，簡直可以說是陽光女孩。這陽光女孩還和孔聖人後裔孔雪笠來了場亮堂堂的精神戀愛，他們之間產生了一種詩意化的感情，我把它叫作男女之間於親情、友情、愛情之外的「第四種感情」——沒有婚姻關係也沒有肌膚之親，卻相知很深，能在關鍵時刻為對方獻出自己的生命。

有沒有搞錯？狐狸精怎麼會是陽光女孩？狐狸精怎麼能跟人搞精神戀愛？這不是太離奇了嗎？蒲松齡這位作家，就是不按常理出牌。他硬是用生花妙筆塑造出一個令人信服的陽光女孩般的狐狸精，徹底顛覆了傳統的狐狸精形象。

在傳統觀念裡，狐狸精從來不是什麼好東西，她們美麗而貪婪，違背傳統道德，甚至禍國殃民。《封神演義》裡的蘇妲己有多壞可謂路人皆知。而蒲松齡卻在《聊齋》中創造出一大批美麗迷人的狐狸精，其中嬌娜是最早出場的。

我們先來看看蒲松齡筆下的人物命名用了什麼高招。〈嬌娜〉這個名字本身就很有魅力，它有兩重含義：一曰嫵媚可愛，一曰婀娜多姿。男主人公孔雪笠乃孔子後裔，身上應當彙集儒家傳統文化精華，名字叫「雪笠」，大雪紛飛時給你一頂斗笠，不就是雪中送炭嗎？「雪笠」暗含柳宗元詩：「千山鳥飛絕，萬徑人蹤滅。孤舟蓑笠翁，獨釣寒江雪。」孔雪笠身上確實有頂風冒雪、頑強不屈、凜然無畏的氣勢。蒲松齡擅長給小說人物命名，人名就是性格，人名就是命運，這種情況在聊齋故事中屢見不鮮。

〈嬌娜〉一篇中首先出場的是男主角孔雪笠。《聊齋》經常讓男主角帶著獨特的個性出場，這個性往往還能決定故事的發展趨向。

〈嬌娜〉開頭寫：「**孔生雪笠，聖裔也。為人蘊藉，工詩。**」短短十數字，包含多種意思。第一，他是孔聖人後代，暗含他秉持孔子宣揚的君子之道、處世美德。第二，他「**為人蘊藉**」，即做人寬厚、含蓄、有涵養。蒲松齡特別喜歡把「蘊藉」一詞用到《聊齋》裡的男主角身上，而且他們表現出的往往不僅是寬厚有涵養，還有捨己為人、大義凜然。第三，孔生擅長寫詩。小說裡沒寫他自己的詩，但寫到他擅長用前人的詩來表達感情，例如他曾用「曾經滄海難為水」表達對嬌娜的念念不忘。

小說開頭寫道，孔生的朋友在天台做縣令，他去找他的朋友，偏又遇到朋友去世了，孔生沒錢回家，只好借居寺院給和尚抄經卷。寺院西邊是單宅，三年前，單家公子因為打官司致使家境變得蕭條，於是搬到鄉下去住，這些房子便空閒了。有一天，大雪紛飛，孔生經過單家門口，看到一個小夥子從門裡走出來，「**風采甚都**」。什麼意思？儀容秀美，風度翩翩。

小夥子看到孔生，就上來施禮，請他到家裡做客。孔生對小夥子有好感，痛快地跟他去了。孔生發現屋子裡有很多古人書畫，桌上放著一本他從沒見過的書，名叫《琅嬛瑣記》。這是個虛構的書名，傳說中，琅嬛福地是神仙居住的地方。蒲松齡用這一虛構的書名暗示住在這裡的人不是尋常人。但眼前的小夥子分明是個有教養有身分的讀書子弟。孔生以為，既然這個小夥子住在單家府第，就應是主人，他也就不問家世。而小夥子則細問孔生的遭遇，聽完後對他很是同情，建議他開私塾收徒弟。孔生表示奈何沒人給自己介紹。小夥子說：「如果您不覺得我愚笨，我願意拜您為師。」孔生很高興，但他表示不願當小夥子的老師而更願意當他的朋友。兩人相談甚歡，晚上同榻而眠。

早上起來，家僮報告說太公來了。在這之前，小夥子已明確告訴孔生，他們家姓皇甫，是陝西人，借住單家。皇甫老翁白髮蒼蒼，文質彬彬，他殷勤地感謝孔生說：「謝謝您教導我的兒子，我兒子剛開始學習，請您不要以他為朋友，就對他太客氣，還請務必嚴格教導他。」皇甫老翁送給孔生錦衣、貂帽、襪子、鞋，還叫人擺酒，請孔生吃飯。孔生發現他們家的用具光彩奪目，叫不出名字。從孔聖人家出來的人都不認識這些用具，暗點這家人的身分奇異。

皇甫老翁是《聊齋》中特具風采的人物之一。蒲松齡擅長塑造有學問、有身分的狐叟（狐狸精老頭兒）形象。他們往往閱盡滄桑，富有智慧，神機妙算。皇甫老翁禮貌周全、談吐高雅，從形象到舉止都像名門大戶的家長。

吃完飯上課，皇甫公子拿出文章請老師看。孔生一看，都是詩歌、散文，沒有八股文，他問：「你怎麼不學八股文呢？」皇甫公子回答說：「我不求上進。」這句話是在暗道機關，在那個時代，「不求上進」就是不求功名，不參加科舉考試。狐狸精當然不需要參加科舉考試了。所以皇甫公子不學八股文。到了晚上，皇甫公子讓家僮看老爺睡了沒有，如果老爺睡了，就把香奴叫來。過了一會兒，來了個紅妝豔絕的丫鬟。皇甫公子命她彈奏〈湘妃曲〉，丫鬟用象牙片撥動琴弦，樂曲一會兒高昂激揚，一會兒淒美哀怨，孔生從沒聽過這樣的音樂。

從此孔生和皇甫公子常一起喝酒，每次喝酒都要把香奴叫來。孔生對香奴有了好感，常目不轉睛地看她。皇甫公子很聰明，說：「這丫鬟是老爺子收養的，您一個人居住在外，也沒個家室，我一直替您考慮著，得給您找個合適的配偶。」孔生說：「能像香奴就行。」皇甫公子笑了：「哎呀，您真是少見多怪。」

過了半年，孔生胸前突然起了個大腫塊，一夜之間就長得像碗那麼大，疼得他一個勁兒地呻吟。皇甫公子書也不讀了，整天在床榻前照顧他。過了幾天，孔生病得連飯都不能吃了。皇甫老翁來了，也沒辦法。皇甫公子對老翁說：「我老師這病，嬌娜妹子能治，我已經派人到外祖母那兒請她，怎麼還不來？」剛說完，就有家僮進來報告說嬌娜來了。

在這之前，孔生曾對香奴感興趣。香奴固然美麗有才藝，但她僅僅是嬌娜出現的導引，皇甫家的美女數不勝數。嬌娜一出場，像京劇名角登場，一露面就來了個挑簾紅。皇甫公子領嬌娜來給孔生看病，嬌娜長什麼樣兒？「**年約十三四，嬌波流慧，細柳生姿**」，簡練，傳神，美妙。眼波一轉，流露的不是風情，是智慧；還有著細柳拂風般的身姿。嬌娜一來，孔生喜出望外，「**生望見顏色，嚬呻頓忘，精神為之一爽**」。看見這麼美麗的姑娘，疼痛都忘了，也不呻吟了。皇甫公子告訴嬌娜：「這是我的好朋友，像同胞兄弟一樣。請妹妹好好給他治療。」嬌娜作為深閨少女，見到陌生男人，本來羞答答的，聽到要給人治病，就收斂起羞容，來到床前給孔生診治。美麗的少女扮演起「女華佗」的角色，給孔生把脈。孔生感覺一陣一陣蘭花一樣的香氣撲面而來。嬌娜太討人喜歡了，「**嬌波流慧，細柳生姿**」，還「**芳氣勝蘭**」。

嬌娜說：「**宜有是疾，心脈動矣。**」這句話有哲理，孔生胡思亂想，才長了這個大膿包。嬌娜又說，病雖然重，還可以治，膿塊已凝結，必須開刀。嬌娜要當外科大夫動手術了，她把臂膀上的一隻金鐲子拿下來，套到孔生胸口發炎的腫塊上，慢慢按下去，腫塊在鐲子裡凸起一寸多高，不像原來有碗那麼大了。嬌娜解下身上的佩刀，刀刃比紙還要薄，她握著小刀，輕輕沿著膿包根部將其割了下來。傷口不斷流出膿血，把床席都沾髒了。沒用麻藥就開刀，孔生豈不得疼壞了？孔生什麼表現？「**貪近嬌姿，不惟不覺其苦，且恐速竣割事，偎傍不久。**」太妙了！為了接近美麗的「女華佗」，不僅不覺得疼，還希望開刀的時間越長越好，這樣就能夠更長時間地和她零距離接觸了。

讀到這個地方，我想起《紅樓夢》，《聊齋》對《紅樓夢》的影響真是無處不在。甄

〈嬌娜〉

寶玉挨打的時候，喊姐姐妹妹就不疼了。很多紅學家認為這是曹雪芹了不起的發明創造，但是曹雪芹這不是學的蒲松齡嗎？《聊齋》書生開刀都不覺得疼，只要給他開刀的是美麗的「女華佗」就行了。

嬌娜從孔生身上割下的腐肉好像從樹上割下的樹瘤。嬌娜叫人拿水來，給孔生清洗傷口。這時請特別注意，狐狸精的特徵出現了。嬌娜從嘴裡吐出一枚紅丸，放在孔生胸口上，按著它旋轉，「**才一周，覺熱火蒸騰；再一周，習習作癢；三周已，遍體清涼，沁入骨髓**」。紅丸轉一周，孔生覺得傷口火燒火燎地疼；再轉一周，傷口開始發癢，要癒合了；轉到第三周，渾身輕鬆，遍體清涼。狐狸精用紅丸治病，平常外科手術需要幾十天才能復原的過程，瞬間就完成了。嬌娜把紅丸收起吞進嘴裡，說：「好啦！」真叫神仙一把抓啊！嬌娜快步離開。孔生跳起來，趕上去送嬌娜，只覺多日病痛一下子消失得無影無蹤。

孔生身上的病剛好，心頭的病就來了——他想嬌娜，想得廢寢忘食，百無聊賴。皇甫公子哪裡還能看不出來，他說：「我給您物色了一個好對象。」孔生問：「誰呀？」皇甫公子說：「也是我的眷屬。」孔生一心想著嬌娜，但不能直接說出來，就說：「不用啦。」又對著牆壁念了兩句詩：「**曾經滄海難為水，除卻巫山不是雲**。」這兩句詩讀書人都熟悉。皇甫公子知道他指的是誰。孔生對嬌娜產生了感情，任何其他女人都不能引起他的興趣了。皇甫公子對孔生說：「我父親很仰慕您，但是我只有一個妹妹，她還太小了。

我有個表姐，是姨媽的女兒，叫阿松，十八歲，長得很不錯。您如果不信，等表姐到園子裡來遊玩，您可以看看。」孔生果然看到嬌娜領來一個美女，這美女和嬌娜貌美的程度差不多，孔生同意了。

孔生對嬌娜感情很深，卻因為嬌娜年齡太小，妻子的席位叫松娘占去，這真成了一個悖論：有愛情不見得有婚姻，有舉案齊眉的婚姻，倒可能是倫理規則、夫婦之義占重要地位。從此孔生和嬌娜就成了姐夫與小姨子。孔生對嬌娜那樣鍾情，兩人卻不能結成夫妻，他怎樣把這種深情真愛進行到底呢？蒲松齡巧設機關，寫出愛情不能磨滅的魔力。愛情就像深深掩埋的火種，一陣天堂的靈風就可以把它重新點燃。

孔生結婚後，一天，皇甫公子告訴他，單公子要搬回來，他們不能繼續住在這兒，要回陝西了。孔生表示願意跟他們一起去。皇甫公子勸他還是回家。孔生有點為難。路途遙遠，沒有錢，再帶著家眷，怎麼回去？皇甫公子說：「您不要有顧慮，我馬上送您回去。」皇甫老翁送給孔生一百兩黃金，皇甫公子兩手分別握住孔生和松娘，囑咐他們閉上眼睛。孔生只覺得自己飄飄然飛上了天空，風在耳邊呼呼地響。過了一會兒，皇甫公子說：「到了！」孔生睜開眼一看，居然回到了老家！孔生這才知道，皇甫公子不是尋常人。孔生高高興興地敲開家門，孔母一看兒子回來了，還帶回來一個漂亮的兒媳婦，非常高興。一家人沉浸在團聚的喜悅中，再一回頭，皇甫公子已不見了。松娘對待婆母非常孝順。她的美麗和賢慧聞名遐邇。

後來孔生考上進士，做了延安府司李，這個官職是延安府主管糧運、水利、督捕等事的副長官。他帶著妻子上任，不久松娘生了個兒子。做官不久，孔生因為太正直，得罪了上司，被罷官，又?因為受阻不能回家。他偶然到郊野去，看到一個騎著純黑色漂亮駿馬的公子，仔細一看，是皇甫公子。皇甫公子把他請到家裡。孔生發現，皇甫家大門上鑲著包金大圓釘，是有地位的世家大族的樣子。他和皇甫家的人寒暄後，知道嬌娜已出嫁。第二天，孔生帶著妻子松娘和兒子，又來到皇甫家。嬌娜也來了。這時出現了一個非常好玩的情節。嬌娜逗著孔生的兒子說：「**姐姐亂吾種矣。**」這話非常調皮，我們是狐狸，姐姐卻生下個人類的兒子。孔生感謝嬌娜當初給自己治病，嬌娜又笑著對孔生說：「**姐夫貴矣。創口已合，未忘痛耶？**」嬌娜太聰明了，她對姐姐說話親熱而隨意，對孔生說話調皮而親切。蒲松齡寫人物語言是隨著交談者的身分而改變的，絕對不可以把他們的對話互相對調，對調就不倫不類了。設想，如果嬌娜對孔生說「姐夫亂吾種矣」，成何體統？太輕佻了。而嬌娜一句「姐夫現在富貴了，沒有好了瘡疤就忘了痛吧？」說得多麼有趣。

孔生和皇甫一家祥和的日子很快就結束了。有一天，皇甫公子說：「天降凶殃，您能保護我們嗎？」孔生不知道發生了什麼事，但馬上表示自己一定相救。皇甫公子出去，把一家人招來，圍成一圈拜謝孔生。孔生很奇怪，這是怎麼回事？皇甫公子說：「我們是狐仙，眼看就要遭受雷霆之災。如果您願意為了我們以身赴難，我們滿門老小就可以活下來。不然的話，請您抱著兒子離開，我們絕對不連累您。」孔生說：「我一定和你們同生死，共患難！」皇甫公子給了孔生一把劍，說：「您拿著這把劍站在我們家大門口，不管有多麼厲害的雷霆轟擊，都不要動。」

孔生按照皇甫公子說的，拿著那把寶劍站在皇甫家大門口。果然，風雲突變，烏雲密布，大白天變得像夜晚一樣，天空黑得像壓著塊大大的黑石頭。孔生再回頭一看，哪兒還有世家大戶的巨宅？哪兒還有高大巍峨、裝飾著金色釘子的大門？只有一座大墳墓，墳墓下邊是深不見底的大洞。孔生很奇怪。這時候蒲松齡來了段《聊齋》中著名的景物描寫，筆力如百鈞之重，文字比詩詞還簡練優美：「**霹靂一聲，擺簸山嶽；急雨狂風，老樹為拔。**」雷霆萬鈞的霹靂響了，震得山搖地動，狂風大作，暴雨嘩啦啦地下，幾百年的老樹都被連根拔起。孔生雖然被震得目眩耳鳴，但他仍屹立不動。這時，他忽然看見滾滾黑煙中出現一個尖嘴長爪的惡鬼，從墳墓中抓了個人出來，隨著黑煙往天上升去。孔生一看，那不是嬌娜嗎？他拿著寶劍跳起來，用上吃奶的力氣向空中惡鬼刺去，鬼物被擊退，嬌娜落了下來。在孔生用寶劍刺向鬼物時，一個山崩地裂的巨雷炸響，孔生被雷霆劈倒在地，死了。

過了一會兒，天晴了，嬌娜復甦。孔生為救嬌娜而死，嬌娜的感情就像火山一樣爆發，她說：「**孔郎為我而死，我何生矣！**」松娘也出來了，她們一塊兒抬著孔生回到家中。嬌娜叫松娘捧著孔生的腦袋，叫哥哥拿金簪撥開孔生的牙齒，自己用手指頭捏著孔生的臉，把孔生的嘴打開。接著，嬌娜用舌頭把紅丸渡到孔生嘴裡，「**接吻而呵之**」，嘴對著嘴向孔生吹氣。「**紅丸隨氣入喉，格格作響。**」過了一會兒，孔生醒了。

請注意，這是紅丸第二次出現。紅丸是狐狸精千年修煉來的，狐狸精靠紅丸長生不老，而嬌娜用紅丸治病救人，第一次她用紅丸給孔生治好了病痛，第二次用紅丸救了孔生一命。嬌娜救孔生時，是「**接吻而呵之**」，用舌頭把紅丸送到孔生的嘴裡，再嘴對著嘴吹氣。在那個時代，女性當眾跟丈夫接吻都不敢，而嬌娜在大庭廣眾之下，跟不是自己丈夫的男人嘴對著嘴吹氣，也就是接吻，這需要多大的勇氣！嬌娜就吻了，大大方方地吻了，堂堂正正地吻了。嬌娜跟孔生的接吻不帶絲毫色情意味，完完全全是為對方的安危著想。真是：救命紅丸，關鍵一吻，鬼門關上奪命還。關於嬌娜對孔生接吻呵氣的舉動，《聊齋》點評家說，這叫「報之者不啻以身」，這個舉動一點兒不比男女性愛甚至和孔生結婚差。

孔生醒來之後，看到闔家安全，很高興。他跟皇甫公子商量：「你們怎麼能久住在墳墓裡？都跟我回老家吧。」大家紛紛贊成，只有嬌娜悶悶不樂。孔生說那就請她與吳郎一起去。大家又擔心吳家不會放他們家的小兒子到那麼遠的地方去，商量了一天也沒結果。這時，吳家一個小奴僕跑來，汗流浹背，氣喘吁吁。大家忙問怎麼回事。小奴僕說，吳家全家都被雷霆劈死了，嬌娜悲痛地哭起來。大家趕忙勸她，於是眾人就跟孔生一起回山東老家了。孔生把家裡閒置的院子交給皇甫公子一家人居住，院門經常反鎖著，只有孔生和松娘來的時候才打開。孔生、皇甫公子和嬌娜，經常在一塊兒下棋、喝酒、聊天，親如一家。孔生的兒子長大以後，非常俊秀，他走在街市上，大家都知道這是狐狸精生的兒子。

在這篇小說裡，蒲松齡違背了他的傳統構思。蒲松齡喜歡寫雙美共一夫，可以是兩個普通凡間女子共有一個丈夫，也可以是一個狐狸精和一個女鬼共有一個丈夫。但是在這一篇裡，嬌娜明明已經死了丈夫，蒲松齡卻就是不叫她和松娘共有一個丈夫。為什麼呢？

蒲松齡故意要選擇另外一種寫法，他在「異史氏曰」中揭示了他為什麼要這樣寫：「我對孔生，不羨慕他得到了像松娘那樣嬌豔的妻子，而是羡慕他有嬌娜那樣親密的女友。看到她的容貌，可以使人忘記饑渴；聽到她的聲音，就會開懷而笑。得到這樣的好朋友，常在一塊兒喝酒閒談，那種夢魂相通的精神交流，遠遠勝過肌膚相親的男女性愛。」（原文：「**余于孔生，不羡其得豔妻，而羡其得膩友也。觀其容可以忘饑，聽其聲可以解頤，得此良友，時一談宴，則『色授魂與』，尤勝於『顛倒衣裳』矣。**」）

什麼叫膩友？即有特殊情愫的異性朋友，紅顏知己多少沾一點兒邊，但也不很準確。嬌娜和孔生之間，是怎樣一種感情呢？他們不是夫妻，勝似夫妻；他們不是情人，超過情人；他們不是親人，卻比親人還親；他們沒有夫婦之親，卻勝過有夫婦之親。他們是朋友，但不是一般的朋友，是深相知、長相憶、關鍵時刻能為對方獻出生命的異性朋友。嬌娜與孔生的感情是介於友情、愛情、親情之間的所謂第四種感情。這是一種有近代色彩的高尚感情，是美好的精神之戀。

嬌娜的故事說明，真愛者不一定要結為夫妻，真愛者不一定要有夫婦之親，真愛者可以感天地、泣鬼神、共生死。

蒲松齡這個作家太不簡單了！人們經常說有獨創性的作家是讀者的大恩人，他們擴大了文學的版圖，他們從不毛的荒原呼喚出鳥語花香的春天。蒲松齡拓展了狐狸精這一形象的思想藝術空間，賦予傳統的狐狸精全新的風貌，從害人變成救人，從狐媚變成率真，從妖冶變成純潔。像嬌娜這樣一個陽光女孩般的狐狸精，美麗聰慧，肝膽照人，純潔可愛。中國古代小說史上似乎從來沒有過這樣獨特、這樣別緻、這樣動人的狐狸精藝術形象。蒲松齡最終把嬌娜和孔生的關係定位為詩意化的膩友，只是經常在一塊兒下棋、喝酒、談話，但是心心相印，魂魄相通。這種描寫，我在中國古代小說中，還沒有看到過。還是那句話：兩情若是久長時，又豈在朝朝暮暮。

02 蓮香
「鬼狐有情」構思的源頭

現代社會中，三角戀是一些影視作品愛採用的噱頭，兩女愛一男，兩男爭一女，愛得天昏地暗，爭得你死我活。有那麼多嫉妒，那麼多層出不窮的怨恨，那麼多花樣翻新的鬥法，最後往往兩敗俱傷。〈蓮香〉裡同時愛上一個書生的狐狸精和女鬼，從最初的互相猜疑到互相理解，再到互相包容、親如姐妹，一狐一鬼表現出人性的善和美。蒲松齡感歎有些大活人都缺少這類與人為善的品格，「**靦然而生不如狐，泯然而死不如鬼**」。

〈蓮香〉的重要性還在於，它是蒲松齡「鬼狐有情」構思的源頭，基本確定了《聊齋》狐狸精和女鬼的模式，我把它叫生存模式或存在模式。它還創造了一種短篇小說的特殊構思方法，一篇短篇小說有兩個女主角，春蘭秋菊各盡其妙，情節發展青龍白虎並行。

〈蓮香〉的題材來源於蒲松齡三十一歲南遊江蘇途中，這一篇還是《聊齋》中篇幅最長的作品之一，但出場的人物卻不多，主要是桑生、蓮香及李氏。蓮香和李氏圍繞桑生活動，展示自身性格。

沂州人桑曉，自幼喪父，寄居紅花埠，平日在東鄰家吃飯。有一天，東鄰書生問他：

「你一個人住，不怕鬼狐嗎？」桑生吹噓說：「大丈夫怕什麼鬼狐？來了雄的，我有利劍，來了雌的，我開門收留。」東鄰書生回去和朋友商量後，晚上派了個妓女爬牆來到桑生住處，敲桑生的門。桑生問：「什麼人？」妓女說：「我是鬼。」桑生嚇得上牙磕下牙，咯咯作響。妓女在門外待了一會兒就走了。第二天，東鄰書生來看桑生，桑生說起頭天晚上的事，說：「你這兒有鬼，我想回家。」東鄰書生拍著手笑說：「你怎麼不開門收留？」桑生這才知道是東鄰書生的惡作劇，於是又安心住下來。

朋友派妓女扮鬼是真鬼和真狐出場的引線。假如沒有朋友開玩笑這一「前科」，沒有為真狐真鬼墊場的假鬼，桑生就不太容易接受深夜到訪的美女。

半年後，有天晚上，有個女子半夜敲門，桑生開門一看，是個傾國傾城的美女，桑生驚奇地問她從何處來。女子說：「我叫蓮香，是西家妓院的妓女。」紅花埠妓院本來就多，桑生信了她的話。兩人熄燈上床，十分歡愛。從此，每隔三、五天蓮香就來一次。

又一天晚上，桑生正獨坐想心思，有個女子走了進來。她是怎麼走進來的？「**翩然入**」，這是女鬼特有的步態，輕盈飄忽得像一朵雲、一陣風。桑生以為是蓮香，站起來迎接，一看，不是蓮香。這女子十五、六歲，寬袍闊袖，「**嚲袖垂髫，風流秀曼，行步之間，若還若往**」。兩肩瘦削，風流秀麗，步態輕盈婀娜像水上漂。桑生大驚失色地問道：「你是狐狸精嗎？」少女說：「我是良家女子，姓李，仰慕你高雅的品質，希望你喜歡我。」

桑生有點兒書生氣，東鄰派來妓女，他以為是鬼，害怕得很；狐狸精蓮香來了，他又以為是妓女；女鬼李氏來了，他又認為是狐狸精。

李氏自稱良家女子，他馬上相信，拉住李氏的手，發現李氏的手冷如冰，於是問道：「你的手怎麼這麼涼啊？」李氏說：「我自幼體質單薄，夜晚冒風霜前來，哪能不涼！」李氏這麼解釋，桑生又信了，欣然和李氏寬衣解帶上床，發現李氏是處女。李氏說：「我是柔弱少女，為情失去貞操，如果你不嫌棄我醜陋，我願意常跟你同床共枕。這兒還有其他女人嗎？」桑生說：「只有個西鄰妓女，不常來。」李氏說：「我得躲著她，請你替我保密。她來我走，她走我來。」

雞叫了，李氏要走。這個情節很妙，因為根據民間的說法，鬼不能白天待在墳墓外，所以她聽到雞叫就得走。臨走前，李氏送給桑生一隻繡鞋，說：「這是我穿的，想我時可以拿出來玩，但如果有人在，千萬別拿出來擺弄。」桑生一看，繡鞋很精美，鞋頭又細又尖，心裡十分喜歡。第二天晚上，他拿出鞋子把玩，李氏飄然而至，兩人又親熱了一番。從此，只要桑生拿出那只鞋子把玩，李氏必定到來。桑生覺得奇怪，問李氏怎麼回事。她笑著回答說：「湊巧罷了。」

有天晚上，蓮香來了，吃驚地說：「你的氣色為什麼這麼差？」桑生說：「我沒什麼感覺啊。」按照民間習慣的說法，人和鬼交合，會被吸走精血，最終喪命。蓮香馬上告辭，約定十天後再來。蓮香為什麼要給桑生空出十天時間？可能就是想進一步觀察桑生是不是真遇到鬼了。

蓮香去後，李氏每晚都來跟桑生親熱。她問桑生：「你的情人怎麼總不來？」桑生說她十天後再來。李氏又問：「你看我和蓮香誰漂亮？」桑生說：「你們可算人間雙絕，都美極了，只是蓮香肌膚更溫和。」李氏很不高興，沉下臉說：「你說兩人都美，這是對著我說的，她肯定是月宮裡的美人，我不及她。」李氏掰著手指頭一算，十天已到，於是囑咐桑生不要洩露她的事，她打算偷偷窺探蓮香。晚上，蓮香果然來了，和桑生說說笑笑，十分融洽。等上了床，蓮香大驚失色，對桑生說：「你太危險啦！十天不見，你怎麼疲憊勞損到這等地步？你保證沒外遇嗎？」桑生問為什麼要懷疑他有外遇，蓮香說：「我是從你的氣色上判斷的，你的脈象像一縷縷亂絲，你遇到鬼了。」

第二天晚上，李氏來了，桑生問：「你偷看蓮香，結果如何？」李氏說：「確實漂亮啊，我就說人間是沒有這等美人的，果然是狐狸精。她就住在南山山洞。」桑生認為李氏是因為嫉妒才這樣說，於是信口應和著，並不以為意。

再過一晚，蓮香來了，桑生開玩笑說：「有人說你是狐狸精，我不信。」蓮香問：「誰說的？」桑生笑著說：「我開玩笑呢。」蓮香說：「狐狸精和人有什麼區別？」桑生說：「迷上狐狸精的人會生病，會死，所以可怕。」蓮香說：「不是這麼回事。像你這樣的年紀，男女同房後三天，精氣就可以恢復，就算是狐狸精又有什麼可怕？假如天天縱欲，人比狐狸精都可怕。天下縱欲過度而死的人，難道都是受狐狸精迷惑的？必定是有人在背後議論我。」一再追問下，桑生把李氏的事講了出來。蓮香說：「我本來就奇怪為什麼你突然衰萎得這麼快，難道李氏不是人嗎？不要洩露我的話，明天晚上，我要像她偷窺我那樣看看她。」

當晚，李氏果然來了，才說了兩、三句話，忽聽到窗外有人咳嗽，李氏慌忙逃走。蓮香進屋，說：「你很危險哪。她果然是鬼。你被她的美貌迷惑，不趕緊跟她斷絕來往，你離黃泉路就很近啦！」桑生認為是蓮香嫉妒，於是沉默不語。蓮香說：「我早知道你不能對她忘情，我不忍心看著你就這樣死掉，明天，我帶藥來，替你祛除陰毒，幸好你的病根還淺，十天就可以治好。我要跟你同榻而眠，看著你痊癒。」

桑曉的兩個情人，一狐一鬼，各自有著鮮明的特點。蓮香是有傾國傾城之貌的美人兒，而且肌膚溫和，好像狐狸的皮毛；女鬼李氏特別瘦弱、單薄，雖有人的形體，行動卻像一股煙、一片雲，手冷如冰，有鬼氣。李氏進房間是「**翩然入**」，走起路來「**若還若往**」。蒲松齡寫出了女鬼的奇幻之美、奇妙之美，是讓人意想不到、捉摸不透的美。

一狐一鬼開始互相嫉妒，鬼揭發狐，揭得趣；狐揭發鬼，揭得妙。桑生對於蓮香和李氏的互相攻訐，或者信口應和，或者沉默不語，他想保護兩個和自己相愛的女性。女鬼李氏偷窺狐女蓮香是為了判斷對方是否美麗，蓮香偷看李氏是為了判斷對方到底是不是害人的鬼魂。她們的出發點不同，李氏是出於獨占愛情的嫉妒心理，蓮香是為情人的生命安全著想。

第二天晚上，蓮香拿出一勺藥給桑生吃了，不一會兒，桑生開始腹瀉，連瀉幾次後，只覺得臟腑清虛，有了精神。桑生雖然感激蓮香，但仍不相信李氏是鬼。蓮香每天跟桑生同床共枕，溫柔地將桑生攬在懷裡，桑生要求跟她男歡女愛，總被拒絕。蓮香是不但不害人還要救人的狐狸精。

幾天後，桑生身體復原，人也胖了。蓮香跟他告別，叮囑他務必跟李氏斷絕來往。桑生假意答應。蓮香一走，桑生就關上門，點上燈，拿出鞋子撫弄。李氏忽然來到他身邊，滿臉怨恨之色。桑生說：「蓮香每天晚上給我治病，你不要不高興，跟你要好是我自己決定的。」李氏的氣稍微消了點兒。桑生說：「我這麼愛妳，竟然有人說妳是女鬼。」李氏瞠目結舌，隨即罵道：「肯定是淫狐迷惑你！你不跟她絕交，我就再也不來了。」說著，嗚嗚咽咽地哭了起來。

隔天夜裡，蓮香又來了。她知道李氏又來過後，氣憤地對桑生說：「你非死不可嗎？」桑生說：「你對她的嫉妒心難道就這麼深嗎？」蓮香憤怒地說：「你跟她來往種下死根，我替你拔除。不嫉妒的人該怎樣呢？」桑生說：「她說我前些日子的病是被狐狸精迷惑的結果。」蓮香歎息：「要真像你說的這樣，你執迷不悟，萬一你真死了，我長一百張嘴也說不清楚了。我走啦，一百天後，我會到你臨死前的病榻旁來看你。」桑生留不住她，蓮香滿面怒容地走了。

從此，李氏每晚必到，兩人恩恩愛愛兩個多月，桑生精疲力竭。開頭他還自我寬慰，

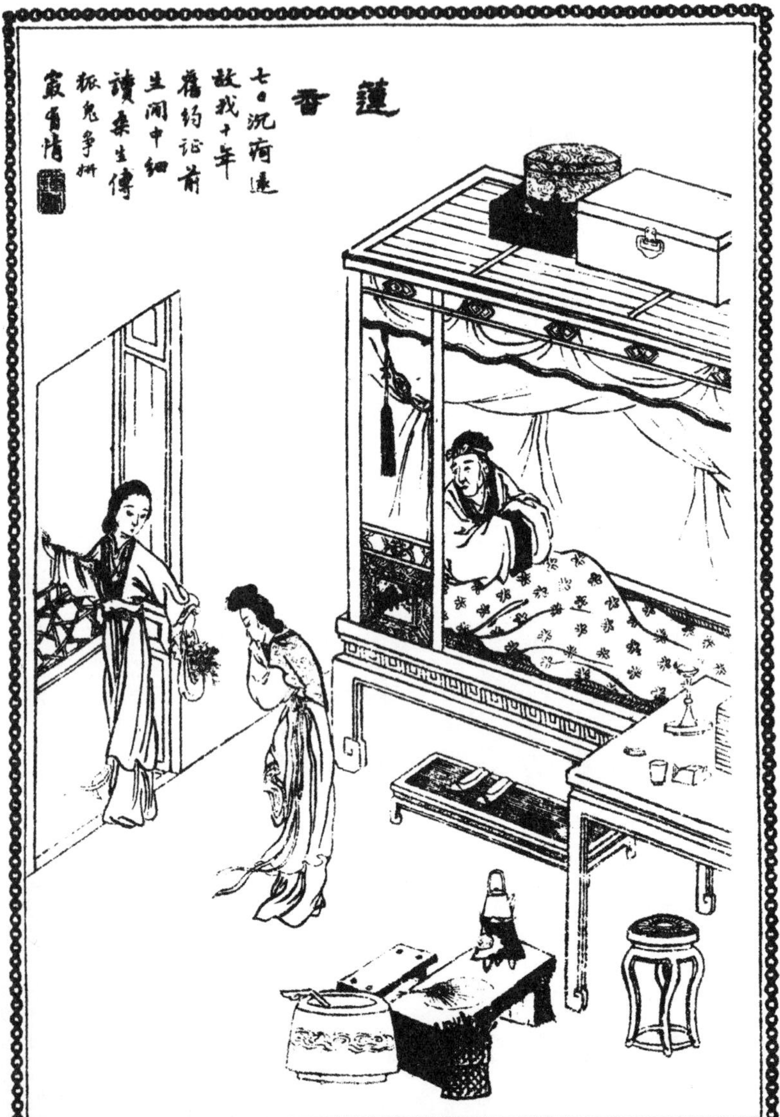

〈蓮香〉

可是他一天一天消瘦下去，飯量漸漸減少，到後來每頓飯只能喝一小碗粥。他想回家靜養，又留戀李氏，就這樣拖了幾天，病勢沉重，下不了床了。東鄰書生看他病得厲害，每天派書僮來給他送飯。桑生這才開始懷疑李氏。他對李氏說：「我後悔不聽蓮香的話，竟然落到這個地步。」說完昏死過去。等他過一會兒醒過來時，李氏已經不見了。

從此，李氏再也不來了。桑生瘦得皮包骨，躺在空蕩蕩的書齋裡，思念蓮香，像餓極了的人盼望穀熟。有一天，他正一門心思想著蓮香，忽然有人掀開簾子進來了，來人正是蓮香！蓮香走到病榻前，嘲笑他說：「鄉巴佬！我說錯了嗎？」桑生泣不成聲，一再認錯，求蓮香救命。蓮香說：「你病入膏肓，沒法可救。我來跟你永別，證明我不是嫉妒。」桑生說：「既然如此，枕頭底下有件東西，麻煩你替我撕碎了。」

蓮香從枕頭下找出李氏的鞋子，拿到燈前，反覆玩賞。李氏忽然進來，看到蓮香，回身想逃走，蓮香連忙用身子擋住門，李氏又著急又難為情。桑生指責李氏害自己生病，李氏不能回答。蓮香笑著說：「我今天才能和姑娘當面對質，過去妳說郎君生病，未必不是因為我，今天看看，究竟怎麼回事？」李氏低頭認罪，蓮香說：「妳長得這麼美麗，難道會因為恩愛結仇嗎？」李氏跪倒在地，痛哭流涕，乞求蓮香憐憫桑生，救他一命。蓮香扶起李氏，細細詢問她的生平。

李氏說：「我是李通判的女兒，短命早死，埋在牆外。但是我享受愛情的願望，像已死春蠶，餘絲未盡。我跟桑生相愛是我的心願，而將他置於死地，不是我的本心。」蓮香說：「聽說鬼喜歡把人害死，以便長相聚，是這樣嗎？」李氏說：「不是這樣。兩個鬼碰到一塊兒，並沒有什麼樂趣。如果有樂趣，陰世間的少年郎還少嗎？」蓮香說：「真傻呀，夜夜交合，和人都受不了，何況和鬼呢？」李氏說：「狐狸精能害死人，妳有什麼辦法不害人呢？」蓮香說：「害人的狐狸是採人精氣補養自己，我不是那一類。世上有不害人的狐狸，斷然沒有不害人的鬼，因為鬼的陰氣太盛了。」

蓮香的話洩露了蒲松齡的基本構思：狐狸精可以害人，也可以不害人，還可以救人；而女鬼，不管她主觀意願如何，哪怕她是為愛情而來，也會害人。

蓮香回頭看看李氏，說：「怎麼對待桑郎才好呢？」李氏滿面通紅謝罪。蓮香笑了笑說：「恐怕郎君身體好了後，醋娘子要吃楊梅了。」

這是句巧話，「醋娘子」是愛吃醋的女性，楊梅是味酸的水果，醋娘子吃楊梅，酸上加酸。李氏整衣下拜，說：「如果有妙手回春的名醫能治好郎君的病，使我能對得起桑郎，我今後將永遠埋首地下，哪裡還敢再厚著臉皮來人世找他？」

桑生叫蓮香把李氏的鞋子拿出來撕碎。李氏的鞋子是推動故事發展的道具，也是鬼物的魔力象徵。蓮香一拿出李氏的鞋子，李氏就出來了。透過她們倆的對話，桑生終於發現自己的情人是一狐一鬼，不過他已經習慣了，也不害怕，只因自己生命快結束而傷心得大哭。蓮香這才開始救治他。怎麼救？叫女鬼幫忙救，救得妙趣橫生，令人噴飯。

蓮香解開隨身的袋子，拿出藥來，說：「我早就知道有今天。分手後我就到海上仙山去採藥，三個月才把藥備齊。即使是害色癆快死的人，灌了這藥也能馬上復活。只是病怎麼得的，還得用什麼做引子，因此不得不請李姑娘幫忙。」李氏問：「需要我做什麼？」蓮香說：「要妳那櫻桃小嘴裡的一點兒香唾。我把藥丸給郎君服下，麻煩妳嘴對嘴給他餵點兒唾液。」李氏羞得滿臉緋紅，轉過身，低頭看鞋子。蓮香開玩笑說：「妹妹最得意的只是這繡鞋嗎？」李氏更羞愧了，低頭也不是，抬頭也不是，無地自容。蓮香說：「這是妳平日最熟練的動作，今天有什麼可吝惜的？」接著把藥丸給桑生服下，轉過身催促李氏。李氏不得已，只好餵了桑生一口唾液。蓮香要她再餵一口、再餵一口，連餵了三、四口。藥丸下嚥後，桑生的肚子咕嚕嚕地打雷似的響了起來。蓮香再給他吃了一丸，自己也嘴對嘴地向桑生腹內吹氣。桑生感到丹田熱呼呼的，瞬間精神煥發。蓮香說：「好啦！」狐狸精治病救人，神仙一把抓啊！

蓮香要李氏用香唾給桑生做藥引，既是治病需要，也是蓮香拿李氏尋開心的妙筆。蓮香有理在手，時不時用妙言巧語揪一揪李氏和桑生毫無節制地親熱的小辮子。李氏既缺乏社會經驗，又自知理虧，無言以對，只好害羞地低頭。蓮香和李氏都有嫉妒之意，但兩者又有不同，李氏對蓮香的嫉妒是露骨的背後切齒；蓮香對李氏的嫉妒是輕巧的當面調侃。

如今，一狐一鬼因為救助桑生妒意盡消，是蒲松齡喜歡的「二美共一夫」模式。這種模式現在早就過時了，但在處理人際關係中，互相關愛，寬厚待人，與人為善，則永遠不會過時。

李氏聽到雞叫，猶猶豫豫又戀戀不捨地告別。蓮香覺得桑生大病初癒，總吃鄰居送的飯，不是長久之計，就把外門鎖上，假裝桑生已回家，由她日夜守護著桑生。李氏每天夜裡都來，殷勤伺候著，對待蓮香像對待自己的姐姐一樣，蓮香也非常憐愛李氏。這樣過了三個月，桑生完全康復了。他康復後，李氏連續幾夜都沒來。她其實是在自我救贖。李氏知道桑生是因為跟自己親熱才得的病，甚至差點兒丟掉性命，她真愛桑生就要控制自己的感情，壓制自己的情欲，不再和桑生親近，更不能和桑生親熱。李氏現在偶爾才來一次，看一眼桑生就走，即使跟桑生相對而視，也總是悶悶不樂的。蓮香留她同住，她堅決不肯。

有一次，桑生追了出去，把李氏抱了回來，她的身子輕得像送葬時紮的草人。她和衣而臥，蜷縮起來，身體還沒有二尺長。蓮香越發憐憫她，偷偷叫桑生摟抱她，可桑生怎麼也搖不醒她。等桑生醒來去找李氏，她已經不見了。此後十幾天，李氏再也不來了。桑生懷念李氏。蓮香說：「李氏那麼俊美苗條，我都喜歡，何況男人？」桑生說：「過去一玩繡鞋，她就出現，我一直有所懷疑，但沒想到她真是鬼。現在對著繡鞋想到她，實在令人傷感。」說著，潸然淚下。桑生想念李氏時總拿出李氏的鞋子和蓮香一起欣賞，這說明不僅桑生懷念李氏，蓮香也對李氏念念不忘。

李氏對桑生的深情摯愛，先是表現在再也不肯跟桑生親熱，進而根本不到桑生這兒來，下一步表現為她千方百計借體還魂，和桑生正大光明地成為夫妻。這個地方有戶人家姓章，章家的女兒燕兒十五歲得病死了，過了一夜竟然復活了，從床上跳下來就想跑。章家的人關上門，不讓她出去。她說：「我是李通判女兒的鬼魂，感謝桑郎關懷，我的繡鞋還存在他那裡，我確實是鬼。關起我來對你們有什麼好處？」章家人問她：「妳既然是鬼，怎麼跑到我們這兒來了？」燕兒茫茫然，說不出個所以然。有人說：「桑生已回家鄉了。」燕兒斬釘截鐵地說：「桑生沒走！」給桑生送飯的東鄰書生聽說了這件怪事，於是爬牆來到桑生住處，只見桑生正和一個美人對坐說話。東鄰書生進屋想看個究竟，美人卻轉眼不見了蹤影。東鄰書生對桑生述說了燕兒的事，桑生想去看看怎麼回事，可是找不到進入章家的理由。

燕兒的母親知道桑生果然沒走，越發覺得奇怪，故意派個老婆子去找桑生要繡鞋，桑生便拿出來給她。燕兒得到繡鞋後非常高興，試著一穿，鞋子比腳短一寸還多。燕兒大驚，拿鏡子一照，恍然大悟：自己是借體還魂，靈魂是李氏，身體卻是章家燕兒。於是她將事情的來龍去脈告訴了章母，章母這才相信真有還魂一事。

燕兒對著鏡子大哭，說：「即使是當日姿容，雖很有些自信，但每每見到蓮香姐姐，還是會自慚形穢。現在長成這副模樣，做人還不如做鬼。」說完她拿著鞋子號啕大哭，哭完就蒙上被子直挺挺躺下，別人勸也勸不了。她不吃不喝，全身浮腫，到第七天，身上腫的地方漸漸消了，覺得餓極了，這才開始吃東西。又過了幾天，燕兒渾身瘙癢，身上的皮全部脫落。早上起來時，睡鞋掉了，燕兒撿起來一穿，發現鞋太大了，於是試穿從桑生那兒要來的繡鞋，不肥不瘦正合適。燕兒又去照鏡子，發現鏡中人的眉目面容，跟前世的李氏一模一樣，便越發高興了。她梳洗打扮好去見章母，家人見她突然變了模樣，目瞪口呆。

李氏的癡情感動了上天，不僅讓她有了燕兒活生生的軀體，還讓她恢復了從前的美麗容貌。癡情可以起死回生，深情可以創造奇跡，蒲松齡又異想天開地創造了借體還魂卻仍然保持原來鬼魂模樣的方式。

李氏借體還魂，但她現在是富有的章家小姐燕兒，而桑生是和章家沒有任何瓜葛的外地窮困書生。燕兒和桑生的姻緣怎麼成就呢？靠蓮香運籌帷幄。在促成桑生和燕兒的姻緣的過程中，蓮香的善良寬厚以及她對桑生的深情摯愛，被充分表現了出來。

蓮香聽說了燕兒這件奇事，勸桑生派媒人去說媒。因貧富懸殊，媒人不敢貿然進章家。恰逢章母生日，桑生便跟隨章家晚輩去給章母拜壽。章母在客人名單中發現了桑生的名字，便故意讓燕兒隔著門簾辨認。桑生是最後到的。燕兒一看見桑生，就跑出來拉住桑生的袖子不放，要跟他回家。章母訓斥了幾句，她才羞愧地退回臥室。桑生看到燕兒跟李氏一模一樣，不覺傷心落淚，拜倒在章母面前不肯起來。章母扶桑生起身，並不怪罪他無禮。桑生從章家出來後，便請燕兒的舅舅做媒。章母打算選個吉日，讓桑生入贅章家。

桑生回來後將此事告訴了蓮香，蓮香悵然若失，打算跟桑生告別。桑生大吃一驚，哭了起來。蓮香說：「你到章家去跟章家小姐入洞房，我跟你去，像什麼樣子？」桑生便打算先跟蓮香回老家，再迎娶燕兒，蓮香同意了。桑生把實情告訴了章家，章家聽說他已有了妻室，氣勢洶洶地責問他。燕兒極力替他辯白，章家這才答應了桑生的請求。

成親那天，桑生去章家迎接燕兒，家裡原來的布置都很簡陋。等桑生把燕兒迎回來，只見從大門口到廳堂，一色紅地毯鋪地，成百上千的燈籠排列整齊，光明耀眼，花團錦簇。這就是蓮香的狐狸精魔力了。蓮香把新婦扶進洞房，揭下蓋頭，三人重逢，像過去一樣快樂。蓮香陪著他們喝了交杯酒，細問燕兒還魂的事，燕兒說：「那天我愁悶無聊，只因為我是鬼，自覺醜惡，和你們分手後，心情悲憤，不肯回墳墓，隨風飄蕩，每當看到活人就羨慕不已。我白天寄身草木上，夜晚信步漫遊，那天偶然到了章家，看到少女躺在床上，我就附到了她身上，沒想到就這樣復活了。」

關於這段的《聊齋》原文，特別值得好好欣賞：

> 爾日抑鬱無聊，徒以身為異物，自覺形穢。別後憤不歸墓，隨風漾泊，每見生人則羨之。晝憑草木，夜則信足沉浮。

這是蒲松齡創造的《聊齋》女鬼特殊的存在方式。我把它叫作「存在方式」而不叫

「生存方式」，是因為她們是鬼，早就不「生」存了，但蒲松齡讓她們詩意化地存在著。

《聊齋》創造了許多淒美的女鬼形象，她們在荳蔻年華喪失生命，待在陰冷黑暗的墳墓裡。靈魂是美麗少女，軀體卻白骨儼然。她們無法忍受孤獨寂寞，充滿哀傷與憂愁，懼怕寒冷，懼怕黑暗，膽怯柔弱。但她們青春還在，求生意識還在。她們不甘沉淪，於是到人世間飄遊，尋找溫暖，追求光明，想擺脫孤獨、擺脫黑暗，回歸人間。於是，李氏就附到燕兒的身體上借體還魂了。

蓮香聽了燕兒的話，「默默若有所思」。她在想什麼呢？有高超道行的蓮香，一個可能經歷了千年修煉才得道的狐狸精，決心放棄狐仙的身分，做個普通人，和桑生像正常人間夫妻一樣生活。這又是一個由生而死，由死再生的漫長過程，一個浪漫的過程。

兩個月後，蓮香生下一個兒子。她產後突然大病，病情十分危急。一天，蓮香抓住燕兒的胳膊說：「小東西就託付給你了。我兒子就是你兒子。」燕兒哭了，只得勸慰蓮香。她想給蓮香找醫生、做法事，蓮香都拒絕了。蓮香的病情繼續惡化，氣若游絲，桑生和燕兒都急哭了。蓮香睜開眼說：「不要哭！你們樂意生，我樂意死。如果有緣分，十年後再見。」說完她就死了。桑生掀開被子要收殮時，蓮香的遺體變成了狐狸。桑生大辦了蓮香的葬禮。蓮香的兒子取名「狐兒」，燕兒對待他像自己親生的一樣。每到清明，她都要抱著狐兒在蓮香墓前哭拜一場。

後來桑生在鄉里中舉，家庭漸漸富裕。狐兒非常聰明，只是身體孱弱多病。燕兒苦於不能生育，想給桑生娶妾。

有一天，丫鬟說：「門外有個老太婆，帶了個女兒要賣。」燕兒把她們叫進來，一見，燕兒大驚，說：「蓮香姐姐再生了？」桑生看了看，確實很像，驚奇地問：「女孩多大？」老太婆回答：「十四歲。」又問：「要多少錢？」老太婆說：「老身只有這一個親骨肉，只要她有個適合的人家，我也有個管飯的地方，將來我這把老骨頭不至於丟到溝渠裡，我就心滿意足啦。」

桑生出高價把少女留下。燕兒攜著少女的手進了內室，捏著少女的下巴，笑著問：「妳認識我嗎？」少女回答：「不認識。」燕兒問：「你叫什麼？」少女回答：「我姓韋，父親是徐城賣漿的，已死了三年。」燕兒屈指一算，蓮香死了十四年，少女恰好十四歲，再看看少女，儀容態度，一舉一動，沒有一個地方不像蓮香。於是燕兒拍了拍少女的頭頂，喊道：「蓮香姐姐！蓮香姐姐！十年相見的約定，妳果然沒有欺騙我。」

少女如夢初醒，豁然開朗，叫了聲「咦！」然後仔細地盯著燕兒看。桑生說：「這就是『**似曾相識燕歸來**』。」蒲松齡在這裡巧妙地用了前人的詞句，燕兒曾借體還魂，如今蓮香也效仿燕兒，以人身歸來。這句詞勾起了少女對前世的回憶，她眼淚汪汪地說：「聽母親說，我生下來就會說話，家人以為不祥，給我喝了狗血，因此忘掉了前世因緣。今天才如大夢初醒，娘子是恥於做鬼的李家妹妹嗎？」她們談起前生的事，悲喜交加。

等到了寒食節，燕兒說：「這是每年我和郎君哭蓮香姐姐的日子。」他們一起來到蓮香的墳墓前，只見荒草茂密，安葬蓮香時栽的樹已長到合抱那麼粗了。少女也歎息良久。燕兒對桑生說：「我和蓮香姐姐兩世情好，不忍心分離，應該把我們的白骨合葬。」於是桑生挖開李氏的墳墓，抬回遺骨，與蓮香的屍骨合葬。親戚朋友聽說了這件浪漫奇事，都穿著禮服來到墓地，不約而同到了幾百人。

桑生和一狐一鬼相戀，狐女蓮香坦蕩老練，溫柔持重；鬼女李氏年輕幼稚，癡情任性。兩個女性圍繞桑生像二龍戲珠，回環有趣。開頭兩人互相妒嫉，後來在幫助桑生的過程中互相欣賞、依戀，妒意全消。女鬼李氏為了和戀人長相守，追求借體重生；狐女蓮香為了塵世之戀，放棄修煉成仙，轉世為凡人。其實不管是狐還是鬼，體現的都是人性的芬芳。

蒲松齡煞費苦心編這麼一個曲折的故事，其實是為了勸世的。他在篇末的「異史氏曰」說了這樣一段話：

嗟乎！死者而求其生，生者又求其死，天下所難得者，非人身哉？奈何具此身者，往往而置之，遂至覥然而生不如狐，泯然而死不如鬼。

可歎啊，死了的盼望重生，活著的又希望死去。天下最難得的不是人身嗎？為什麼有了這難得的人身的人往往把它丟在一邊，卻厚著臉皮活得不如一隻狐狸，默默無聞地死去而不如一個鬼魂呢？

這個《聊齋》書生和一狐一鬼隔世相愛的故事，深深打動了清代大文學家王士禛。王士禛特別欣賞狐狸精蓮香身上體現出來的所謂「不妒之德」，他評點說：「賢哉蓮娘！巾幗中吾見亦罕，況狐耶！」

03 青鳳

得婦如此，南面王不易

〈青鳳〉寫的是狂放癡情的人間書生耿去病和美麗嬌羞的狐狸精青鳳之間的愛情故事。青鳳屬於《聊齋》早期的狐狸精形象——美麗嬌弱，溫柔多情，雖有狐狸精之名，骨子裡卻是深受儒家道德教養薰陶的少女。她嚮往熾熱的愛情，又自覺接受封建道德的管束，是典型的淑女。狂熱追求青鳳的耿去病，是人間一介書生，又是叫鬼狐都拿他沒辦法的能人。阻擋在他們中間的，是嚴格遵守封建道德秩序的狐狸精老頭兒。

一人兩狐捉對兒交鋒，人不怕狐，狐狸精倒怕人，敬狂生而遠之。在耿生因為跟青鳳離別而陷入刻骨思念的時候，青鳳的原形小狐狸跑到他身邊「依依哀啼」，兩人終成眷屬。而當年曾經阻撓這對戀人的狐狸精老頭兒，卻又需要耿生的幫助才能擺脫滅亡的命運。故事情節跌宕起伏，異彩紛呈，妙趣橫生。

太原府耿氏原本是名門望族，坐擁很大的院子和一座一座的樓房，後來家境漸漸敗落，樓閣房舍多半荒廢閒置，家裡常出現怪異現象：在沒人出入的情況下，大廳的門自己打開、關上，家人半夜常被驚醒。耿老爺心驚肉跳，只好搬到別墅去住，留下一個老僕人看門。從此耿府更加荒涼敗落，有人就曾聽到裡面傳出陣陣歡聲笑語和吹拉彈唱的聲音。

小說一開始就給人一種恐怖的印象，好像這地方會出現害人的鬼狐。但有個人不僅不怕鬼狐，還想去會一會鬼狐。耿老爺的侄子耿去病，為人狂放不羈，他囑咐看門的老僕要是聽到什麼奇怪的動靜，就趕快去告訴他。到了晚上，老僕看到有座樓上出現忽明忽暗的燈光，於是連忙跑去告訴耿生。耿生立刻要去看個究竟，老僕極力勸阻，他卻不聽。

他是怎麼進去的呢？「**撥蒿蓬，曲折而入**」，撥開長得很高的蓬草，說明這個地方好久都沒人來了，也沒人敢來，亂草都長這麼高了。耿生對耿府的門戶道路很熟悉，繞過曲折的迴廊，走到了有燈光的樓下。他上樓一看，沒發現什麼異常。接著他穿樓而過，聽到有輕輕的說話聲。他悄悄往裡看，房裡點著一對巨大的蠟燭，照得房間如同白晝一般。

有個老頭兒，頭戴讀書人的帽子，面向南坐著。在那個時代，什麼級別的讀書人戴什麼樣的帽子是有規定的。蒲松齡故意不寫老頭兒戴的是哪個級別的帽子，這很高明，因為狐狸精不可能參加科舉考試取得功名，再按照級別戴帽子。蒲松齡只是順手給老頭兒扣上一頂讀書人的帽子，進而賦予老頭兒讀書人的優雅涵養，以及嚴格管教家族成員、喜歡炫耀家世等一系列特點。老頭兒對面的座位上坐的是位老婦人，兩人都四十來歲，桌子兩邊分別坐著一個小夥子和一個年輕姑娘。桌上擺滿了酒肉，一家人團團圍坐，有說有笑。

占領耿家廳堂的顯然是狐狸精，但是他們在耿生面前卻沒有現出什麼怪異，廳堂完全是一個充滿溫情和文化氛圍的家庭聚飲場景。老頭兒坐在一家之主該坐的座位，家人座次則按照長幼次序，安排得井然有序，一點兒「異類」的氣氛都沒有。耿生突然把門一推，闖了進去，笑著喊道：「有個客人不請自來！」耿生的闖入，不像人類闖入異類的王國，倒像是異類闖入人類的溫馨家園。

耿生的狂，狂到極致，狂到不怕鬼，不怕狐狸精，反叫狐狸精怕他。隨著他的闖入，屋裡的人嚇得奔跑躲藏，唯獨老頭兒不躲。他走出來責問耿生：「你是什麼人，竟敢闖入人家的內室？」耿生說：「這是我家的內室，被您占了去，您有了美酒卻只顧自己喝，也不邀請主人，是不是太吝嗇了？」諸位聽聽這話，不怪異類作祟，倒怪人家不請自己喝酒，真夠大膽！

老頭兒是狐狸精，自然知道過去、未來，他仔細看了看耿生，說：「你不是這房子的主人！」耿生說：「我是狂生耿去病，是這房子主人的親侄子！」老頭兒一聽，客氣地對耿生行禮，說：「久聞大名，如仰泰山北斗！」這完全是讀書人之間初次見面寒暄的話。老頭兒朝耿生把手一拱，請耿生入席，又招呼家人撤換酒席，重新布酒添菜。有客人到來，得換掉原來的酒菜，重上一桌新酒菜，這也是讀書人家的待客之道。耿生不拘形跡，他說：「不必客氣！」於是老頭兒殷勤地給他斟酒。耿生說：「我們是通家之好，無須讓剛才在座的客人迴避，把他們都請回來喝酒吧。」

其實耿生更想請回來的是少女，結果老頭兒高喊：「孝兒！」不一會兒，此前在座的小夥子從外邊走了進來，老頭兒介紹道：「這是我兒子。」小夥子向耿生施禮後入座。賓主飲酒暢談，耿生問起老頭兒的家世。老頭兒說：「我們姓胡。」《聊齋》狐狸精經常自稱姓胡，等於宣布了他們是狐狸精。耿生向來豪爽，一點兒也不大驚小怪，仍然談笑風生。孝兒也豪爽灑脫，他們越談越投機，越談越互相欣賞。敘起年齡，耿生比孝兒大兩歲，他馬上親切地叫孝兒「老弟」。

老頭兒說：「聽說您祖上撰寫過《塗山外傳》，您知道嗎？」耿生說：「知道的。」老頭兒說：「我就是塗山氏後裔。唐堯後的家族譜系我還能記得，但五代前的就沒能傳下來。還請耿公子為我們講授一下。」

《塗山外傳》是蒲松齡虛構的書名。塗山氏，傳說是大禹的妻子。《吳越春秋・越王無餘外傳》寫大禹三十歲仍未娶妻，到塗山後，娶九尾白狐為妻。所以，《塗山外傳》隱指記載狐狸精傳說的書籍。老頭兒自稱塗山氏後裔，等於再次宣布自己是狐狸精。

耿生敘述起狐狸精塗山氏輔助大禹治水的功績，盡力誇張、渲染，滔滔不絕，妙語連珠。老頭兒聽了後特別高興，對兒子說：「今天太幸運啦，能夠聽到這麼多從來沒聽過的故事。耿公子不是外人，孝兒，請你母親和青鳳一起來聽聽，讓她們也知道知道我們祖上的功德。」

耿去病明知對談者是狐，是塗山氏後裔，故意投其所好，歌頌塗山氏以取悅狐狸精老頭兒。重視家族榮譽的狐狸精老頭兒馬上讓青鳳來聽。耿生靠口若懸河引出幕後美女，好戲就要開場了。

孝兒起身走到懸掛的帷幕後，不一會兒，先前在座的老婦人領著少女出來了。耿生細看那少女，只見她身材苗條，神態嬌媚，眼波似水，聰明外露，人世間從來沒看到過這麼美麗的女子。老頭兒指著老婦人說：「這是我的老妻。」又指指女郎，說道：「這是青鳳，我的侄女兒。她人很聰明，聽到見到的，都能長記不忘，所以我特地喊她來聽一聽。」

耿生繼續眉飛色舞地講述塗山氏的故事來討好這家狐狸精，講完塗山氏的故事就和老頭兒喝酒，一邊喝一邊目不轉睛地看著青鳳。青鳳覺察後，害羞地低下頭。耿生暗中用腳輕輕觸碰青鳳的繡鞋。青鳳急忙把腳縮了回去，但沒有表現出惱怒的樣子。耿生對青鳳一見鍾情，毫不掩飾；青鳳對耿生暗生情愫，對他的狂熱挑逗溫柔接受，但不敢越雷池一步。在眾多《聊齋》狐女中，青鳳最穩重膽小、最善於隱藏感情，她在封建家長的訓教面前，更是束手無策、畏首畏尾。

耿生看到青鳳如此嬌美可愛，越發心動神搖，不能把持自己，手往桌上一拍，說：「**得婦如此，南面王不易也！**」意思是說，能娶到這樣的妻子，就是讓我面南稱王也不換！

老婦人見耿生喝醉了，舉止越來越顛狂，於是帶著青鳳急忙離開。耿生很失望，告別胡老頭兒回去了。可是青鳳嬌美的姿容，在他心頭千回百轉，他總不能忘情。晚上，耿生再次登上重樓，屋子裡還浮動著青鳳幽雅的蘭麝之香。耿生足足等了一個通宵，可惜一點兒聲息都沒有。他回家跟妻子商量，想把家搬到那個樓裡，希望能跟青鳳相遇。耿妻不同意，耿生就自己前往，在樓下讀書。耿生有妻子，他想追求青鳳，還去徵求妻子的意見，豈不是太奇怪了？須知，封建社會[2]男女極不平等，男人可以一妻多妾，還可以像《紅樓夢》裡的賈璉，有通房大丫鬟，而女人卻只能從一而終。所以，看《聊齋》愛情故事，得注意它的時代性，或者說某種程度的封建性。

晚上，耿去病又回到耿老爺的大院子，正坐在桌邊，一個鬼闖了進來，披頭散髮，面黑如漆，圓睜雙目，逼視耿生。耿生朝著鬼哈哈大笑，伸手到硯台裡蘸上墨汁，把自己也抹個大黑臉，目光炯炯地跟那鬼對視。那個鬼只好甘拜下風，退出門去了。

耿生豪放不羈。人不怕狐鬼，狐鬼倒怕狂人。乾隆年間，侯世承評《聊齋》說：「最愛《聊齋》研墨塗面與鬼對視。豪爽俊快，天人胸襟，令人塵俗盡滌。」這個情節確實是《聊齋》中最好玩的橋段之一。

第二天，已是深夜，耿生吹滅蠟燭正準備睡覺，忽聽到樓後邊有人撥動門閂，「砰」的一聲，門被打開了。耿生急忙起來觀看，只見樓門半開，過了一會兒，傳來細碎的腳步聲，一道燭光從門裡射出來，耿生借著燭光一看，原來是他日夜思念的青鳳！青鳳突然看到耿生，嚇了一跳，連連後退，急忙關上兩扇門。

2 編者註：本套書中，「封建社會」一詞概指有科舉考試的時代。

青鳳的表現是深閨少女看到陌生男子的本能反應。耿生直挺挺地跪到地上，對青鳳說：「小生不避險惡留在這裡，實在是為著妳的緣故，幸好現在沒有其他人，如果能握一握妳的手，就近看一看妳的笑容，我就是死了也不留遺憾了。」耿生提了一個似乎微不足道的要求——握一握手，但是握手之後，他就會情不自禁地有進一步的要求。

青鳳還是站得離門遠遠的，說：「公子對我一往情深，我豈能不知？但是叔父家教很嚴，我不敢答應你的要求。」青鳳多麼善於辭令！她對耿生的狂熱追求不是不動情，但她不說自己對耿生的感情，而是說對於耿生的深情，她不是不知道。青鳳和一些大膽追求愛情的《聊齋》女性不同，她對待愛情的態度不是主動熱烈地追求，而是半推半就，富於「淑女性」。而叔父的嚴格教育即「叔訓」，禁錮著青鳳的思想。這哪兒是什麼狐狸精？分明是人間嚴格遵守婦德的千金小姐！

耿生再三哀求，說：「我也不敢奢望跟妳有肌膚之親，只要能看看妳美麗的面容，我就滿足了。」青鳳同意了這個請求，打開門走了出來，拉著耿生的手臂，將他扶了起來。耿生歡喜萬分，攬著青鳳下樓，把她抱在腿上。青鳳沒有拒絕，她還說：「幸好還有點兒命中註定的緣分，過了今夜，就是日夜相思也沒用了。」

看來，兩人分手後，不僅耿生心心念念不能忘情於青鳳，青鳳也同樣不能忘情於耿生。所以她才說「日夜相思」。耿生問：「什麼緣故？」青鳳說：「我叔父怕你那股狂勁兒，所以變成厲鬼來嚇唬你，奈何你並不害怕。現在叔父已經選好地方要搬家。一家人都在往新房子裡搬東西，我在這兒留守，明天就要離開這裡了。」太有趣了！人們常說，人怕鬼狐，敬鬼神而遠之，現在成了狐狸精怕狂生，搬家離開他的視線。

青鳳說完就想走，耿生緊抱住青鳳不放，想跟她進一步親熱。兩人正拉拉扯扯，胡老頭兒突然進來了。青鳳又羞又怕，無地自容，低著頭倚在床邊搓弄衣帶，一聲都不敢吭。胡老頭兒氣憤地說：「賤丫頭！辱沒我家門風！還不快滾？等著挨鞭子和棍棒吧！」青鳳低著頭急急忙忙地跑了，胡老頭兒也跟了出去。耿生不放心，跟在他們身後聽他們說些什麼，只聽到胡老頭兒對青鳳百般斥罵。青鳳小聲抽泣，直哭得氣都喘不上來。耿生非常心疼，大聲說：「罪過都在我身上，和青鳳有什麼相干？如果您能原諒她，刀劈斧砍，我都心甘情願承受！」

這個偶遇的小波折，把三個人物都寫得活靈活現。蒲松齡寫青鳳，用了四個字──「**弱態生嬌**」，著眼於「嬌」，嬌美、嬌羞。青鳳剛剛嘗到一點兒愛情的甜蜜，就被嚴厲的家長劈頭蓋臉地教訓了一頓。她像一隻受驚的小鳥，像一隻待宰的羔羊，聽憑叔父發落，只會低頭哭泣，還不敢大聲哭，是「**嚶嚶啜泣**」，這些細節把出身詩書之家、遵守三從四德的少女寫得很有神采。

蒲松齡寫耿生，著眼於〈狂〉。耿生對青鳳有真摯的愛情，在胡老頭兒撞破兩人的幽會，轟走青鳳，並一個勁兒地斥罵青鳳時，耿生心如刀割，主動承擔所有的責任，要用生命來保護青鳳。他對胡老頭兒說：「**倘宥鳳也，刀鋸鈇鉞，小生願身受之！**」刀鋸鈇鉞，是古代刑獄處決犯人的工具。這時耿生的狂，是對愛情的忠誠和狂熱，是能為心上人獻出生命的狂。

蒲松齡寫胡老頭兒，著眼於「禮」，即講究禮法。他不允許侄女和陌生男子親近乃至親熱，既是遵守封建禮法，也可能因為他憑藉狐狸精無所不知的法術，知道耿生已有妻室，不願意侄女掉到為人妾室的泥坑裡。特別耐人尋味的是，胡老頭兒聲色俱厲地教訓侄女，對耿生卻沒有一個字的責備或怪罪，這仍是按照儒家道德行事——凡事從自己身上找原因，嚴以律己，寬以對人。

青鳳和胡老頭兒消失得無影無蹤，四處鴉雀無聲，耿生只好回去睡覺。從此以後，這個院子裡再也聽不到怪異的聲響。耿生的叔叔聽說了這件事後，覺得很新奇，願意把宅院樓房轉讓給耿生，也不去計較錢多錢少。於是耿生帶著全家搬了進去。住了一年，日子過得很舒適，可他一時一刻也沒忘記青鳳。

清明節那天，耿生掃墓歸來，看到兩隻小狐狸被一隻狗緊緊追趕，一隻小狐狸向荒野拚命逃竄而去，另外一隻小狐狸驚慌地在路上躲來躲去。牠看見耿生，就跑到他身邊，偎依不去，耷拉著耳朵朝耿生點頭，好像在哀求耿生搭救牠。耿生覺得小狐狸很可憐，就解開衣襟，把小狐狸兜在裡邊抱回了家。回到家後，他關上門，把小狐狸放在床上。一轉眼，小狐狸變成了青鳳！

〈青鳳〉

「**依依哀啼**」的小狐狸，居然是日夜思念的人，真是美夢成真、天上掉餡餅！耿生大喜，問青鳳：「你嚇著沒有？」青鳳說：「剛才我正和丫鬟一起玩耍呢，沒想到突然遭到這樣的大禍。如果不是得你援救，我一定葬身狗腹了。希望你不要因我不是同類而嫌棄我。」耿生說：「我日夜想念妳，做夢都想著妳，現在看到妳，就像得了奇珍異寶一樣，怎麼會嫌棄妳呢？」青鳳說：「看來這是天意。如果不經歷這次驚險，我怎麼能跟隨在你身邊？丫鬟肯定認為我死了，家人不會再來找我，我可以跟公子終生相守啦。」

耿生很高興，把青鳳安排在另一所房子裡住下。過了兩年多，一天晚上，耿生正在讀書，孝兒忽然走了進來。耿生放下手裡的書，問孝兒從哪裡來、有什麼事。孝兒跪到地上，悲傷地說：「我父親要遭遇橫禍，只有您能搭救他，他本來想親自來懇求您，但他怕您不接受他，所以讓我前來相求。」耿生問：「令尊將會出什麼事？」孝兒說：「公子認識莫三郎嗎？」耿生說：「很熟。我和他的父輩是同一年中舉的。」孝兒說：「明天他將從您這兒經過，如果他帶著獵來的狐狸，請公子把牠留下。」耿生說：「那一年，你的老爹羞辱我，我一直耿耿於懷，如果一定要我給他效力，非青鳳來求不可！」孝兒流著眼淚說：「青鳳妹妹已經在郊野死去三年了。」耿生把袖子一甩，道：「既然這樣，我的怨恨就更深啦。」說完，他拿起書本高聲朗讀，不去理睬孝兒。孝兒站起來，放聲大哭，捂著臉走了。

耿生來到青鳳的住所，把孝兒來訪的事說了。青鳳臉都嚇得變色了，急切地問：「那你打算救我叔父嗎？」耿生說：「當然要救，剛才之所以沒有馬上答應，只不過是對你叔父當年那蠻橫態度的一個小小報復而已。」青鳳這才高興起來，說：「我從小就失去父母，是叔父撫養長大的。過去叔父得罪了你，可也是家規要求他那樣做。」耿生說：「妳說得有理，但畢竟不能一點兒都不記恨。如果妳真的死了，我一定不救他。」青鳳滿臉笑容地說：「**忍哉！**」意思是，至於那麼狠心嗎？

這一段將兩個人的性格刻畫得很生動。耿生如果僅僅是狂生，不會有那麼多讀者喜歡他。除了狂，他還很善良，樂意幫助別人，即使是曾經傷害過他的人。胡老頭兒遭難，耿生雖然口頭上說不管，其實心裡已經打算救他。

這既是因為耿生對青鳳愛屋及烏，也是因為他胸襟寬廣、與人為善。青鳳的「忍哉」兩字，本是埋怨的詞，卻是笑容滿面地說出來的，其實她知道耿生不會那麼狠心。青鳳的嬌美容顏如同出現在讀者面前，她的嬌嗔語氣如同響在聽眾耳邊。「忍哉」兩個字洋溢著青鳳因為自己和家人都得到耿生呵護的幸福感。《聊齋》用詞太簡練、太漂亮了！

第二天，莫三郎果然來了。他騎著裝飾著鏤金飾帶的駿馬，挎著虎皮做的箭袋，威風凜凜，後邊跟著大隊耀武揚威的僕從。耿生出門迎接，看到莫三郎打的獵物裡邊果然有隻黑狐狸，鮮血浸透了皮毛，近前撫摸，皮肉還是溫熱的。耿生藉口說恰好自己的皮袍破了，向莫三郎討要黑狐狸用以修補袍子。莫三郎二話不說，解下黑狐狸送給了耿生。耿生把黑狐狸交給青鳳，接著招待莫三郎飲酒。青鳳把黑狐狸抱在懷裡，三天以後，黑狐狸甦醒，轉眼變成了胡老頭兒。他抬頭看見青鳳，以為自己已不在人間。青鳳向叔父講述了自己和耿生的故事，講述了耿生的情誼，胡老頭兒馬上對耿生下拜，面紅耳赤地對過去阻止耿生與青鳳交往之事表示歉意。然後他高興地看著青鳳說：「我一直說妳沒有死，果然如此！」

青鳳對耿生說：「如果你以我為念，請把原來的房子借給我們家住，讓我完成報答叔父養育之恩的心願。」耿生滿口答應。胡老頭兒深感耿生的寬容，含羞帶愧地辭別而去。到了晚上，他果然攜全家搬了來，從此胡老頭兒和耿生親如父子，不再互相猜忌。孝兒經常來跟耿生喝酒聊天，耿妻生的兒子漸漸長大，拜孝兒為師，孝兒循循善誘，頗有名師風度。

為什麼說蒲松齡開拓了狐狸精題材？因為他寫的狐狸精和前人寫的完全不同。前人認為狐狸精損人害人，〈青鳳〉反其道而行之。讀書人狂放不羈，狐狸精反而恪守封建道德。胡老頭兒是嚴格按照封建禮節辦事的封建家長，狐女青鳳是逆來順受、不敢主動爭取愛情自由，同時又不忘孝道的封建淑女。一對有情人被封建家長棒打鴛鴦，幾乎沒有再聚首的可能，但青鳳因現出狐狸原形陰差陽錯回到耿生身邊，有情人終成眷屬。最後耿生以德報怨，當年文雅嚴肅的狐狸精老頭兒變成了血染毛革的垂危黑狐狸，當年被拒於千里之外的狂生變成了古道熱腸的救命俠客。狂生和狐狸精老頭兒關係緩和，就好像社會上冰炭不容的翁婿漸漸相容。

蒲松齡創造出青鳳這樣一個既美麗又善良，既追求愛情又遵守禮教的少女形象，給他帶來了巨大聲譽，他自己也很得意。他後來還在〈狐夢〉一篇中，記述了好朋友畢怡庵因為喜歡青鳳，企望也能遇到像她那樣的狐仙，果然在夢中和狐女相愛。這個狐女竟然要求畢怡庵轉請蒲松齡像寫青鳳那樣為自己立傳：「**然聊齋與君文字交，請煩作小傳，未必千載下無愛憶如君者。**」意思是，如果蒲松齡能像給青鳳立傳那樣給我立傳，千百年後的人裡面，說不定也有像你這樣愛我的呢。蒲松齡自己也說：「**有狐若此，則聊齋筆墨有光榮矣。**」小說家自己記載了小說的藝術魅力，表達了寫小說的幸福感。

04 嬰寧

愛花愛笑，我行我素

古代小說中哭得最美的是誰？紅樓人物林黛玉。絳珠仙草來人間向神瑛侍者還淚，動不動就哭。林黛玉在怡紅院花叢邊哭，花瓣為她落地，小鳥飛走不忍聽。

古代小說中笑得最美的是誰？《聊齋》人物嬰寧。她在什麼情況下都笑，無拘無束地笑，結婚拜堂時甚至都笑得不能行禮。嬰寧是古代文學中笑得最爛漫的姑娘。其實曹雪芹塑造林黛玉時從嬰寧身上借鑑了點兒經驗。愛哭和愛笑根本就是互相矛盾的，能借鑑什麼呢？借鑑人物個性關鍵字：口沒遮攔，赤子之心。

愛哭的林黛玉和愛笑的嬰寧還有一個共同特點：愛花。林黛玉是花魂，嬰寧則愛花如命。林黛玉為落花哭泣，嬰寧把首飾賣了換成花。曹雪芹派林黛玉做風露清愁的芙蓉花，蒲松齡派「**我嬰寧**」做山中「**笑矣乎**」的野草。她們都像大自然裡最本真的生物，嬰寧山花般明媚，林黛玉翠竹般挺拔。兩個女性都美麗純潔，又都為時勢所不容，一路笑來的嬰寧最後在封建閨閣中再也不笑了，一路哭來的林黛玉最後在瀟湘館裡淚盡而逝。曹雪芹把愛笑和愛哭的悖論處理得多麼高明！

嬰寧身世奇特：她是狐狸精的女兒，由女鬼養母養大，本來和紅塵毫不相干，只是為了愛情，來到她極不適應的惡濁人世。

蒲松齡筆下的人物命名非常考究。嬰寧，嬰兒般寧靜。鬼母如此形容她：「**年已十六，呆癡裁如嬰兒。**」〈嬰寧〉更深的含義來自《莊子．大宗師》「攖寧」一詞。莊子強調主體心境靈動涵容，強調心靈生機蓬勃。《大宗師》原話：「其為物，無不將也，無不迎也，無不毀也，無不成也。其名為攖寧。攖寧也者，攖而後成者也。」陳鼓應先生解釋為：「攖寧，即在萬物紛繁變化的煩擾中保持內心的安寧。」博覽群書的聊齋先生從《莊子》中給他筆下的《聊齋》女性取了個玄妙的名字，他又是如何創作出古代文學中獨一無二的笑姑娘，還有她那有趣好玩的愛情的呢？

嬰寧是不是愛情女主角？當然是。可她卻一洗千百年來小說中「一見鍾情」的套路。嬰寧出場時，恰好是百花凋零的元宵節，她手裡拈了一枝梅花。在秀才王子服眼裡，她「**容華絕代，笑容可掬**」。這句話太傳神了！八個字寫出兩個關於人物個性的關鍵字：美和笑。王子服立刻兩眼放光，目不轉睛地盯著嬰寧看。嬰寧對丫鬟說：「**個兒郎目灼灼似賊！**」不少研究者習慣按字面意思將這句話翻譯成「那小子，兩眼放光，像個小偷」，錯了！此處的「賊」不是通常說的小偷，更不是強盜，而是個愛稱。淄川方言中稱心愛的人是「小狼賊」。所以，「個兒郎目灼灼似賊」既描繪出王子服看到可愛的嬰寧時，恨不得眼裡伸出手來抱住她的急切心情，也透露了嬰寧喜愛王子服的訊息。

在那個時代，女孩子不能隨便跟男人交談。嬰寧卻想說就說，親切地把傻盯著自己看的王子服看成是親人一樣的「小狼賊」，大大方方地把花丟到地上，跟丫鬟說笑著走開了。這花是無意中丟的嗎？不是。這是嬰寧有意留下的愛情信物。

著迷的王子服拿著梅花回到家，將其珍藏密斂，回想著拈花少女，害了相思病。王子服的父母為寶貝兒子擔心，卻問不出是怎麼一回事，只能眼睜睜看著兒子一天天消瘦下去。王子服的表兄吳生來看望王子服，王子服把心事告訴了他。

吳生聽說王子服為了個不知家住何處、姓甚名誰的姑娘害相思病，笑得不得了，口頭上卻說：「一個隨隨便便就能跑到外邊玩的姑娘，應該不是出自高貴門第，我替你去找！」王子服一心一意地等著表兄的消息，病也好了。其實，吳生哪兒找得著拈花少女？在多方打聽無果後，他也就沒再繼續找了。王子服追問時，吳生又胡編一通：「我以為是誰呢，原來她就是我姑表妹，也是你的姨表妹。她就住在離這兒三十幾裡的西南山中……」然後，信口雌黃的表兄像遁地了，再不露面。王子服想：拈花少女不是住在三十里外的西南山中嗎？既然靠人不住，我就自己找！

世界何等的小，傻乎乎去大海撈針的王子服居然真的循著吳生胡編亂造的地址，找到了拈花少女！這少女恰好是他的姨表妹。這是不是太神奇了？這正是《聊齋》構思的精髓：幻由心生，只要你殷切追求，你所期望的一切就會實現。

讓我們隨著王子服追尋嬰寧的腳步，來看看這位拈花少女從什麼地方來。王子服往南山走，走了約三十里，只見「**亂山合遝，空翠爽肌，寂無人行，止有鳥道**」。

《聊齋》的語言藝術可謂精妙絕倫！短短十六個字，就刻畫出嬰寧的生活環境：亂山重疊，山谷寂靜，杳無人煙。空氣像被染綠，使人身心俱爽。沒有人事紛繁，只有綠竹紅花；沒有駟馬坦途，只有鳥飛之路。這個遠離世俗的所在，滿眼青翠，象徵著嬰寧盎然的生命力；空氣澄淨，象徵著嬰寧的純潔靈性。王子服遠遠看去，山谷繁花叢樹中有個小村落。進了村，所見都是茅屋，但幽雅清爽。有戶朝北的人家，門前柳絲飄飄，門內桃樹杏樹繁盛，桃杏之間夾雜著修長的翠竹，野鳥在枝頭嘰嘰喳喳。

這是誰家的花園？王子服不敢貿然進入，看看對面有塊大石頭，於是坐下休息。不一會兒，他聽到牆裡邊有道細細的女子聲音呼叫：「小榮！」接著，有位姑娘從東向西走來，手上拿著一朵杏花，低著頭往頭上戴。她抬頭看到王子服，便停止了戴花的動作，拈花微笑著進屋去了。王子服一看，正是元宵節遇到的那位姑娘！他高興得很，想進少女家，卻找不到理由；想喊姨媽，又顧慮跟人家從沒有來往，還怕出錯。可是周圍又找不到人詢問，怎麼辦？只能來回徘徊，從早上一直等到日頭偏西，眼巴巴盼著拈花少女能再出來，連需要吃飯喝水都忘了。

他看到那個姑娘總是從門縫裡露出半個臉瞧他，好像很奇怪他為什麼還不走。終於，有個老太太拄著拐杖走了出來，說：「哪兒來的小夥子？聽說早上就來了，想做什麼？肚子不餓嗎？」王子服急忙起身向老太太作揖，說：「我來探親。」老太太耳背，沒聽見。請注意，老太太耳背，後面會以此來做文章。王子服又大聲說了一遍自己所為何來，老太太問：「你親戚姓什麼？」王子服回答不上來。老太太笑了：「姓名都不知道，還探什麼親？我看你是個書呆子。不如跟我回家，用點兒粗茶淡飯，休息一晚，明天回家問清楚親戚姓名再來。」王子服恰好餓了，又可以藉機接近姑娘，真是喜從天降，於是高興地跟著老太太進了門。門內白石鋪路，路兩邊紅花爛漫，片片花瓣隨風散落。二人沿路曲折向西，又過一道小門，滿院的豆棚花架。老太太請王子服進屋，雪白的牆壁光潔明亮得像鏡子一般，窗外的海棠枝朵伸進屋內，房裡的床鋪、桌椅、襯墊，一切都乾乾淨淨，清清爽爽。

短篇小說之王蒲松齡為嬰寧量身打造的優美清雅的環境，簡直太妙了！他用寂無人行的青山，花木四合的草舍，野鳥飛鳴的綠竹，打造出嬰寧的氣場。青山，野鳥，綠竹，紅花，它們好像都在說：「我也是一個嬰寧！我就是那個嬰寧！」晉代大畫家顧愷之畫高潔的隱士謝鯤，故意把他放到深山。蒲松齡寫他心愛的「我嬰寧」，就讓她和山花、野鳥共存。海棠花——《紅樓夢》怡紅院裡標誌性的花——竟然直接把枝朵伸進了嬰寧的房間。

邊吃邊聊，王子服驚喜地得知，老太太恰好是他的親姨媽，嬰寧恰好是他的表妹。但其實他和嬰寧一點兒血緣關係也沒有，因為嬰寧不是老太太生的。老太太說嬰寧是庶出。老太太說嬰寧時用了四個字——「**嬉不知愁**」，即一天到晚嬉笑玩耍，不知憂愁。

老太太叫丫鬟把嬰寧喊來。等了好一會兒，王子服聽到門外有笑聲。老太太說：「嬰寧，你姨表兄在這兒。」門外仍然嗤嗤笑個不停。丫鬟推著嬰寧進來，嬰寧捂著嘴笑不可遏。老太太瞪了她一眼，說：「有客人在，嘻嘻哈哈的，像什麼樣？」嬰寧強忍著笑，站在一邊。王子服向她作揖，問：「妹妹多大啦？」嬰寧一聽這話，笑得前俯後仰，頭都抬不起來。老太太對王子服說：「我說她缺少管教，這不，你親眼看到啦？都十六歲了，還傻呵呵的，像個嬰兒。」老太太繼續跟王子服絮絮叨叨，王子服卻目不轉睛地看著嬰寧。丫鬟小聲對嬰寧說：「妳看他，兩眼放光，賊樣不改。」嬰寧又笑了起來，對丫鬟說：「咱們去看看碧桃花開了沒有。」說完，她急忙起身，用袖子捂著嘴，快步走了出去，到了門外，才又放聲大笑。

王子服被姨媽挽留住下。跟一般講才子佳人的小說不同，王子服跟心上人同在一個屋簷下，什麼「月上柳梢頭，人約黃昏後」的事，一樣都沒有發生。第二天，王子服來到後院，只見地上青草又細又嫩，像鋪了綠氈，楊花紛紛飄落，白花點綴著綠地。三間小草房，四面被花木環繞。王子服穿過花叢，聽到樹上有「簌簌」的響聲，抬頭一看，是嬰寧在樹上！看到王子服來了，嬰寧「**狂笑欲墮**」，即縱情大笑，差點兒從樹上掉下來。王子服說：「別笑了，小心摔下來。」嬰寧邊下樹邊笑，在快接近地面時失手落地，才停住笑。王子服扶起嬰寧，趁勢捏了她手腕一把。嬰寧又笑起來，笑得倚在樹上邁不動步子，笑了好久才止住。王子服等她笑完了，拿出袖裡的梅花讓她看。

接著，就出現了一段《聊齋》中著名的對話。嬰寧接過花來，說：「都枯啦，為什麼還

〈嬰寧〉

留著它？」

王子服說：「這是元宵節那天妹子丟的，所以我保存至今。」嬰寧問：「留著它有什麼用呢？」

王子服說：「以此表示相愛不忘啊。自從元宵節相遇，我就害了相思病，以為自己都要活不成了，沒想到能跟妳重逢，請妹妹千萬可憐我。」

嬰寧說：「這太不算個事兒了。自家親戚，有什麼可吝惜的？等你走時，我把老僕人喊來，把園中的花折它一大捆，給你背回去。」

王子服說：「妹妹，難道妳傻嗎？」嬰寧說：「怎麼就說我傻了？」

王子服說：「我不是愛花，我是愛那個拈花的人。」嬰寧說：「我們這麼遠的親戚，有什麼愛可說？」

王子服說：「我說的愛，不是親戚之間的愛，而是夫妻之間的愛。」嬰寧問：「這有什麼不同嗎？」

王子服說：「夫妻夜裡要同床共枕。」

嬰寧低頭想了好久，說：「我可不習慣和生人一起睡覺。」

誰能想像得到，嬰寧居然回答「**我不慣與生人睡**」？真可謂石破天驚！我每次看到這裡，都會情不自禁地笑出聲。妙齡少女和癡心追求者見面，沒有浪漫的表白，還說出這種似乎傻得不透氣的話。有研究者說嬰寧是「傻大姐」，這是沒看懂《聊齋》。

實際上嬰寧聰明得很，她的「憨態可掬」是其聰慧過人的隱身衣。要不然，她為什麼一會兒說她跟王子服是近親，一會兒又說是遠親？不管是近還是遠，都是為了捉弄王子服。嬰寧對王子服的心思門兒清，卻假裝什麼都不知道，她在芳華鮮美的桃花下和王子服來了番妙趣橫生的愛情逗樂。

嬰寧為什麼假裝不懂王子服的愛情表白？既是為了捉弄他，看他面紅耳赤的洋相，也是叫王子服表白得更加熾熱。中國古代的男女婚姻講究「父母之命」，哪有愛情的位置？而《聊齋》既講愛情，還要拿愛情逗樂，豈不是天外飛來？而這正是狐狸精嬰寧不同凡俗的地方。

嬰寧這樣的愛情表白或者說愛情逗樂，在古代小說中絕無僅有，其實嬰寧回答的「**我不慣與生人睡**」，似乎很傻，其實非常聰明。後來兩人成親，真正「**夜共枕席**」，王子服理所當然地擔心嬰寧在外人面前說出他們枕席之間的事，而「**女殊密秘，不肯道一語**」，即嬰寧的嘴很嚴，嚴守房中隱祕。這說明：嬰寧凡事心裡有數，什麼場合說什麼話，對什麼人說什麼話，門兒清，她不是傻，而是機智風趣。

嬰寧多聰明！她用笑隱藏自己的真實內心。嬰寧多幽默！而幽默是聰明才智的顯露，是勃勃生機的表現。在蒲松齡之前，古代小說中的女性身上很少能看到這種品格。蒲松齡特別喜歡自己創造的這個形象，叫她「我嬰寧」，而且說，嬰寧跟一種叫「笑矣乎」的野草很像，嗅到它，就會開心地笑個不止，比起楊貴妃那樣故意做出迷人姿態的解語花好多了：「**若解語花，正嫌其作態耳。**」

嬰寧剛說完「**我不慣與生人睡**」，丫鬟就來了。王子服非常狼狽，倉皇離開。過了一會兒，王子服和嬰寧在老太太房裡相遇，老太太問：「你們到哪兒去了？」嬰寧說：「在後院說話。」老太太說：「飯早就做好了，有什麼話說起來沒完沒了的？」嬰寧說：「表哥想跟我睡覺！」王子服尷尬極了，急忙朝嬰寧使眼色。嬰寧微微一笑，不說了。老太太耳背沒聽清，還在絮絮叨叨地問個不停。王子服急忙把話岔開，又小聲指責嬰寧。嬰寧一臉天真地說：「剛才的話不該說嗎？」王子服說：「這是背人的話。」嬰寧說：「背他人，難道也背老母親嗎？何況，睡覺是常事，為什麼要避諱？」王子服恨她不開竅，又沒辦法叫她明白。

嬰寧真是傻得不透氣嗎？她對母親說「**大哥欲我共寢**」，把王子服的魂都嚇掉了，其實這仍然是嬰寧和王子服妙趣橫生的愛情逗樂。因為他們說話時，丫鬟出去了，嬰寧的母親耳朵又比較背，嬰寧那句「大哥欲我共寢」是說給王子服聽的，故意捉弄他，看他焦急到汗流浹背的洋相。

剛吃完飯，王家的人牽了兩頭驢來找他。王子服請求帶嬰寧回家，老太太欣然同意。王子服的母親看到兒子帶回個漂亮姑娘，吃驚地問這是誰。王子服說是姨媽的女兒。母親說：「你吳家表哥跟你說的話，是騙你的。我沒有活著的姐妹，哪兒來的外甥女？」再仔細詢問王子服遇到的老太太的面貌特徵，又和王子服那嫁到秦家但早就去世了的姨媽相符合。母子正疑惑不已，吳生來了，問清是怎麼回事後，忽然說：「這姑娘是不是叫嬰寧？」王子服說是。吳生連稱怪事。他說：「秦家姑姑去世後，姑父一人鰥居，後來被狐狸精迷惑，得病死了。狐女生了個女兒，取名嬰寧，這姑娘莫非就是當年的小嬰寧？」

說來說去，誰都拿不准。只聽房裡嘻嘻哈哈的，滿屋子都是嬰寧的笑聲。吳生求見嬰寧，嬰寧憨笑不止，就是不出來。王子服母親一再催促，嬰寧極力忍住笑，面對牆壁定了定神，站了好一會兒，才出來對吳生匆忙行了個禮，又轉身跑回內室，放聲大笑起來。她的笑聲非常有感染力，引得滿屋子婦女都跟著笑起來。

吳生提出自己到西南山裡去看看究竟，順便給王子服做媒。他找到王子服去過的村舍後，發現那裡根本就沒有房子，只有些零落的山花。吳生想起姑媽埋葬的地方彷彿就在附近，只是墳墓已被荒草湮沒，辨認不出。吳生只好回來。

王子服的母親懷疑兒子遇到了鬼，進房把吳生的話告訴了嬰寧，嬰寧一點兒也不害怕。王子服的母親憐惜她無家可歸，嬰寧自己卻一點兒也不發愁，仍舊憨笑不止。王子服的母親讓嬰寧跟自己的小女兒住一起，嬰寧大清早就來向王子服的母親問安，做起針線活也精巧無比。嬰寧喜歡笑，她笑起來很美，大笑也不失嬌媚之姿，人人都喜歡看她笑。鄰女少婦爭先恐後地跟她交朋友。

王子服的母親擇了良辰吉日，叫嬰寧換上新娘禮服跟王子服拜堂成親，嬰寧笑得直不起腰，只好先不拜。嬰寧愛笑，每當王子服的母親生氣，嬰寧開口一笑，王母的氣立即煙消雲散。僕人丫鬟稍有過錯，怕被責打，便求嬰寧到王子服的母親那兒說句話，有過錯的人再來認錯，總能得到饒恕。

愛笑，是嬰寧性格的核心，她幾乎把封建時代少女不能笑、不敢笑、不願笑乃至不會笑的一切條條框框都打破了。那個時代，少女只能像李清照寫過的「向簾兒底下，聽人笑語」那樣，笑不露齒、笑不出聲，否則就有悖綱常，有失檢點，不正經！而嬰寧，她面對陌生男子，毫不羞澀地笑，自由自在地笑，放聲大笑，任何場合都笑。

蒲松齡用了多少詞寫嬰寧的笑？王子服第一次見到她時，她「**笑容可掬**」，王子服找到嬰寧家，老太太叫嬰寧來，先是「**戶外隱有笑聲**」，接著「**嗤嗤笑不已**」，然後是一系列不同的笑：「**忍笑而立**」、「**複笑不可仰視**」、「**大笑**」、「**笑聲始縱**」、「**狂笑欲墮**」、「**笑又作，倚樹不能行**」、「**濃笑不顧**」、「**放聲大笑**」、「**孜孜憨笑**」……笑得千姿百態，笑得開心之極。嬰寧真是任性而為，一切封建禮教的繁文縟節，對她而言不過是東風吹馬耳！

愛花成癖，是嬰寧的另一個重要特點。嬰寧到處物色好花，親戚朋友家都找遍了，又偷偷把首飾典當了買花。幾個月的工夫，王家臺階前、庭院中、廁所旁，到處是花。嬰寧本來就喜歡生活在遠離人世、山花爛漫的山中，來到王家，她想用大自然美麗的鮮花給自己打造一個純潔而野性的生存空間。嬰寧和花息息相關，蒲松齡讓花自始至終伴隨嬰寧，花甚至決定著嬰寧的命運。嬰寧自己就是遠離塵囂的深山中自由開放的山花，是王母娘娘御花園中和露栽種的碧桃，被貶到汙濁不堪的人世來了。

王家後院有架木香緊靠西鄰。嬰寧常爬到架子上摘木香，插到髮髻上或插在瓶子裡賞玩。王子服的母親看見她爬樹摘花，就會訓斥她，但是嬰寧始終不改。

有一天，嬰寧正在架上摘花，被西鄰的兒子看見，西鄰的兒子不眨眼地盯著她看，為她神魂顛倒。嬰寧非但不迴避，還嬉笑自如。西鄰的兒子認為嬰寧喜歡上他了，越發飄飄然。嬰寧指指牆底，笑著從架子上下來。西鄰的兒子以為那是嬰寧跟他約定幽會的地方，高興極了。到了晚上，西鄰的兒子來到牆邊，嬰寧果然在那裡等著，他湊上去跟她親熱，沒想到下身像被錐子紮了一般，痛徹心扉，他大叫一聲倒了下去。

再一看，哪兒有嬰寧？分明是一段枯木倚在牆邊，他下身接觸到的地方，是雨水在木頭上淋出的窟窿！他的父親聽到呼救聲，急忙跑來問，他只是呻吟著不說話，直到他的妻子來了，他才把實情講出來。家人點上燈照木頭上的窟窿，發現裡邊有隻螃蟹那麼大的毒蠍。西鄰老頭兒劈開木頭，把蠍子打死了。西鄰的兒子被背回房中，半夜毒性發作，死了。西鄰老頭兒狀告王子服，揭發嬰寧是妖怪。縣官向來敬仰王子服的才學，知道他是品行端正的老實人，判定西鄰老頭兒誣陷，要打他的板子。王子服為鄰家老頭兒求情，縣官這才把老頭兒解了綁，趕出了衙門。

嬰寧是畫家鍾愛的對象，手執鮮花、面帶笑容是嬰寧永恆的造型。對嬰寧愛花、愛笑的特質，研究者從沒異議，而對她教訓「**西鄰子**」一事，則眾說紛紜。有研究者認為嬰寧太過分了。

就事論事，嬰寧也許有點兒過分。但蒲松齡似乎必須這樣安排，不然的話，他想闡述的道理就難以繼續。其實「西鄰子暴卒」事件，是故意讓「真性情」面對「黑社會」，讓天真坦蕩的嬰寧，迎接來自社會的「風雨」，首先就是來自家庭的「風雨」。連縣官都原諒了嬰寧也許有點兒過分的惡作劇，嬰寧的婆婆卻結結實實地把她教訓了一頓，說她「**憨狂爾爾，早知過喜而伏憂也**」，還說，假如不是縣官英明，嬰寧就得拋頭露面對簿公堂，丟盡王家的臉面！於是，嬰寧「**矢不復笑**」。婆婆說：「**人罔不笑，但須有時。**」也就是說，封建家長仍然允許嬰寧笑，只是得在封建倫理的範圍內笑，簡直就是要嬰寧在強大的封建社會陰影中強顏為笑！

嬰寧天真爛漫，是人間「真性情」的化身。她想說就說，想笑就笑。在風刀霜劍的惡濁時世，能容許對人永不設防的待人方式嗎？能容許超然、寧靜的心境嗎？不能。這只是小說家的良好願望。嬰寧只不過是自由的象徵，是天馬行空的想像，是芳草美人的比喻。在任何時代，任何女性，甚至不只是女性，如果想按照嬰寧為人處世的方式來應對複雜的社會，沒有不碰壁的。

嬰寧這位幻想中的自由女神，不僅使受封建禮教壓制的女性更顯悲慘，更顯無助，她自己也終於因為「西鄰子」風波，一個跟鬥從自由飛翔的天空栽到了遍布荊棘的地面。「**笑矣乎**」的嬰寧「**由是竟不復笑**」，即使故意逗她笑，她也不笑。這麼純潔的少女，來到如此骯髒的社會，哭還來不及呢，哪兒還笑得出來？

嬰寧笑著出場，最後卻哭著說話。一天晚上，從不流淚的嬰寧淌著眼淚對王子服說：「過去因為跟你相處的時間短，怕說出來你會害怕。現在觀察婆婆和你對我都非常喜愛，不見外，我說出來，料也無妨。我本是狐仙所生，母親臨走前，把我託付給鬼母照顧，我和鬼母相依為命十幾年，才有今天。我沒有兄弟，能依賴的只有你。老母孤零零地在山裡吃苦，沒能跟父親合葬。她九泉之下常為這事悲傷。你如果不怕麻煩，不吝花費，能讓她消除這怨痛，或許能讓人們知道養女兒也有用，不至於丟棄。」

王子服滿口應承，只是顧慮墳墓被荒草所沒，找不準地方。嬰寧說這個不必擔心。夫妻倆選定良辰吉日，載了棺木，一同前往西南山裡。嬰寧在霧氣迷蒙的亂樹荒草中，準確指出墳墓所在，掘出老太太還沒腐爛的遺體。嬰寧慟哭致哀。他們把靈柩運了回來，又找到王子服姨父的墳墓，將他們合葬了。到了夜間，王子服夢到老太太來致謝，睡醒後將此事告訴了嬰寧。

嬰寧說：「我夜裡也見到了她，還囑咐她不要驚嚇到你。」王子服很遺憾沒有留下她，嬰寧說：「她是鬼呀，活人多，陽氣盛，她怎麼能長久在這兒住？」王子服又問起小榮，嬰寧說：「小榮是狐仙，最聰明了。狐仙母親留下她來照顧我。我一向感激她。昨天問過鬼母，她說小榮已經出嫁了。」一年後，嬰寧生了個兒子，這孩子還在娘親的懷抱中就不怕生人，見人就笑，大有他母親的風采。

這篇小說寫得好，不僅語言精彩，人物形象立體生動，小說構思也巧妙，技巧出眾。嬰寧是狐狸精，不是一開頭就交代的，而是一步一步透露。先是老太太說嬰寧是庶出，不是她生的；後是王子服的母親回憶起已去世的姐姐和王子服見到的老太太一個樣兒；接著是王子服的表哥吳生說出王子服的姨父有狐狸精情人，而狐狸精生的女兒叫嬰寧；最後再由嬰寧自己說出，她是狐仙所生，鬼母養大。嬰寧有狐狸精法術，只在她教訓西鄰的兒子時有點兒表現，也有研究者認為，吳生能信口胡謅拈花少女是王子服的表妹，也是嬰寧的狐狸精法力所致。

〈嬰寧〉是《聊齋》中最膾炙人口的名篇之一，也是最有詩情畫意的佳作。短篇小說裡的這位笑姑娘，跟長篇小說裡淚光點點的林黛玉一樣，是古典小說成功塑造的女性形象之一。

05 胡四姐

荷粉露垂，杏花煙潤

胡四姐是狐狸精，但她不是《聊齋》裡特別有名的狐狸精。〈胡四姐〉篇幅不長，卻有點兒「狐狸精綜合展」的意味，讀這個故事可以大開眼界。

截至宋代的《太平廣記》，文言短篇小說共有八十三篇寫到狐狸精。傳統觀念認為，狐是妖獸，狐狸精善於化為美女蠱惑男子。她們最大的特點是害人。而《聊齋》顛覆了傳統的狐狸精形象，塑造了一批體現真善美的狐狸精美女形象，有時還會在同一篇中交織描繪理想型狐狸精和傳統型狐狸精。〈胡四姐〉就同時寫出了狐狸精的幾種形態，有蠱惑人、害人的狐狸精，有比害人的狐狸精還糟糕的所謂騷狐，也有助人為樂的狐狸精。這只助人為樂的狐狸精，就是胡四姐。

蒲松齡對胡四姐的外貌描寫，是《聊齋》中最美的文字之一：「**荷粉露垂，杏花煙潤**。」《紅樓夢》後四十回中，作者直接照抄這八個字，用來形容新娘子薛寶釵，可謂人物美、語言妙。晨霧中的荷花，細雨中的杏花，蒲松齡用這兩種氣質不同的鮮花來形容同一個美人。更重要的是，這個柔美可愛的狐狸精追求愛的永恆，一旦相愛，就一直關心對方，直到生命盡頭。

蒲松齡約半個世紀都寄人籬下，做著家庭教師的工作，過著所謂梅妻鶴子的生活。他筆下的男主角經常是像他一樣的清苦讀書人。

〈胡四姐〉中的尚生也是這樣，他一個人住在簡樸清冷的書齋。秋高氣爽，明月高懸，他孤獨地在花蔭下徘徊，想入非非。忽然有個女子爬牆過來，笑著問：「秀才，什麼事想得這麼入迷？」尚生湊近一看，女子美貌如仙，他立即擁著把女子領進書房，兩人盡情親熱。過後他才想起來問女子姓名。女子說：「我姓胡，叫三姐。」再問她住在什麼地方，胡三姐只笑不說話。為什麼？因為沒法說實話。姓胡，已暗示是狐狸精，只能是住洞穴。尚生想得開，有美女做伴就行了，索性不再追問。胡三姐從此每晚都跟尚生幽會。

有天晚上，尚生和胡三姐在燈下促膝對坐，尚生目不轉睛地看著胡三姐，胡三姐笑著說：「你虎視眈眈地看我幹什麼？」尚生說：「我看你就像看紅紅的芍藥花、豔豔的碧桃花，我看一晚上也看不夠。」芍藥和碧桃都很美麗，看來胡三姐確實美豔。胡三姐說：「我這麼醜，你還如此喜歡，要是你看到我四妹，還不知道要怎樣神魂顛倒呢。」尚生心裡立即像貓抓一樣，恨不得馬上見到胡四姐，於是他跪到地上求胡三姐，希望能見到胡四姐。尚生實在像登徒子，喜歡美女且見異思遷。如果不是胡四姐的出現，尚生可能用不了多久就會死在狐狸精胡三姐手裡。

第二天晚上，胡三姐果然把胡四姐領了來，她多大年紀呢？「**年方及笄**」，也就是

十五、六歲，荳蔻年華，這意味著胡四姐是純潔的。什麼樣子？蒲松齡用的十六個字，是古代小說中描寫美人最精美的文字之一：「**荷粉露垂，杏花煙潤，嫣然含笑，媚麗欲絕**。」胡三姐說四姐之美遠遠超過她自己，三姐已美豔如花，四姐該什麼樣？蒲松齡別出心裁，沒用一個字寫具體面貌、形體，而是巧用比喻。四姐像晨霧中剛剛綻放的荷花一樣嬌美精緻，像濛濛細雨中的杏花一樣細嫩滋潤。然後寫四姐迷人的微笑，最後加「**媚麗欲絕**」總評。蒲松齡把胡四姐之美寫得力透紙背。

尚生欣喜若狂，拉姐妹倆坐下。胡三姐和尚生又說又笑，胡四姐擺弄著身上的繡帶，低著頭。過了一會兒，胡三姐起身告別，胡四姐要跟她一起走，尚生拉住胡四姐不放手，他對胡三姐說：「幫我說句好話啊！」胡三姐笑著說：「狂郎君急壞啦，妹妹稍微留一會兒。」胡四姐不再說什麼。胡三姐走了，尚生和胡四姐非常恩愛。胡四姐枕著尚生的胳膊，毫不隱諱地告訴尚生：「我是狐狸精。」尚生愛胡四姐的美貌，也就不大驚小怪。胡四姐又告訴尚生：「我姐姐是害人的狐狸精，已害死了三個人，受她迷惑的人，沒有不喪命的。我不忍心看你死在她手裡，你還是趕緊和她斷絕來往吧。」

尚生害怕了，求胡四姐幫忙。胡四姐說：「我雖然也是狐狸精，卻曾得到仙人法術，我寫個符貼在你睡房門上，三姐就不會再來了。」第二天早上，胡三姐來了，看到符就退了出去，說：「這丫頭負心，妳喜歡妳的新郎，卻把牽線人忘了。算啦，你們倆命中有緣分，我也不記仇，但何必這個樣兒？」說完就走了。

尚生和胡四姐同居幾天後，胡四姐外出，約定明天再來。到第二天，尚生出門眺望，從密密叢林裡走出一個很有風韻的少婦，她走近對尚生說：「秀才何必留戀胡家姐妹？她們一分錢也不能給你。」說著拿出一貫錢交給尚生，又道：「你先去買酒，待會兒我帶些菜餚來，咱們好好樂一樂。」尚生居然來者不拒。等他買完酒回來，少婦果然來了，還帶了一隻燒雞、一隻豬肘子，她用刀切成肉丁，兩個人一邊喝酒一邊調情，晚上住到一起，盡情放蕩。第二天早上，少婦起來穿鞋子，忽然聽到有人來，原來是胡家姐妹。少婦嚇得倉皇而逃，鞋子都掉了。胡家姐妹訓斥她：「騷狐狸！妳怎麼敢和人一塊兒睡覺！」一邊說一邊追。過了一會兒，胡家姐妹回來了，胡四姐非常不高興地對尚生說：「你太沒出息了，竟然和騷狐狸成雙結對，我再也不接近你了。」看來，所謂騷狐狸，比害人之狐檔次還低，大概介於狐狸動物原身和狐狸精之間吧。胡四姐比尚生的品性高潔。她氣呼呼地要馬上離開，尚生跪到地上苦苦哀求，胡三姐在一邊勸解，胡四姐這才稍稍消了點氣，又和尚生恢復相好。胡三姐和騷狐，都是害人的狐狸精。她們只要欲，不要情，害人而不愛人。

有一天，有個陝西人來到尚家，說：「我到處找這妖精，找了不是一天兩天了，現在總算找到了。」尚生父親見此，忙問怎麼回事。客人說：「我一年到頭不在家，結果讓狐狸精害死了我弟弟。我發誓給弟弟報仇，奔波了幾千里，一直沒找到那害人的妖精，現在妖精就藏在你們家。我如果不把妖精滅了，就會有人像我弟弟一樣被害死。」

尚生和胡家姐妹來往，他的父母已經發現。聽了這話，他們馬上請客人進家裡施展法術。客人拿出兩個瓶子放在地上，又是插令旗又是畫符又是念咒，過了很長時間，才看到有四團黑霧被吸進兩個瓶子裡。客人高興地說：「妖精全家都到了。」於是用豬膀胱包裹瓶口，嚴密封住。尚生父親也很高興，熱情地留客人吃飯。

尚生心裡很難受，悄悄走到瓶子旁邊偷看。他聽到胡四姐在瓶子裡說：「你坐視不救，怎麼如此負心？」尚生心裡更難受了，想揭開封條，卻怎麼也揭不開。胡四姐說：「不用揭封條，你放倒他法壇上的令旗，用針刺破豬膀胱，我就出來了。」尚生照辦，果然看見一絲白氣從他刺破的孔裡冒出來，直衝雲霄而去。客人出來，看到旗子倒了，大驚失色地說：「跑啦！這一定是尚公子幹的。」又俯身搖了搖瓶子，聽了聽，說：「幸虧只跑了一個，這個還不該死，姑且饒了她吧。」於是帶著瓶子，告辭而去。

一晃過了十年，有一天，尚生在地裡監督長工割麥，遠遠看見胡四姐坐在樹下。尚生走過去，拉著她的手問她近況如何。胡四姐說：「分手十年，我已煉成金丹，修煉成仙，但我思念你的心還是放不下，所以來看看你。」尚生想帶胡四姐回家，胡四姐說：「我已今非昔比，不可以再沾染塵世情緣。我們以後還會見面。」說完，一下子不見了。

又過了二十多年，一天，尚生一個人在房間，看到胡四姐從外邊進來，尚生高興地跟她說話，胡四姐說：「我如今名列仙籍，不該再到塵世來。但我感念你的一片情義，特來告訴你你的死亡之期。你早點兒處理身後事，不要悲傷，我會度你做鬼仙，沒有什麼苦

〈胡四姐〉

楚。」胡四姐走後，到了胡四姐說的那天，尚生果然去世了。

《聊齋》中的狐狸精和男士相愛，常常如飛鴻踏雪泥，只留下驚鴻一瞥，而姿色出眾、柔美可愛的胡四姐卻追求愛的永恆。胡四姐有絕美的外貌，溫柔多情、善良周到、自珍自重。她一旦跟尚生相愛，就視維護尚生安危為己任，把「牽線人」三姐害人的狠毒揭露出來，又將騷狐驅逐走。驅狐陝人不分青紅皂白，在向胡三姐復仇時，將胡四姐一併捉拿。尚生幫她逃走，胡四姐銘記在心，即使成仙，仍然對尚生深愛不移，關懷備至。胡四姐是狐狸精時跟尚生相愛，成仙後仍然對尚生念念不忘，她身上體現了愛的「永恆」——重情重義，相愛一時，關心一世。

既有害人的狐狸精，又有騷狐，還有與人為善的狐狸精，以及對付狐狸精的陝西人，〈胡四姐〉迷離惝恍，像現代小說的意識流。它應該是蒲松齡向壁虛構的吧，但蒲松齡偏偏在結尾說：「**尚生乃友人李文玉之戚好，嘗親見之。**」極其荒誕的故事，卻有真人來證實，這就是《聊齋》裡的法術。

06 阿繡
最美狐狸精應是她

阿繡有兩個，一個是民間少女，一個是狐狸精。兩個阿繡長得幾乎一模一樣。「幾乎」，說明她們還是有區別的。最初，民間阿繡比狐女阿繡美。狐女阿繡不斷修煉，最後她們的美不分上下。兩個阿繡都美，而狐女阿繡的美更具哲理性。她美在外表，更美在內心，美在對美的不懈追求。

或許有讀者朋友要笑，狐狸精追求內心美，那還叫狐狸精嗎？一點兒不錯，《聊齋》中一些比較特殊的狐狸精正是這樣。〈阿繡〉固然寫出了姐妹雙姝各有千秋的美，但主要還是著眼於狐女阿繡的美。兩個阿繡如何捉對兒「媲美」？為什麼從表面上看，民間阿繡更美，而實際上狐女阿繡更美？咱們把〈阿繡〉的故事剪成幾段來看——

第一段：劉子固癡愛民間阿繡。

海州劉子固到蓋州看望舅舅，看到某間雜貨鋪有個女子姣美豔麗，舉世無雙，很喜歡，於是悄悄來到那家雜貨鋪，假託買扇子來接近她。女子讓父親出來接待，劉子固很沮喪，故意把扇子價錢砍得很低，沒買就走了。他遠遠看到那父親離開鋪子，急忙再跑去買，女子又要喊父親回來，劉子固說：「不要喊他，你只管說多少錢，我不會跟你講價。」女子故意要高價，劉子固不忍心跟她講價，把錢如數交上，拿著扇子走了。

第二天，他又去假裝買東西以便親近那個女子。還像頭一天那樣，女子仍然故意要高價，他仍然不還價，等他付完錢拿上東西走出幾步，女子在後邊喊他：「回來！剛才的價錢是騙你的，貴得過分了。」於是把一半的錢退還給劉子固。劉子固被女子的誠懇感動，瞅空兒就往店裡跑，跟女子漸漸熟悉起來。女子問：「公子住在哪個地方？」劉子固實話實說，反問姑娘姓氏，姑娘回答：「姓姚。」劉子固離開店時，姑娘總把他買的東西用紙包紮得整整齊齊，用舌頭舔一下黏上，劉子固將買的東西揣在懷裡帶回舅舅家後就不敢再動，怕把姑娘的舌痕弄沒了，多麼癡情的人啊！這樣過了半個月，他的祕密被僕人發現了，僕人將此事告知劉子固的舅舅。得知其中的緣由後，舅舅催促他回家。劉子固戀戀不捨，但無可奈何，就把從雜貨鋪買的香帕脂粉之類的他根本用不到的東西，藏在一個箱子裡，沒人時就關上門拿出來賞玩一遍，每樣物品都能引出一段甜蜜的回憶。

這段故事基本是從六朝小說借的情節。南朝小說《賣胡粉女子》寫一富家子弟愛上賣胡粉的女子，每天托買粉相見，女子「相許以私」，約會時男子歡踴至死，女子惶懼而遁。男子之母發現胡粉，告官追查，女子「臨屍盡哀」，男子「豁然更生」，二人結為夫婦。這個故事非常簡短，〈阿纖〉取材於此，但遠不止於此。阿纖賣雜貨僅僅是兩人相識的開始，卻是一次相當生動的開始。

劉子固鍾情阿繡，藉買東西親近。第一次，阿繡叫出父親，劉子固失望而返；第二次，阿繡故意要高價，劉子固如數交錢；第三次，阿繡故意再要高價，劉子固還是照交，阿繡退了一半錢給他。三次買賣，一次與一次不同，一次較一次有感情交流。但明倫評曰：「劉固情癡，女亦慧種。」劉子固熱誠、執著，多情得近於傻瓜；阿繡純真、熱情，聰明之中帶有慧黠。劉子固的癡情明顯，阿繡的鍾情若有若無。劉子固為接近阿繡，一次又一次買自己不需要的東西，阿繡故意以紅土冒充胡粉，劉子固非但沒發覺，還珍藏密斂：「**所市物，女以紙代裹完好，已而以舌舐黏之。劉懷歸不敢復動，恐亂其舌痕也。**」癡情公子不敢亂美人舌痕，裡邊偏偏包著捉弄他的紅土！小說家以趣筆輕輕點綴細事，寫活了一對青年男女純真、熱烈而富有詩意的愛情。

《聊齋》不像《幽明錄》那樣人物平面化、故事梗概化，而是用生動活潑的細節刻畫血肉豐滿的立體人物。

第二年，劉子固再次來到蓋州，行李剛放下，他就往姚家雜貨鋪跑，可姚家店門緊緊關著。他猜想姚家人可能暫時外出沒回來，失望地回到舅舅家。第二天早上去看，門照樣關著。跟鄰居一打聽才知道，姚家原是廣寧人，因做買賣掙錢不多，暫時回老家了，也不知什麼時候會回來。劉子固心情極沮喪，在蓋州住了幾天，怏怏不樂地回了家。

劉母跟他商量他的婚事，他幾次違背母親的意願，劉母很生氣，心裡也有點奇怪。僕人私下把劉子固在蓋州的情況告訴了劉母。母親越加防範他，不再讓他到蓋州去了。劉子固飯也吃不下，覺也睡不著。劉母擔心至極，心想不如滿足兒子的願望算了。於是讓劉子固打點行裝，趕到蓋州，請他舅舅到姚家去說親。舅舅不一會兒就回來了，說：「阿繡已經跟廣寧人訂親了。」劉子固聽了懊喪地低下頭，灰心絕望。小說寫了那麼多二人的交往細節，而阿繡的名字直到現在才從舅舅嘴裡說出來。

回到家鄉，劉子固捧著裝滿從阿繡手裡買來的香粉胭脂的小箱子，淚如雨下，心生癡念：要是天下能有跟阿繡長得一模一樣的人就好了。小說第一段寫民間少女阿繡和劉子固的感情糾葛。劉子固表現出的是熾烈的愛，阿繡有些矜持又相當聰慧，有著民間剛到婚嫁年齡的少女的特點。

第二段：狐女阿繡李代桃僵。

「**徘徊顧念，冀天下有似之者**」，講的是劉子固的願望，也是狐女阿繡出場的前提。劉子固癡念阿繡，因其超逸絕倫的美。狐女化身阿繡形象出現，也因為豔羨阿繡超凡脫俗之美，希望能與之媲美。劉子固思念阿繡，希望類似者出現，是熱戀者的特殊心理，也是作者有意安排：正因為劉子固對「似之者」殷切企盼，狐女阿繡才能李代桃僵，衍化出更令人心動神移的感情，衍化出對美和愛求索的人生。實際上，劉子固和民間少女阿繡的交往對狐女阿繡的出現起到了導引的作用，小說真正的女主角是狐女阿繡。

此時恰好有媒人來，極力稱讚復州黃家的女兒漂亮，劉子固怕此話不真，親自跑到復州去看。進了縣城西門，看到一家朝北的人家，兩扇門板半開，裡邊有個女郎非常像阿繡，再定睛細看，那女郎也邊走邊回頭看劉子固，然後進門去了。正是阿繡！劉子固激動極了，就到這家的鄰居那兒租了房子住下，細細打聽隔壁是什麼人。

房東說隔壁人家姓李。劉子固反覆猜想、懷疑，世界上難道真有如此相似的人嗎？住了幾天，劉子固找不到理由到她家詢問，只好天天守在她家門口，希望那女郎再出來。有一天傍晚，女郎果然出來了，看到劉子固，馬上返身往回走，用手指指身後，又把手掌捂在額頭上，進去了。劉子固高興極了，可想不出女郎的手勢究竟是什麼意思。他凝神想了許久，信步來到這家的房後，看到那裡有個荒涼的園子，西邊的矮牆剛到肩膀高，劉子固豁然開朗，知道這是女郎指點他來此會面，就蹲到草叢中等著。

過了好一會兒，有人從牆上露出腦袋，小聲問：「來了嗎？」「來了來了！」劉子固一邊答應，一邊從藏身的地方跳出來，細細一看，果然是阿繡！劉子固激動地大哭。女郎隔著牆頭用巾帕給他擦眼淚，親切地撫慰他。

劉子固說：「千方百計都不能如願，我以為今生今世都不能跟妳再相見了，怎會想到還有今天這樣的好事！但是妳是怎麼到這裡來的呢？」女郎說：「李家，是我表叔家。」劉子固請女郎跳過牆來，女郎說：「你先回去，讓隨從到別的地方去住，我自會來找你。」劉子固回去後依照她的話把隨從遣走，坐在那兒等著。

〈阿繡〉

過了一會兒，女郎悄然而入，衣袍褲子還都是當年的樣子。劉子固拉她坐下，詳細敘述對她的思念和向她家提親的過程，接著問道：「聽說妳已訂婚，怎麼還沒過門？」女郎說：「我接受廣寧人的聘禮是謠傳，我父親因為咱們兩家離得太遠，不願意跟你家結親，或許是托你舅舅說了句假話。」說完兩人就寢，男歡女愛，女郎千嬌百媚，妙不可言。到四更天，女郎急忙起來，翻過牆去，走了。

這個阿繡是假阿繡，即狐女阿繡。她幻化為阿繡的模樣出現在劉子固面前時，立即顯出機敏的特質和控制局面的本領：劉子固發現一個長得很像阿繡的女郎，於是盯著瞧，這個「**怪似阿繡**」的女郎是「**且行且盼而入**」，多麼聰明的形體語言！這是暗示她認識劉子固，但不好意思打招呼，「且行且盼」比直接宣布「我就是阿繡」，更符合少女阿繡自珍自重的個性。然後劉子固夙願得償，與「阿繡」幽會，同榻而眠，歡樂無比。

從這段描寫，我們發現，賣香粉的阿繡似乎一下子長大了，既老練又成熟。二人相認，劉子固悲傷地大哭，阿繡溫柔地替他擦眼淚，親熱地安慰他。過去的阿繡嬌憨清純，帶點兒清高，哪像現在的「阿繡」在男人面前如此主動？

接著，二人「**既就枕席，宛轉萬態，款接之歡，不可言喻**」，這段描寫意味深長。這個「阿繡」有點兒過於嫵媚，不像天真少女。劉子固認定眼前的美女就是阿繡。但仔細琢磨又有疑點：其一，舊衣是識別阿繡的標誌，但哪有數年不換衣服的，太真了反而說明其假；其二，女郎對劉子固的態度與當年的阿繡不同。昔日阿繡多一些少女嬌憨，今日「阿繡」多一些母性溫柔，處事過於老練成熟，不像天真爛漫的阿繡。但是劉子固沉浸在跟阿繡重逢的喜悅中，哪兒可能想到這些？

第三段：狐女阿繡被識破。

劉子固當局者迷，僕人旁觀者清。劉子固遇到「阿繡」便把到復州求親的念頭忘了，住了個把月，一句回去的話也不提，也不找黃家的女兒。有天夜裡，僕人起來餵馬，看到劉子固房間亮著燈，悄悄一看，看到了「阿繡」，大吃一驚。

於是第二天僕人到市面上訪查了一番，回來後跟劉子固攤牌：「夜裡跟您來往的是什麼人呀？」劉子固剛開始還想隱瞞。僕人說：「這地方很荒涼，是鬼狐的窩。公子應該自愛，那個姚家女郎，為什麼會到這裡來呢？」劉子固說：「西鄰是她表叔，有什麼地方不對勁嗎？」僕人說：「我都問清楚了。東鄰只有個孤老婆子，西邊這家只有個小孩子，再沒有其他親戚。你遇到的應該是鬼魅，不然，哪有幾年都不換衣服的？而且這個女的面色過於白，臉頰比阿繡稍微瘦點兒，笑起來臉上沒有那兩個小小的酒窩兒，不如阿繡長得美。」

智僕眼光如炬，情人間看不出來的微妙差別，他看得出來。而眼前的「阿繡」「不如阿繡美」是〈阿繡〉故事的關鍵。

劉子固想了想，害怕了，說：「那該怎麼辦？」僕人說：「等她再來，我們一起拿著兵器打她。」晚上，女郎來了，她對劉子固說：「我知道你懷疑我。我沒有其他想法，不過是來了結我跟你命中註定的情緣。」她的話沒說完，僕人手拿兵器沖了過來，女郎呵斥道：「丟掉兵器！準備好酒菜，我要跟你主人話別。」僕人手裡的刀自己掉到了地上，好像有人從他手裡奪走一樣。劉子固更害怕了，勉強安排好酒菜。女郎跟平時一樣說說笑笑，對劉子固說：「我瞭解你一直想念蓋州阿繡，我想幫你，盡我的微薄之力，你至於埋伏兵刃嗎？我雖不是阿繡，但自認為不比她差。你看我像過去那個阿繡嗎？」劉子固嚇得毛骨悚然，一句話也說不出來。女郎聽到更鼓敲了三下，喝了口酒，說：「我先走了，等你洞房花燭時，我再來跟你家美人兒比比，看看到底誰更漂亮？」轉眼就不見了。

劉子固跟「阿繡」剛剛還恩恩愛愛，難捨難分，轉眼間劉子固對「阿繡」就沒有絲毫眷戀，只考慮個人得失，實在寡情。相比之下，狐女阿繡要寬厚得多，善良得多，她在嚴陣以待的劉子固主僕面前，既不大驚小怪，也不自慚形穢，她不卑不亢，坦坦蕩蕩，落落大方。

她對劉子固說的話裡有兩層含義：其一，狐女本來就想幫助劉子固和他的心上人結合，並沒有打算鳩占鵲巢；其二，阿繡是美的，狐女自認不比她差，身為戀人的劉子固都分辨不出，不正說明二人之美不相上下嗎？可惜，狐女的一番衷腸話對劉子固來說像東風吹馬耳，劉子固還是拒絕了狐女。對這樣的寡情郎，狐女仍以德報怨，說：「**我且去**，

待花燭後，再與君家美人較優劣也。」狐女阿繡的話是什麼意思？你不是愛民間少女阿繡嗎，我就幫助你們兩人結合，然後再跟她比比看，到底哪個更美。

第四段：狐女阿繡救助民間少女阿繡。

劉子固來到蓋州，埋怨舅舅騙自己，因為狐女阿繡說過，民間少女阿繡並沒有跟廣寧人訂婚。劉子固在姚家附近找了個地方住下，托媒人到姚家說合，給了許多錢。阿繡的母親說：「我家小叔子在廣寧給阿繡找了個女婿，她老爹就是為這緣故去的，能不能成功還不知道，需要那邊的人回來時才能商量你的事。」

劉子固前思後想，左顧右盼，拿不定主意，只好一直盯著姚家，等待姚家父女回來。沒想到發生兵災，他只好打點行裝離開，中途遇到兵亂，主僕失散，他被巡邏兵捉住了。看他長得文弱，看守並不嚴，於是劉子固乘機偷了一匹馬跑了。他跑到海州地界，看到一個女子，蓬頭垢面，步履艱難。劉子固騎著馬飛快從她身邊跑過，女子招呼道：「馬上的人莫非是劉郎？」劉子固勒住韁繩仔細一看，竟然是阿繡！他心裡仍懷疑她是狐女，問道：「妳是真的阿繡嗎？」女子問：「你為什麼說這樣的話？」

劉子固敘述了他近來的遭遇。女子說：「我真是阿繡，不是假冒的。我父親帶著我從廣寧回來，因為遇到兵變被抓住了，父親讓我騎馬，我一次又一次從馬上掉下來。忽然來了個女子，抓住我的手腕催我快跑，我們在亂軍中奔竄，也沒人盤問我們。那女子健步如飛，我跟不上她，跑了百十來步，鞋子掉了好幾次。我們跑了很長時間，聽到人喊馬叫的聲音遠了，那女子才放開我的手說：『我們在此分手吧！前邊都是平坦好走的路，你慢慢走，愛你的人就要來了，你跟他一起回去。』」劉子固知道那女子就是狐女，心裡很感動。

劉子固終於良心發現！狐女有神力卻不報復劉子固，更不去傷害情敵真阿繡，而是幫助劉子固和阿繡在戰亂中重逢，建立幸福的家庭。其實當阿繡陷入危難時，狐女即使不特意加害，阿繡也性命難保，至少清白難保。狐女卻將阿繡救出，讓她與劉子固團聚。狐女這位愛情失意者，沒有悲哀，沒有懊喪，沒有妒忌，沒有怨天尤人，只有寬容和體諒。愛一個人，就讓所愛的人與他愛的人走到一起。在這一點上，狐女阿繡和女鬼宦娘是一致的。

劉子固和阿繡兩人騎馬回到家。進了家門後，劉子固向母親述說自己是如何把阿繡帶來的。劉母聽了也高興，讓阿繡梳洗，梳妝之後，阿繡容光煥發。劉母更加喜歡，說：「無怪乎我的傻兒子魂都丟在你身上，做夢也忘不了呢。」這是背面敷粉，寫阿繡之美。

劉母給阿繡鋪上被褥，讓她先跟自己睡，又派人到蓋州，捎信給姚家。不幾天，姚家夫婦到了，選了個良辰吉日為劉子固和阿繡舉行婚禮後，姚家夫婦才離去。劉子固拿出珍藏的箱子給阿繡看。箱子中的東西，當年阿繡怎麼封的，現在還是什麼樣兒。有一盒粉，劉子固打開一看，卻變成了紅土。劉子固很奇怪，阿繡捂著嘴笑，說：「幾年前的贓物，現在才發現哪？那時，我看到你任憑我打包貨物，根本不管包上的是什麼東西，我就故意包上紅土跟你開個玩笑呢。」

第五段：兩位阿繡比美。

劉子固和新娘子阿繡正愉快地說笑，有人掀開簾子進來說：「這麼快樂，不應該謝謝媒人嗎？」劉子固一看，又來了個阿繡！於是急忙叫母親來看。劉母和家人都來了，沒人能分辨出哪個阿繡是真的，哪個阿繡是假的。劉子固一回頭的工夫，也弄不清了，目不轉睛看了許久，大概是想到僕人說的狐女阿繡跟民女阿繡的細微區別才分辨出來，他真誠地向狐女阿繡作揖感謝。狐女阿繡要來鏡子一照，面紅耳赤，急匆匆地走了。再找，已沒了蹤影。兩個阿繡第一次比美，狐女自認比不上阿繡，慚然而退。

有天晚上，劉子固喝醉了回到臥室，房間很暗，劉子固剛要點燈，阿繡就來了，劉子固抱住她問：「到哪兒去了？」阿繡笑著說：「酒氣熏死人了！這樣盤問，難道我跟誰到野外去幽會啦？」劉子固笑著捧起她的臉，阿繡說：「你看我跟狐姐姐，誰更漂亮？」劉子固說：「妳比她漂亮。不過只看表面的人是看不出來的。」說完關上門，二人上床親熱。不一會兒，有人敲門，阿繡起身笑著說：「你也是個只看表面的人哪。」劉子固不理解她話裡的意思，急忙跑過去開門，門外卻站著另一個阿繡。劉子固大驚，這才知道剛才跟自己親熱的是狐女。

兩個阿繡第二次比美，連做丈夫的都分不出妻子真假，說明狐女之美和民女阿繡已經沒區別了。孜孜追求如許歲月，終於如願以償，狐女發出欣慰的笑聲。狐女對美的執著追求，對愛的無私奉獻，像毫無瑕疵的寶石，發出璀璨而聖潔的光芒。

狐女阿繡不見了，黑暗中還能聽到她的笑聲。劉子固夫妻二人向空中行禮，求她現身，狐女說：「我不樂意見阿繡。」劉子固說：「那妳為什麼不換個模樣？」狐女回答說：「我不能。」劉子固又問：「為什麼不能？」狐女說：「阿繡是我的妹妹，前世不幸夭折，活著的時候，我們曾一起去到天宮，看到西王母，便偷偷地愛慕她，回來就刻意模仿西王母。妹妹比我聰明，學了一個月就學得神似，我學了三個月才學成，然而終究不如妹妹。現在已經隔了一世，我自己覺得學得已經超過了妹子，沒想到還是跟過去一個樣兒。我感謝你二人的誠心誠意，所以經常過來看看，現在我走啦。」

原來，這就是狐女阿繡從希望「媲美」民女阿繡，到一再比美的緣由。她們前世是姐妹，都是狐狸精。從此，狐女阿繡隔三岔五便來一次，家中一切疑難都靠她解決，遇到阿繡回娘家，她就來住上許多天不走。家裡人都害怕她，躲避她。每當家裡丟了東西，狐女就穿著華麗的服裝，頭上插著幾寸長的玳瑁簪，召來家裡的僕人丫鬟，鄭重其事地說：「你們所偷的東西，夜裡要送到某個地方，不然的話，就會頭痛難忍，到時候可別後悔！」天亮後，果然能在她指定的地方找到丟失的東西。三年後，狐女不再來了，有時候，家裡偶然丟了貴重物品，民女阿繡就模仿狐女的打扮，嚇唬下人，也屢屢有效。小說以狐女阿繡模仿民女阿繡開始，以民女阿繡模仿狐女阿繡結束，前呼後應，非常嚴密。

精誠所至，金石為開，在狐女的高尚情操、脈脈溫情感召下，劉子固的態度漸漸發生變化。先是夫妻二人感激狐女，給她立了牌位祭祀她。後來，民女阿繡回娘家時，狐女阿繡就來頂替她的位置。民女阿繡乾脆把狐姐姐當成家庭中的一員，遇到疑難總是向她請教，聽憑狐女來處置。

一篇小說，兩個阿繡，一真一假，真的是民女阿繡，假的是狐女阿繡。她們都跟劉子固產生了愛情聯結，但這個真假阿繡的故事跟《聊齋》中「二美共一夫」式的故事，有著本質不同。狐女不是愛情的多餘人，而是愛情的締造者；不是家庭的第三者，而是家庭的保護神。真假阿繡不是共侍一男的泛泛二女，而是從不同角度體現「美」的姚黃魏紫[3]。

所以，與其說狐女最初追求劉子固是因為愛劉子固，不如說狐女在追求阿繡的美，借劉子固的誤認，為自己的美做證明和參照。狐女和劉子固結合後，狐女對劉子固的愛，是真實、深沉、忘我的。面對劉子固的歧視和冷漠，她寬容諒解，幫劉子固找到真阿繡，讓有情人終成眷屬。愛一個人不意味著要永遠佔有他，有時甚至需要選擇放棄。我認為這是狐女的哲理，是高尚的哲理，也是美的哲理。

狐女為求美麗，兩世孜孜以煉。尤其可貴的是，狐女在追求阿繡形態美的同時，獲得

3 指兩種名貴的牡丹品種。

了無與倫比的內心美，在修煉形體美的同時，精神得到昇華，獲得了捨己為人的道德美。

至善始於行，至美始於求，至善至美存在於不斷追求、不斷探索中。這就是〈阿繡〉解開的狐狸精美麗的奧祕。

07 鴉頭
狐妓也堅貞

小說、戲劇常寫妓女如何爭取愛情、反抗惡勢力，她們面對的往往是小打小鬧的小混混。而在康熙盛世的文學作品中，妓女形象有了石破天驚的驟變。

孔尚任《桃花扇》寫秦淮八豔之一的李香君在筵席上臭罵晚明宰相馬士英以及給馬士英出謀劃策的阮大鋮阮鬍子，「堂堂列公，半邊南朝，望你崢嶸」，說他們是敗壞大明江山的太監魏忠賢的繼承人，「乾兒義子從新用，絕不了魏家種」。《桃花扇．罵筵》以妓女之賤罵宰相之尊，是文學史上的著名場面。

而在《聊齋．鴉頭》中，「異史氏曰」則公然把狐狸精妓女和歷史上著名的臺閣重臣相比：「**唐君謂魏徵饒更嫵媚，吾於鴉頭亦云。**」魏徵因直言進諫使皇帝覺得其可愛。鴉頭是地位低下的狐妓，歷盡挫折磨難，對愛情誓死不渝，連人類都難以做到，狐狸精卻做到了。所以說她像魏徵一樣美好。狐妓鴉頭，出身低賤卻為人清高，小小年紀卻老謀深算，柔弱嫻婉卻剛強不屈，既純真又複雜，既柔美又堅韌，這個人物被塑造得四面照耀，千古如生。

〈鴉頭〉的故事從傳統的書生偶然進入妓院開始。東昌府秀才王文，為人誠懇老實。他到南方遊歷，經過六河縣，住進一家旅店。出門散步時，王文遇到同鄉大商人趙東樓。趙東樓熱情地邀請王文到他的住處看看。到了趙東樓的住處，只見有一位美人坐在房中，王文驚愕地止步。趙東樓拉他進門，他不進，於是趙東樓隔著窗子喊：「妮子，妳先躲一躲！」王文這才肯進門。趙東樓安排好酒菜，兩人邊喝酒邊寒暄起來。王文問：「這是什麼地方？」趙東樓回答：「這是家妓院。我暫時借這個地方休息。」說話間，妮子頻繁進出，單純的書生王文侷促不安，站起來就要告別，趙東樓拉著他的胳膊，按住他，請他坐，王文只好又坐下來。

不一會兒，有個少女從門前經過，水汪汪的眼睛一次次地細細打量著王文。少女眉目含情，儀態秀美，風度嫻雅，像神仙下凡。王文悵然若失，問趙東樓：「這美麗的姑娘是誰？」趙東樓說：「這是吳老太的二女兒鴉頭，嫖客們曾多次花重金想買動吳老太，鴉頭卻就是不肯接客，氣得吳老太拿鞭子抽她。鴉頭拿年紀還小做藉口，苦苦哀求，吳老太才暫且饒了她。如今，她還沒開始接客哩。」

女主角鴉頭一出場就顯示出她的美貌多情：「**秋波頻顧，眉目含情，儀度嫻婉，實神仙也**。」她很美麗，而且一見王文就眉目傳情。按照常理，對於妓院裡的女人來說，美貌是賺錢的本錢，是銷金窟裡的勾魂術，多情也不過是虛假的情，是陷馬坑、絆馬索。

唐代詩人元稹寫過一首《李娃行》，裡邊有這樣兩句：「髻鬟峨峨高一尺，門前立地看春風。」畫出這類倚門賣笑女的行樂圖。但鴉頭不是詩人筆下的名妓，而是誤陷風塵、珍重自身的少女。她為什麼會對王文一見鍾情，故意經過他的門口並向他眉目傳情？蒲松齡從字裡行間暗示：鴉頭偷偷觀察過王文並判斷他是老實可靠的人。王文去趙東樓住處做客，見「**有美人（狐妓妮子）坐室中**」，立即「**愕怪卻步**」，被趙東樓拉住。狐妓妮子「**頻來出入**」，王文「**跼促不安，離席告別**」，趙東樓「**強捉令坐**」。王文的潔身自好引起了鴉頭的好感，於是她大膽地邁出了爭取愛情自由的第一步——「**經門外過**」。所以鴉頭遇王文並非偶然的「佛殿相逢[4]」，而是鴉頭蓄意為之。

王文聽趙東樓介紹完鴉頭的不幸遭遇，低下頭，一聲不吭地呆坐著，連跟趙東樓喝酒應酬的事都忘了。趙東樓開玩笑地說：「你要是對鴉頭有意思，我給你做媒。」王文聽了，喪魂失魄地說：「我想都不敢想。」說完仍舊一聲不吭地呆坐著，但直到日色向晚也沒有要走的意思。趙東樓又開玩笑說要給他做媒，王文說：「你的好意我實在感激，只是我囊中羞澀，有什麼辦法！」趙東樓知道鴉頭性情剛烈，必定不同意接客，就故意應許資助王文十兩銀子。王文拜謝後急忙跑了出去，到旅店把自己的全部家當——五兩銀子拿來，硬要趙東樓給吳老太送去。

4 《西廂記》中〈上朝取應〉的洛陽才子張君瑞於河中府（今山西永濟）普救寺佛殿偶逢相國崔珏（已故）千金崔鶯鶯，鶯鶯「眼角兒留情」，「回顧覷」，張生「怎當他臨去秋波那一轉」，遂借「塔院側邊西廂一間房」住下「溫習經史」。此處指男女偶然相遇。

這一段將癡情書生的形象刻畫得特別生動。單純的王文對鴉頭一見鍾情，趙東樓明知執拗的鴉頭不接客，卻假裝要給他們牽線搭橋，其實是拿書呆子朋友取樂。王文聽了趙東樓要給他做媒，先是說「**此念所不敢存**」，但又「**日向夕，絕不言去**」，那種癡情而單純的情態可謂是活靈活現。趙東樓繼續玩貓哭耗子的惡作劇，「**故許以十金為助**」，王文立即「**拜謝趨出**」，蒲松齡用一個「趨」字，將王文情不可耐的急切之態刻畫了出來。趙東樓和王文，一個虛與委蛇，一個至誠至真；一個老於世故，一個偏執不悟，有著鮮明的對比。

就在王文和趙東樓你來我往的同時，鴉頭親自或至少透過妮子的複述，對王文的為人做了深入觀察，暗暗做出了抉擇。王文把自己僅有的五兩銀子拿出來，請趙東樓交給妓院老鴇求見鴉頭，老鴇當然嫌少。鴉頭卻一反常態，說她樂意給老鴇當搖錢樹了，但必須從王文開始。鴉頭對吳老太說：「母親每天都責備我不做妳的搖錢樹，今天我要讓母親如願以償。我第一次學著做人，報答母親的日子還長著呢，不要因為王文給的錢少，就把財神給放走了。」

小說把鴉頭的聰明機智、伶牙俐齒寫得極有張致。她先以自責語誘之，再以報母餌之，後以勿卻財神恐之。與貪財人說財，鴇母焉能不墮其術？老鴇子果然上當了。因為鴉頭脾氣倔強，只要她同意接客，吳老太就非常歡喜，反正以後靠鴉頭賺大錢的日子還長著呢。於是吳老太讓丫鬟邀請王文。趙東樓不好中途反悔，只得給王文添上十兩銀子，一起交給吳老太。

癡情的王文得到和鴉頭歡會的機會，歸根到底仍不過是嫖妓行為。他並沒有跟鴉頭長相守的打算，也沒能力給鴉頭贖身。鴉頭卻有自己的打算。

王文和鴉頭情投意合，親熱了一陣子後，鴉頭對王文說：「我是個下賤的妓女，原本配不上你。既然蒙你喜愛，你的情義就是最珍貴的。你用全部家當換取一夜歡情，明天怎麼辦？」王文聽了，潸然淚下，一點兒辦法也沒有。鴉頭說：「別哭啦。流落風塵，實非我所願。只是一直沒遇到像你一樣誠懇老實、可以託付終身的人，咱們趁著黑夜逃走吧。」鴉頭的深謀遠慮和深情自白，把這個受盡鞭楚卻嚮往愛情和幸福，勇於掌握自身命運的少女形象楚楚動人地凸顯了出來。

《聊齋》點評家但明倫讚譽鴉頭道：「困辱風塵，幸得所托，權其至重，而遁以相從。此絕大志氣，絕大器識，每於古之哲士謀臣見之。」意思是：這位可憐的少女被困在風月場中受盡凌辱，她一旦遇到可以託付終身的人，便將這份情義看得非常重要，然後馬上決定跟這個人逃走。這是多麼大的志氣，多麼高的見識！這樣的膽識，過去我們只能從那些志向高遠的男性謀士和哲人身上看到。

說回到鴉頭和王文的故事——

聽譙鼓響了三聲，鴉頭換成男裝，兩人匆忙打開妓院門，跑到王文住的旅店敲門。王文來時帶了兩頭毛驢，他假託家裡有急事，叫僕人準備行裝，馬上出發。鴉頭把幾張符繫到僕人腿上和毛驢耳朵上，放開韁繩讓驢子拚命奔跑，速度快得連眼睛都不能睜開，只聽到耳邊風聲呼呼地響。第二天早上，他們到達漢江口，租了房子住了下來。

王文對鴉頭的奇異本領感到詫異，鴉頭說：「我把實情告訴你，你不會害怕吧？我不是人，而是狐仙。我的母親貪圖錢財，我天天受她的虐待，心裡早就積滿怨恨，幸虧現在脫離苦海。逃到百里之外，就不是母親能知道的了，這樣我們也就可以慶幸平安無事了。」

王文說：「家裡對著鮮花一樣的妻子，卻窮得只剩四面光禿禿的牆壁，我心裡不安，怕以後難免被妳拋棄。」鴉頭說：「你為什麼會有這樣的顧慮呢？如今在市面上隨便賣點兒什麼都可以過日子，一家三口人，粗茶淡飯，總可以自給自足。咱們把驢子賣了做本錢吧。」

王文照鴉頭的話去辦，把驢賣了，在門口開了個小店。王文和僕人一起幹活，賣酒水之類的，鴉頭則在家縫披肩、繡香囊，每天多少能賺點兒錢。積攢了一年多，漸漸可以雇人幹活，王文也就不再親自圍著圍裙幹活，只是檢查督促就可以了。

蒲松齡善於利用不同場合，結合情節發展多側面地刻畫人物。對「**宵遁**」後的鴉頭，他採用正面直敘，先讓鴉頭用如泣如訴、坦誠率真的語言向王文披肝瀝膽，讓王文瞭解她狐的身分。接著寫鴉頭在王文表達沒法過日子的擔憂後，拿出「**市貨皆可居**」、「**淡薄亦**

可自給」的生存之法，馬上把驢子賣掉做本錢，邁出求存的第一步。然後鴉頭埋頭苦幹，自力更生，「**作披肩、刺荷囊**」。這個出身在珠圍翠繞、紙醉金迷的妓院裡的少女，甘貧樂道、勤勞能幹。人物由此平添一層溫和明麗的色彩。

蒲松齡是學者型作家，他在敘事寫人的過程中，總會不經意地給我們傳遞古代文化知識。例如，鴉頭和王文逃到漢江口後，王文說到此時的處境，用了八個字：「**室對芙蓉，家徒四壁**。」這八個字，出自兩本不同的書，且都是關於卓文君的典故。「室對芙蓉」的意思是在家裡面對像芙蓉花一樣的豔妻，出自漢代小說《西京雜記》，裡邊寫卓文君「臉際常若芙蓉」。這個典故被各個時代的作家、詩人廣泛使用，例如白居易《長恨歌》就有「芙蓉如面柳如眉」一句，盛讚楊貴妃的美貌，現在又被蒲松齡用上了。「家徒四壁」則出自《史記》，司馬相如帶卓文君回成都，「家居徒四壁立」，後簡化為成語「家徒四壁」。蒲松齡用這些典故時，信手拈來，像鹽溶於水一樣自然。

鴉頭和王文從南京逃到漢江口，過了段順心日子。有一天，鴉頭突然悲傷起來，說：「今天夜裡將有災禍發生，怎麼辦？」王文問：「怎麼回事？」鴉頭說：「母親知道了我的消息，她要來逼迫我回去。如果是派姐姐來，那還不要緊，只怕母親會親自出馬。」到了半夜，鴉頭慶幸地說：「不妨事，來的是姐姐。」

過了一會兒，妮子砸開門進來，鴉頭笑臉相迎，妮子罵道：「不要臉的死丫頭，竟然跟人逃跑，還藏了起來！老母親讓我把妳捆回去。」說著拿出繩子想捆鴉頭，鴉頭憤怒地說出了一句《聊齋》研究者常引用的話：「**從一者得何罪？**」意思是：我不肯接客，嫁作人婦，有什麼罪過？妮子越發怒，扯破鴉頭的衣襟，這時家裡的丫鬟、老媽子都聚攏過來，妮子害怕，跑了。

鴉頭說：「姐姐回去後，母親必定親自前來。大禍不遠，要趕快想辦法。」一家人急忙整治行裝，打算搬到更遠的地方去。吳老太卻突然趕到，她滿臉怒氣地說：「我早就知道妳這個死丫頭無禮，需要我親自來才成。」鴉頭迎著母親跪下，悲悲切切，哭個不停。吳老太二話不說，揪著她的頭髮，惡狠狠地把她拖走了。

看到這裡，讀者或許會奇怪，鴉頭的果敢哪兒去了？鴉頭的伶牙俐齒哪兒去了？她怎麼像完全換了一個人，變成了一個可憐巴巴、俯首貼耳的人？這正是小說家的高明之處，他寫出了人物性格的豐富性。鴉頭行蹤被鴇母發現，鴉頭向妮子憤怒地公開聲明：「**從一者得何罪？**」義正詞嚴，據理力爭，大義凜然，像壯士般吶喊。

而面對吳老太——鴉頭的母親，鴉頭「**迎跪哀啼**」，一句辯解的話也不敢說，老老實實地被吳老太「**揪髮提去**」。鴉頭這是愚孝，令人惋惜，但小說家創造的人物性格卻因此顯得複雜厚重。鴉頭就是既勇敢又軟弱，既聰慧又無能，是個真實的、立體的個體。

鴉頭被捉走後，王文急得團團轉，悲痛得吃不下飯，睡不著覺。他急忙跑到六河縣，希望能把鴉頭贖出來。然而，鴉頭家門庭依舊，住戶卻換了人。問周圍的人，都不知道鴉頭家搬到什麼地方去了。王文懊喪地返回漢江口，遣散家裡的傭人，帶著錢回到山東老家。

幾年後，王文偶然來到京城，從育嬰堂經過時，看到個七、八歲的小孩。王家僕人反覆打量那個孩子，對王文說：「這孩子長得跟您一模一樣。」那孩子大大方方，風度翩翩。王文想到自己沒兒子，而這孩子又長得像自己，很喜歡，便花錢把孩子買了來。王文問孩子：「你叫什麼名字？」孩子說：「我叫王孜。」王文問：「你不是很小就被遺棄的嗎，怎麼知道自己的名字？」孩子說：「堂裡的師父說，他們撿到我時，我胸前有個字條，上邊寫著『山東王文之子』。」王文大吃一驚，說：「我就是山東王文，哪兒來的兒子？」他猜想這是跟自己同名同姓者的兒子，被他給撿了來，王文心裡偷著樂，對孩子非常疼愛。等他帶著孩子回到山東老家，見到孩子的人問都不問，都斷定這是王文的親生兒子。

王孜確實是王文跟鴉頭的親生兒子。鴉頭給兒子起名叫王孜，可謂非常巧妙：一方面，「孜」的含義是勤謹、不懈怠，相信他將來能夠孜孜以求地把母親救出來；另一方面，「孜」可以拆字為「子」加「文」，「王孜」即「王文之子」。鴉頭起個名都這麼聰明。

王孜漸漸長大，英武有力，喜歡打獵，不喜歡日常經營產業，樂鬥好殺，王文也管不了他。王孜還說他能看到鬼狐，他這樣說，大家都不相信。正好同鄉有人家裡有狐狸作祟，請王孜去看，王孜一到那兒就指出狐狸藏身的地方，讓幾個人往他手指的地方打，立即聽到狐狸的叫聲，看到毛飛血流，這家人從此安生了。人們越發覺得王孜這孩子不同尋常。

跟王文父子的經歷同時進行的是小說中的另一條線索，即透過趙東樓介紹鴉頭的遭遇。有一天，王文到街市上遊玩，忽然遇到了趙東樓，當年的大富商如今衣衫破爛，又瘦又黑。王文驚奇地問：「你從哪裡來？」趙東樓神色慘然地請王文找個僻靜點的地方說話。

王文把趙東樓領回了家，讓僕人擺酒。趙東樓說：「吳老太抓回鴉頭後，把她劈頭蓋臉地毒打了一頓，後來她們搬到北邊，又想讓鴉頭接客，鴉頭寧死不接客。吳老太便把她鎖了起來。後來鴉頭生了個兒子，被丟在偏僻小巷裡，聽說這孩子後來被育嬰堂收養了，他就是你的骨肉。」王文哭道：「上天可憐我，孽子已回到我身邊。」他把跟王孜團聚的前前後後說給趙東樓聽，接著又問趙東樓：「你為什麼會落拓到這種地步？」趙東樓歎氣說：「現在才知道，跟妓女相好，不可以過於認真。」

原來，吳老太全家遷往北方，趙東樓也跟著她們一家走，同時沿途做些生意，把一些笨重的貨物都賤賣了。遷移途中，雇腳夫、車馬，吃住用度，都是由趙東樓供應，花費了大量的金錢，因此趙東樓虧損得很厲害，而妮子還總向他索取大量錢財。幾年工夫，趙東樓的上萬兩銀子全部用光。吳老太見趙東樓沒了銀子，便一天到晚朝他翻白眼。妮子頻頻到有錢人家留宿，經常好幾天都不回來。趙東樓氣得不得了，可是對吳氏母女一點兒辦法也沒有。

有一天，恰好吳老太外出了，鴉頭從她被關押的房間的窗口招呼趙東樓說：「妓院裡原本就沒有真情相好，她們過去對你好，是因為你有錢。你現在還依戀著這裡不肯走，很快就會遇到奇禍。」趙東樓如夢初醒，決定還鄉。臨走前，他偷偷去看望鴉頭。鴉頭拿了封信，讓趙東樓轉交王文。

這樣一來，王文終於知道，鴉頭被捉回去後，像囚犯一樣被關進陋室，被打得皮開肉綻，餓得饑火燒心，「**橫施楚掠**」而「**矢死不二**」，一關就是十八年，這些年的遭遇，鴉頭用書信的形式、抒情詩一樣的語言，將她的內心世界字字傳情地映現出來。信裡寫道：

知孜兒已在膝下矣。妾之厄難，東樓君自能緬悉。前世之孽，夫何可言！妾幽室之中，暗無天日，鞭創裂膚，饑火煎心，易一晨昏，如歷年歲。君如不忘漢上雪夜單衾，迭互暖抱時，當與兒謀，必能脫妾於厄。母姊雖忍，要是骨肉，但囑勿致傷殘，是所願耳。

鴉頭給王文的信，不管是信本身，還是這封信在小說裡的作用，《聊齋》點評家們都給予了很高的評價。這封信一方面在情節上以回風舞雪、倒峽逆浪的方式，交代了人物的命運；另一方面也是小說人物巧妙而質樸的愛情心理描寫，用洶湧澎湃的感情潮汐，衝擊著讀者的心，給人難以磨滅的印象。全信不過百餘字，卻內容豐富，既有對心上人望穿秋水的等待，又有對昔日溫情的熱情追憶；既有對度日如年的困境的描寫和嚮往自由的呼喚，又有對迫害自己的母姊刀割不斷的親情。全信真摯沉鬱，愛恨交織，似乎可以看到鴉頭柔情萬端、幾至心碎的景象。這信可以說師承了《鶯鶯傳》中鶯鶯致張生的信，是披露一個女人的內心的典範。

王文讀了鴉頭的信，忍不住哭了起來。他送了一些錢給趙東樓，助他返回家鄉。此時王孜已十八歲了。王文把他母親的事如實告訴了他，並拿出鴉頭的信來給他看。

王孜一看，氣得兩眼瞪得銅鈴般大。他當天就動身去了京城，打聽到吳老太的住所。他來到吳家門前，只見車馬盈門。王孜徑直跑進裡邊，妮子正陪著嫖客喝酒，看見王孜，驚愕地站了起來，臉色嚇得煞白。王孜猛然沖過去，一刀把妮子殺了。賓客都嚇壞了，以為來了強盜，再看妮子的屍體，已變成了狐狸。

王孜持刀闖進內室，吳老太正看著丫鬟做湯，等王孜跑到門口，老太婆突然不見了。王孜四面瞧了瞧，抽出箭向屋梁上射去，一隻狐狸被射中心臟，從上邊掉了下來，於是王孜砍下牠的腦袋。他找到關押鴉頭的黑屋子，用石頭砸開門，母子相見，失聲痛哭。鴉頭問：「吳老太呢？」王孜說：「已經殺了。」鴉頭埋怨道：「你怎麼不聽娘的話？」她命令王孜把吳老太的屍體弄到郊外埋了。王孜假意答應，卻把兩隻狐狸的皮剝下後藏了起來，又把吳老太的箱櫃翻檢了一遍，帶上值錢的東西，護送母親回了家。

王文夫婦團聚，悲喜交加。王文問吳老太怎麼樣了，王孜說：「在我口袋裡。」接著拿出兩張狐狸皮給王文。鴉頭一看，氣極了，罵道：「你這忤逆不孝的東西！怎麼能這樣做！」接著號啕大哭，自己捶打著自己，翻來覆去要尋死。王文極力安慰她，訓斥兒子，

〈鴉頭〉

讓他趕快把兩張狐狸皮埋掉。王孜氣憤地說：「現在剛有個安樂窩，馬上就忘記當日挨鞭打的疼啦？」鴉頭更加憤怒，哭個不停。王孜把兩張狐狸皮埋掉後回來覆命，鴉頭的火氣才稍微消了點兒。

自從鴉頭回來，王文家境越來越富裕，他心裡很感激趙東樓，於是拿出一大筆銀子報答他。趙東樓這時才知道，原來吳家母女都是狐狸精。

其實鴉頭形象的塑造到她寫的信被送到王文手中，可以說基本完成了。她和王文的團聚，還有後來她一定要趁著兒子睡覺時抽掉兒子的拗筋，把孔武有力的兒子變成彬彬有禮的書生，固然能讓故事變得完整，但是不是有點兒成了公式化的大團圓並且有點兒畫蛇添足？

蒲松齡在「異史氏曰」部分闡述了他對這篇小說的看法：

妓盡狐也，不謂有狐而妓者；至狐而鴇，則獸而禽矣，滅理傷倫，其何足怪；至百折千磨，之死靡他，此人類所難，而乃於狐也得之乎？唐君謂魏徵更饒嫵媚，吾於鴉頭亦云。

《唐書．魏徵傳》記載，「唐太宗曰：『人言魏徵舉動疏慢，我但覺嫵媚。』魏徵因為能向皇帝直言進諫而被唐太宗認為美好可愛。鴉頭是低賤的狐妓，蒲松齡卻把她抬到和古代名臣並列的位置。

鴉頭出淤泥而不染，既柔美又剛強，既純真又聰慧，是個出色的藝術形象。

蒲松齡用精細的筆觸，結合故事發展，生動形象地從多側面刻畫人物。鴉頭的形象是在和其他人物參差錯落、交互映照中矗立起來的。蒲松齡寫一人肖一人，寫一人活一人。鴉頭嫻婉多情；王文癡情單純；趙東樓熱情油滑；鴇母貪婪愚蠢。水性揚花的妮子淫蕩愛財，反襯鴉頭的貞節清高；趙東樓的沉湎女色，反襯王文對真正愛情的追求。人物之間以反襯正，相得益彰。尺幅之內，人物眾多且面面俱到。

例如，趙東樓這個次要人物就被刻畫得鮮明立體，還對故事的發展起到了重要作用。趙東樓在鴉頭和王文的交往中起到了穿針引線的作用，是他對王文一戲再戲，才導致了鴉頭和王文的結合；鴉頭和王文分離後，又是他向王文報告了鴉頭的狀況；而趙東樓能決然離開妮子，又恰好是鴉頭勸他「**勾欄中原無情好**」、「**依戀不去，將掇奇禍**」。能在一篇短篇小說中不但寫活幾個主要人物，而且連次要人物也頗具神采，可見世界短篇小說之王的功力。

08 紅玉
狐中有俠女

小說篇名〈紅玉〉，其實紅玉並非傳統愛情小說的女主角，而是以狐狸精俠女的身分出現的。狐狸精非但不迷惑人，還除惡濟貧。這在中國古代小說中顯得太不尋常了。

在封建社會，女人是弱者，這條法則在《聊齋》中被紅玉、辛十四娘這樣的狐狸精徹底打破。一個家庭中本應該是頂梁柱的男人面臨困境時一籌莫展，而以女性面貌示人的狐狸精卻能救男人脫離困境，挽狂瀾於既倒。不過，在〈紅玉〉中，無辜平民受強權迫害的血淋淋的受害史，是小說更重要也更深刻的內容。

馮相如在情人紅玉的幫助下娶到賢良而美麗的妻子。妻子被退休御史看上，退休御史肆無忌憚強搶民女，還打死了馮生的父親。馮生到處告狀，上上下下的官吏都不理睬他。拔刀相助的俠客殺了御史，縣令又把馮生抓進監獄，俠客把尖刀剁到縣令的床頭上，縣令不得不釋放馮生。如果不是遇到仗義的俠客，馮生只能蒙受不白之冤。如果不是得到狐狸精紅玉的救助，馮生家破人亡的命運根本沒法改變。善良無助的平民既能遇到人間俠客，還能遇到狐狸精俠女，可以說是一次浪漫主義狂想。

《聊齋》中，開頭通常都是說男主角是什麼地方的人，有什麼個性特點，〈紅玉〉卻從男主角的父親寫起：廣平縣有個馮老頭兒，父子都是秀才，老頭兒將近六十歲，為人耿直正派，只是家徒四壁，缺吃少穿。幾年間，馮老頭兒的老伴和兒媳相繼去世，挑水做飯的家務活，都得父子二人親自操勞。

為什麼不從男主角的角度而從其父親的角度開始寫呢？因為其父耿直的個性決定了整篇小說的情節發展走向。馮老頭兒先是阻止兒子和紅玉相愛，後是在御史想收買馮生妻子衛氏時，反應特別強烈。

介紹完馮氏父子後，女主角紅玉出場。有天晚上，馮相如在月光下坐著，忽然看見東鄰有個女子從牆頭上偷看他。女子長得很漂亮，馮相如走近她，女子嫣然而笑，馮相如向她招手，她不過來，也不走。馮相如再三請她，她才爬牆過來，於是兩人睡到了一起。馮相如問她的姓名，她說：「我是鄰家的女兒紅玉。」馮生喜歡她，相約永遠相好，她答應了。

紅玉的露面，展示了狐狸精比較隨便的特點——跟馮生初次見面就踰牆相從。紅玉每天夜裡都來，半年後的一個晚上，馮老頭兒起夜，聽到兒子房中有女人的說話聲，他來到兒子窗前張望，看到了紅玉。馮老頭兒大怒，把兒子喊出來，罵道：「畜生！你幹的什麼事？咱們家這樣貧賤落魄，被人瞧不起，你還不肯刻苦讀書，還要學這等輕浮浪蕩之事？若給人知道了，損壞的是你的名聲；即使別人不知道，也會折損你的壽數！」

《聊齋》原文是這樣寫的：「**畜產！所為何事？如此落寞，尚不刻苦，乃學浮蕩耶？人知之，喪汝德；人不知，亦促汝壽！**」馮老頭兒的話，是正人君子的訓子經。恐喪德，表達的是嚴父之心；恐促壽，傳遞的是慈父之愛。馮相如跪地認錯，邊哭邊表示改悔。馮老頭兒又毫不客氣地把紅玉叫出來，好一頓訓斥：「一個女孩子家，不守閨門訓誡，既玷汙自己，也是玷汙別人。一旦事情暴露，應該不止我一家丟人現眼！」馮老頭兒罵完，氣憤地回去睡覺了。

紅玉流著淚對馮相如說：「老人家訓斥責罵，我羞愧難當。我們的緣分盡了。」馮相如說：「有父親在，我不敢自作主張。妳如果對我有情，希望妳能暫且忍耐。」但紅玉仍決心分手，馮相如哭了。紅玉制止他說：「我和你沒有父母之命、媒妁之言，爬牆私通，怎能指望白頭到老？」即「**妾與君無媒妁之言，父母之命，踰牆鑽隙，何能白首？**」

紅玉從馮相如父親的態度看出來，他們已沒有正式成親的可能，馮老頭兒瞧不起他們的自主選擇，因為那違背儒家道德。紅玉說的「踰牆鑽隙」的話出自《孟子》：「不待父母之命、媒妁之言，鑽穴隙相窺，踰牆相從，則父母國人皆賤之。」紅玉告訴馮相如，自己已經替他相中一個很好的配偶，正好可以娶她。馮相如說自己家裡窮，難以下聘。紅玉說：「明晚等著我，我來給你想辦法。」

第二天夜裡，紅玉來了，拿出四十兩銀子給馮相如，說：「離這兒六十里地的吳村有個姓衛的人家，他們家有個十八歲的女兒，因為他們家要的聘金太多，所以女兒到現在都

〈紅玉〉

還沒訂親。你多給他們家銀子，這門婚事肯定能成。」說完就走了。

紅玉被馮老頭兒教訓，羞愧離去，但她不是一走了之，而是幫馮相如娶到美麗的良家女子衛氏後再離開。愛一個人並不一定要佔有他，而是要讓他過上幸福的日子。善良的紅玉以狐狸精的特異功能知道衛氏既美麗，又可以做賢妻良母，於是把她介紹給自己的情人，還給馮相如提供去求親的銀子。

馮相如告訴父親，自己要到衛家去求親。馮老頭兒知道家裡沒錢，不讓兒子去。馮相如隱瞞了紅玉贈銀的事，說：「我試試吧！」他借來僕人和馬，去吳村拜訪衛家。衛老頭兒是個莊稼漢，馮相如把他從家裡請出來，找了個地方談求親的事。衛老頭兒看到馮相如儀表軒昂、氣度不凡，想答應，又擔心馮家不捨得出錢。馮相如把口袋裡的銀子一股腦兒倒在桌上。衛老頭兒高興起來，馬上請鄰家書生做介紹人，在大紅紙上寫好婚約。馮相如走進衛家拜見岳母，衛家住房狹窄，馮相如瞟了一眼躲在母親身後的衛家女兒，荊釵布裙，穿著樸素，卻神采嬌麗，光豔照人。馮相如暗暗高興。衛老頭兒向鄰居借了房子來款待女婿，說：「公子不必親自迎親，等我多少給女兒準備些嫁妝，就用花轎把女兒送上門。」馮相如和衛老頭兒約定好娶親日期，回到家後，編了套謊話告訴父親：「衛家喜愛咱們是清白人家，不計較彩禮[5]。」馮老頭兒很高興。到了約定的日子，衛家果然把女兒送來了。衛氏勤儉、賢慧、孝順，夫妻倆感情很好。過了兩年，衛氏生了個兒子，起名叫福兒。

5 編者註：因地域不同說法不同，也有聘禮、聘金的說法。

馮相如有了美麗的妻子，有了兒子福兒，但是他的福很快就要變成災。為什麼？因為他生活在一個弱肉強食的社會。匹夫何罪？懷璧其罪。他的妻子太漂亮了。他跟林沖一樣，遇到了《聊齋》裡的「高衙內[6]」。

清明節，夫妻倆抱著兒子去掃墓，遇到豪紳宋某。宋某做過御史，因為貪汙被罷官，退居鄉里，「**大煽威虐**」，仍大肆耍弄御史的威風，作威作福，橫行霸道。宋某看上了衛氏，向村人打聽，知道她是馮相如的妻子，料想馮相如是窮書生，如果拿重金誘惑他，他肯定動心。宋某公然派奴僕向馮相如表示願花重金買他的妻子。

馮相如驟然聽到這個消息，氣得臉色大變，又轉念一想，常言道：民不鬥官、貧不鬥富，於是強壓心頭怒火，強顏歡笑，進屋去把這事告訴了父親。馮老頭兒大怒，衝出屋來，對著宋家的奴僕，指天畫地，好一頓臭罵。宋家僕人抱頭鼠竄，趕緊回去報信去了。宋某大怒，派了一幫打手氣勢洶洶地來到馮家，毆打馮老頭兒和馮相如，家裡鬧騰得像開了鍋一樣。衛氏聽見動靜，把福兒丟在床上，披頭散髮地跑出來大喊救命。宋家的打手一擁而上，把衛氏強行抬到轎上，一哄而去。真是無法無天，令人髮指！一個被罷了官的御史都能倡狂橫行到如此地步，不敢想像他在任時是怎樣的胡作非為！

馮氏父子都被打傷，躺在地上呻吟，孩子在屋裡哇哇哭叫。鄰人都可憐馮氏父子，把

6 編者註：「高衙內」指《水滸傳》中的高俅養子，因看上林沖妻子，便設計陷害他，林沖由此上了梁山。

他們抬到床上。過了一天，馮相如能拄著拐杖起床了，而馮老頭兒氣得不吃不喝，吐血死了。

馮相如大哭一場，抱著兒子去告狀，從縣裡一直告到省裡，告到省裡最高行政長官總督和巡撫那兒，卻始終不能申冤；後來又聽說妻子不屈而死，越發悲憤不已，卻苦於找不到門路報仇申冤。

馮相如一家，父子倆是老老實實的一對秀才，衛氏是清清白白的一個良家婦女，平白無故遭此橫禍，這樣黑白分明的案件，一級一級的官吏居然都不管！從縣令到總督、巡撫，都和被罷官的御史宋某是一丘之貉。馮相如告狀無門，幾次想攔路刺殺宋某，又顧慮宋某隨從眾多，難以下手，再說，幼小的兒子也沒有人可以託付。馮相如日夜悲傷、思慮，愁得幾天幾夜不能闔眼。

忽然，有個壯漢來到馮家弔唁。來人寬下頦，一臉大鬍子，馮相如跟他素不相識。馮相如請他入座，詢問他的家鄉、姓名。客人突然說：「你有殺父之仇、奪妻之恨，難道你忘了嗎？」馮相如懷疑他是宋家派來的探子，於是用假話胡亂敷衍。客人怒氣沖沖，雙目圓睜，不由分說地拔腿就走，說：「我原來還拿你當人看，哪知你是個不足掛齒的敗類！」

馮相如覺察到壯漢是異人，忙跪到地上挽留他，說：「剛才之所以如此，是因為我怕宋家派人來套我的話。實話對您說，我臥薪嚐膽立志報仇，不是一天兩天了，只是可憐這襁褓中的娃娃，怕他死了，馮家沒人傳宗接代。您是義士，能替我擔當起養育這孩子的責任，容我義無反顧地去報仇嗎？」大鬍子說：「照顧小孩是婦道人家幹的事。我樂意替你報仇。」馮相如給客人磕響頭，大鬍子客人連看都不看，走了。馮相如追上去問他的姓名，客人說：「如果報仇不成，我不想被你埋怨；如果報仇成功了，我也不想讓你感恩戴德。」說完就走了。馮相如怕受到連累，抱著兒子逃走了。

到了夜裡，宋某一家都睡了，有人越過一道道的大門高牆，殺死了宋御史父子。宋某顯然是被大鬍子俠客殺的，宋家的人告到縣衙，一口咬定殺人的是馮相如。對馮相如告狀置之不理的縣官，此時完全換了副嘴臉，沒有任何證據，只憑宋家人的一面之詞，就派衙役去抓馮相如。

馮相如已提前跑了，越發顯得像是他殺了人。宋家的僕人和衙役到處搜查，夜裡追到南山，聽到小孩的哭聲，順著哭聲抓到了馮相如，要把他捆起來往官府押送。小娃娃哭得更厲害了，衙役從馮相如手裡奪過孩子，丟在了荒野上。馮相如蒙受奇冤，悲憤欲絕，見到縣令，還沒等他申冤，縣令上來就問：「你為什麼殺人？」馮相如說：「冤枉啊！姓宋的晚上被殺，我白天就離開了，況且我還抱著個哇哇大哭的孩子，怎麼可能爬過高牆去殺人？」縣令說：「你沒殺人，為什麼逃走？」馮相如沒法回答。縣令把馮相如關進監獄。馮相如哭著說：「我死了不可惜，幼子有什麼罪？」縣令說：「你殺了人家的兒子，別人就殺你的兒子，有什麼可抱怨的？」馮相如被革掉秀才功名，一再被酷刑拷打，但他就是不承認殺人的罪名。

這天晚上，縣令正睡著覺，突然聽到有東西打到床上，喀嚓一聲脆響，縣令嚇得大聲號叫。全家人驚惶地從床上爬起來，拿燈一照，原來是一把短刀，刀刃鋒利雪亮，寒光閃閃，剁進縣令床頭一寸多深，用力拔也拔不出來。縣令嚇得魂都要掉了。家人拿起刀槍到處搜查，一點兒蹤跡也找不到。縣令害怕了，心想反正姓宋的已經死了，不必再怕他，於是就向上級報告案情，替馮相如洗脫了罪名，把馮相如放了。

馮相如回到家，甕裡一粒糧食也沒有，只能孤零零地對著空蕩蕩的四壁。鄰居可憐他，給他送了點兒吃的，他才勉強活了下來。他想到大仇已報，自是滿心歡喜；又想到遭此慘禍，幾乎滅門，便淚流不止；再想想自己這半生窮困不堪，後繼無人，便常於無人處號啕大哭。

又過了半年，捉拿殺害宋家兇犯的禁令漸漸鬆懈，馮相如便向縣令哀求，要回了妻子的遺骨。他安葬好衛氏後回到家，夜裡一個人躺在空蕩蕩的床上，越想越覺得活著沒有意義，乾脆死了算了。

忽然，門外響起一陣敲門聲，馮相如定神細聽，有人在門外細聲細氣地和小孩子說話。馮相如忙爬起來開門。門剛一打開，來人就問：「大冤得以昭雪，你還好吧？」說話女子的聲音非常熟悉，倉促間馮相如想不起是誰，拿燈一照，竟然是紅玉！她還領著個小男孩，小男孩依在紅玉腿邊嘻嘻笑笑。馮相如來不及細問，抱住紅玉就大哭起來，紅玉也是悲戚不已。

過了一會兒，紅玉把小男孩推到馮相如跟前，說：「你忘了你父親啦？」小男孩扯著紅玉的衣服，目光炯炯地看著馮相如。馮相如仔細一看，哎喲，這不是福兒嗎！他哭著問：「你從哪裡找到我兒子的？」紅玉說：「實話告訴你，過去我跟你說我是鄰家的女兒，那是騙你的。我是狐仙。那天晚上我趕夜路，聽見有小孩在山谷啼哭，我就把他抱到陝西去撫養了。聽說你的大難已經平息，特地帶他回來跟你團聚。」馮相如擦乾眼淚拜謝紅玉。福兒在紅玉懷中，像依偎在母親懷中一樣，竟然不認識自己的父親了。

馮相如家破人亡，秀才被除名，窮到極點，沒了兒子，沒了活路。要怎麼改變處境呢？馮相如只知道哭，一點兒辦法沒有。幸好這時紅玉來到了他身邊。

紅玉既然是狐仙，乾脆去痛痛快快地把壞人殺了，豈不一了百了？蒲松齡偏偏要俠客出面，為什麼？從思想意義上看，這說明官官相護，把平民的生命看作草芥，官場已經黑暗到需要民間俠客來干預。從小說的構思角度上看，大鬍子俠客的出現，以及他那神龍見首不見尾的行事風格，增加了小說的生動性、曲折性。

第二天，天還沒亮，紅玉急忙起床，馮相如問她做什麼，她說：「我要走啦。」馮相如跪在床頭，哭得抬不起頭來。紅玉笑道：「騙你哩。現在家業新創，不早起晚睡可不成。」

紅玉動手清除院中的雜草，打掃乾淨院子，像男人一樣操勞。馮相如擔心家裡窮，不能養活家人，紅玉說：「你只管進書房好好安心讀你的書，不要問家裡糧食還有多少，應該不至於餓死。」紅玉拿出銀子置辦了織布機，租來幾十畝地，雇人耕作，還親自扛鋤除草，牽起藤蘿修補漏雨的房子，天天幹活，習以為常。她哪兒像法術超人的狐狸精？簡直就是個普普通通、勤勞樸實、任勞任怨的底層勞動婦女。街坊鄰里聽說馮相如有個賢慧的媳婦，都樂意資助他。

大約過了半年，馮相如家人畜興旺，像大富戶了。馮相如對紅玉說：「馮家劫後餘生，完全靠妳白手起家。可是還有件事沒辦妥當。怎麼辦呢？」紅玉問：「什麼事？」馮相如說：「鄉試的日子眼看就要到了，可我被革去的秀才資格還沒恢復。」紅玉笑道：「我早就寄了四兩銀子到學官那裡，你的秀才功名已經恢復了。若是等你想起來再辦，可就晚了。」馮相如越發認為紅玉神奇非凡。

紅玉為什麼要馮相如只管讀書，為什麼思慮周密地給學官寄錢來恢復馮相如的功名？因為馮家受夠了官家的壓迫，在那個時候，只有透過馮相如讀書做官，爬到上層社會去，才能徹底改變馮家的命運。閨中少婦紅玉把這個嚴肅的社會問題看得明明白白，理得清清楚楚，男子漢大丈夫馮相如卻似乎沒想到這一層。

馮相如三十六歲考中舉人。他家的良田沃土一片連著一片，房舍樓閣一幢接著一幢。紅玉苗條輕盈，像能隨風飄走似的，操勞起家務卻勝過一般農家女子；數九寒天幹體力活兒，手卻又嫩又滑；自稱已經三十八歲，但在別人看來，不過二十幾歲的樣子。

〈紅玉〉用了大量的篇幅來寫馮相如因娶了美妻而被權貴迫害，家破人亡。一個被罷官的御史光天化日之下公然搶奪民女，打死良民，縣官與「林下」官[7]沆瀣一氣，小百姓蒙受不白之冤，不得不靠俠客幫助才得平反。

蒲松齡借這個鬼狐故事，深刻揭露了舊社會吏治的腐敗。篇末「異史氏曰」寫道：「馮家兒子賢良，老子有好品德，所以上天報之以俠義。不僅人俠義，狐仙也是俠義的。馮相如的遭遇實在奇特。然而，縣令荒謬昏庸，令人髮指。那柄短刀錚錚有聲地紮進他的床頭，怎麼不再稍稍上移小半尺，剁中他的腦袋？假使蘇子美讀到這裡，一定會倒上一大杯酒，一飲而盡，說：『可惜呀，沒有擊中！』」原文如下：

其子賢，其父德，故其報之也俠。非特人俠，狐亦俠也。遇亦奇矣！然官宰悠悠，豎人毛髮，刀震震入木，何惜不略移床上半尺許哉？使蘇子美讀之，必浮白曰：惜乎擊之不中！

蒲松齡說的蘇子美，是宋代文學家蘇舜欽，他喜歡讀《漢書》，讀到張良雇人刺殺秦始皇，不成，惋惜地說：「惜乎擊之不中！」然後喝掉一大杯酒。蒲松齡借這個情節，感慨俠客的刀沒有剁中縣令真是太可惜了。其實這也是小說家的有意安排。沒有剁中縣令，

7 林下，指幽僻之境，引申指退隱或退隱之處。

縣令才能考慮到御史已死，不必再怕他，自己的命才是最重要的，才會去給馮相如開脫罪名，把他釋放回家。

大文學家王士禛有一句對〈紅玉〉的評語：「程嬰、杵臼，未嘗聞諸巾幗，況狐耶？」意思是，像春秋時救助趙氏孤兒的程嬰和公孫杵臼那樣俠肝義膽的人物，還沒聽說在女性當中有類似的存在，何況是狐狸精呢？王士禛把紅玉跟歷史上真實的俠義人物聯繫起來，感歎這一形象的難得。

小說名叫〈紅玉〉，其實紅玉只是在小說的開頭和結尾出現過，與紅玉有關的筆墨還不到整個篇幅的二分之一。但是她對整個故事來說舉足輕重。紅玉在小說開頭出現，和馮相如相愛，被馮相如的父親趕走後，她不糾結個人恩怨，幫助馮相如娶到美麗賢慧的衛氏，使其有了美滿的家庭。馮相如遭難，紅玉救出並且養大馮相如的兒子，然後她用辛勤勞動和費心打算，完全改變了馮相如的命運。紅玉是狐狸精，但不是一般的狐狸精，蒲松齡說她是「狐亦俠」。

傳統觀念裡只會害人的狐狸精，竟成了「俠」！紅玉固然也追求個人的愛情幸福，但是更能夠以俠肝義膽成全自己所愛之人。所以蒲松齡稱她「狐亦俠」是很妥當的。

一篇短篇小說裡，既有美好的愛情，又有殘酷的人生，蒲松齡巧妙地處理了這個複雜的故事，透過神采飛揚的人物，闡明了深刻的思想。〈紅玉〉可謂是《聊齋》中不可多得的佳作。

09 辛十四娘

狐中有仙姝

〈辛十四娘〉是《聊齋》中篇幅最長的故事之一，情節複雜曲折，布局精巧，人物眾多卻個個栩栩如生，文字也像精金美玉一般，每個段落都能讀到優美生動的詞句。《聊齋》諸篇一般或謳歌美妙的愛情，或揭露社會的黑暗面，〈辛十四娘〉則將兩種內容有機結合，既生動，又深刻。

小說情節主要包括兩部分，前一部分講的是性格狂放而真誠執著的馮生狂熱追求狐狸精辛十四娘，在鬼郡君的幫助下，終於抱得美人歸；後一部分講的是馮生因真誠直率的個性加上酒醉，用輕薄之態對待了小人，結果引來殺身大禍，妻子辛十四娘運籌帷幄，救了丈夫。

蒲松齡替男主角馮生寫的求婚詩得到清代詩壇盟主王士禛的讚賞。蒲松齡自己把狐狸精辛十四娘叫「狐中仙」，這樣一來，繼陽光女孩嬌娜、「狐中俠」紅玉之後，聊齋先生又創造出了狐狸精的另一門類——狐中仙。而狐中仙辛十四娘僅是小說成功塑造的人物之一，其他出彩的人物如男主角馮生是《聊齋》中最生動的書生形象之一，他既張狂又真摯，既輕浮又耿直，經常「改過」又不斷再犯。性格決定命運，馮生輕狂縱酒的性格決定了他一生的走向：他因此抱得美人歸，也因此交上惡人運。又如，狐狸精老頭兒的溫文爾雅、善於辭令，鬼郡君的頤指氣使、派頭十足，楚銀台公子的奸詐狠毒，都活靈活現，好像個個都能從紙上走下來。

蒲松齡把這個狐狸精故事的時代背景有意識地放到了明朝正德年間，把這位愛逛妓院的皇帝作為平反冤案的砝碼，帶著雙重諷刺意味，實在巧妙。

廣平府馮生輕浮放蕩，酗酒無度。一天清早，他出去遊玩，遇到個妙齡少女，披著紅色的披風，娟秀美麗，身後跟著個小丫鬟。少女踩著露水趕路，鞋襪都沾濕了。馮生立馬喜歡上了紅衣少女。傍晚，馮生喝醉酒回家，經過一座荒廢許久的佛寺，正好看到那個紅衣少女從裡邊出來。少女一見馮生，馬上轉身回寺裡去了。馮生想，美人怎能住寺院？於是把驢繫在寺院門口，自己進去一探究竟。

他進入寺院後，只見到處都是斷壁殘垣，臺階上長滿青草，很是荒涼。正當馮生四處觀察之際，從裡院走出來一位衣帽整潔、頭髮斑白的老頭兒，他客氣地問馮生：「客人從哪裡來？」馮生說：「偶然經過，想瞻仰瞻仰古剎。老先生為什麼在這裡？」老頭兒說：「老夫到處漂泊，暫借這裡安頓家小。承蒙大駕光臨，有山茶可以代酒。」說著恭敬地請客人進裡邊。

佛殿後有個整潔的院子，石板路光滑平整。走進房間，門簾、窗簾、床幔、帳幕等，均是香氣襲人。馮生實際已進入狐狸精的家裡，但這個狐狸窩環境優雅清潔，狐狸精老頭兒也禮貌周全。老頭兒請馮生入座後，自報家門說：「老夫姓辛。」馮生借著醉意直截了當地問辛老頭兒：「聽說您有位女公子，還沒選到佳婿。我不自量力，願意替自己做媒求婚。」辛老頭兒笑著回答道：「容我跟內人商量商量。」馮生當即要來紙筆，現場賦詩一首：

千金覓玉杵，殷勤手自將。雲英如有意，親為搗玄霜。

這是一首求婚詩，使用了唐傳奇「裴航」的典故來表達求婚的願望。裴航想娶美女雲英，雲英的祖母說：「我有長生不老藥，需要用玉杵、玉臼搗藥，如果你能找到玉杵，我就把雲英嫁給你。」裴航千方百計求得玉杵，連續搗藥一百天，終於娶得雲英。馮生此處用典準確，情意真誠。不過，這首詩的手稿是「親為搗元霜」而非「親為搗玄霜」，為什麼？因為康熙皇帝名叫玄燁，蒲松齡得避皇帝名諱。

辛老頭兒笑著把詩交給左右服侍的人，過了一會兒，一個丫鬟出來跟辛老頭兒耳語了幾句，接著辛老頭兒站了起來，禮貌地請客人稍坐一會兒，掀開門簾走進了內室。馮生聽到內室隱約有人在說話。辛老頭兒出來後，馮生認為他會答應婚事，辛老頭兒卻繼續跟馮生談笑風生，一句也不提求婚的事。馮生忍不住問：「我求婚的事請問尊意若何？」辛老頭兒說：「閣下超群出眾，我傾慕已久。我有十九個女兒，嫁出去十二個。可是女兒們的婚姻向來是內人做主，老夫從不過問。」說得客氣，實是拒絕。馮生繼續執著地說：「小生只要今天早上帶著小丫鬟踏著露水趕路的那位小姐。」辛老頭兒一聲不吭，兩人對坐，默默無語。

這段描寫暗藏著什麼資訊？馮生求婚，內室派人出來請辛老頭兒進去，實際上是房間裡的人對馮生不感興趣。誰不感興趣？就是馮生鍾情的那位紅衣少女。辛老頭兒藉口女兒的婚事是妻子做主，自己不管，然而他一開始卻說「容我跟內人商量商量」，其實是和女兒商量。結果是女兒不同意。

馮生聽到房內有人低聲說話，聲音細細柔柔的，便借著醉意掀開門簾說：「既然夫妻做不成，那就讓我再看看美人的容貌，以消除我的遺憾。」這一段的《聊齋》原文特別精彩：「**內聞鉤動，群立愕顧。果有紅衣人，振袖傾鬟，亭亭拈帶。望見生入，遍室張惶。**」屋裡的人聽到門簾的響聲，都驚愕地看著進來的人。

馮生發現，果然有位紅衣少女長袖飄拂，雲髻微傾，亭亭玉立，用手拈弄著衣帶，看見馮生進來，驚惶地四處張望，像找不到地方藏身。蒲松齡用了八個字寫少女的情態——「**振袖傾鬟，亭亭拈帶**」，其實描寫的是一連串的動作：少女看到馮生闖入，先是舉起袖子想擋住自己的臉，因為舉袖子，髮髻傾斜了，接著她低下頭，羞澀地拈弄著衣帶。少女嬌羞而自珍自重的形象寫得多麼美妙！馮生這樣輕狂，辛老頭兒大怒，命令僕人把他揪了出去。馮生的酒勁越發湧上來，一頭倒在荒草地上。瓦片石子紛紛朝他打來，幸虧沒落到身上。

馮生對紅衣少女一見鍾情，出口成章吟求婚佳句。狐狸精老頭兒彬彬有禮，文雅而有學問，他看出馮生不可靠，藏在內室的紅衣少女更看穿馮生不能托以終身。馮生求婚被拒，輕脫變狂放，不顧禮節地掀開閨房簾子看美女。這樣莽撞無禮，自然受到狐狸精懲戒，當然僅是薄懲，朝他丟了些瓦片石子且沒丟到他身上。

馮生求婚失敗，但我們還不知道他求婚的對象叫什麼。蒲松齡講究章法，求婚對象的名字，得由別人說出來。

馮生在地上躺了好久，聽到驢子在路邊嚼草的聲音，爬起來騎上驢背，踉踉蹌蹌地往前走。夜色朦朧，看不清道路，一人一驢誤打誤撞走進了一條峽谷。那裡群狼亂奔，貓頭鷹怪叫，馮生心驚膽戰，汗毛都豎了起來。他四下查看這是什麼地方，遠遠望見茫茫密林中，隱隱有燈火明滅，他猜想是某個村落，就向那邊奔去。不久，馮生抬頭看到一座高大的門樓，就用馬鞭柄敲門。

實際上，馮生剛剛離開狐狸精所在的寺院，又闖進了身分高貴的鬼的墳墓。而這個身分高貴的鬼魂會幫助他從求婚失敗中鹹魚翻身。為什麼身分高貴的鬼魂要幫助他？因為他們原來是人間的親戚。

《聊齋》故事情節多麼曲折有趣，前因後果安排得多麼合理！

馮生敲門，裡邊有人問：「哪裡來的客人，怎麼半夜三更前來？」馮生說自己是迷路的人。裡邊的人說：「等我報告主人。」馮生等了一會兒，裡面響起拉門閂的聲音。一個僕人出來替馮生牽驢。馮生進門後，只見房子華美整齊，堂上燈光明亮。他坐了一會兒，有個婦人來問他姓名，馮生如實回答。過了一刻鐘，幾個丫鬟扶著一位老婦人走了出來，說：「郡君來了。」

「郡君」是唐朝對四品以上官員母親的稱呼，也是明朝對皇家女子的稱呼。叫「郡君」說明老太太身分高貴。其實，她生前是尚書夫人，一品誥命。

馮生一向輕狂，但也知道看人下菜碟。對郡君，他執後生禮甚恭，不敢越雷池一步。只見他趕緊起立，畢恭畢敬，打算跪下叩拜，老太太制止了他，叫他坐下，說：「你莫不是馮雲子的孫子？」馮生說：「是。」老太太說：「那你應該是我的遠房外孫。」然後老太太說自己是「**鐘漏並歇，殘年向盡，骨肉之間，殊所乖闊**」，字面意思是「我就好像擺不動的鐘擺，流盡的沙漏，沒多少日子啦，親戚骨肉間很少往來」，真正的含義是老太太早就死了，當然不可能跟活著的親戚有來往。

馮生還是很懂事地說：「我很小就沒了父親，和祖父相處的人，十個人裡面都認識不了一個。一向沒來拜訪您，還請告知您是哪位長輩。」老太太說：「你會知道的。」馮生不敢再問，坐在那兒冥思苦想。以馮生的聰明，他應該明白遇到鬼了。父親早死了，跟祖父有關係的人怎麼可能還活得好好的，而且這麼有勢力的親戚，平時他怎麼一點兒也不知道？

老太太問：「外孫為什麼深夜來到這個地方？」馮生向來自誇膽大，就把他來到峽谷的情況細說了一遍，老太太笑道：「這是大好事。外孫是名士，絕對不會玷汙跟你結親的人家。野狐狸精為什麼自抬身分？外孫不要顧慮，我給你把她娶來。」

老太太的話，揭示了第一個謎底：紅衣少女是狐狸精。馮生知道自己追求的少女是狐狸精後，不僅不害怕，還連連向老太太道謝，老太太回頭對身邊丫鬟說：「我還不知道辛家的女兒，竟能有這麼漂亮的？」丫鬟說：「他們家有十九個女兒，都很漂亮。不知官人想娶的是第幾個女兒？」馮生說：「年紀在十五、六歲的那個。」丫鬟說：「這是十四娘。三月時，她曾跟母親來給郡君拜壽，郡君怎麼忘了？」紅衣少女的狐狸精身分由老太太講出，名字則由丫鬟交代出來，多麼巧妙！接著，《聊齋》來了段描寫人物的神來之筆。郡君老太太問：「是不是那個穿著刻了蓮花瓣的高底鞋，鞋裡塞了香末兒，蒙上紗巾走來的丫頭哇？」丫鬟說：「就是她。」老太太說：「這丫頭就是會別出心裁，弄些新鮮花樣兒顯示自己的美麗。不過她確實漂亮，外孫眼力真不錯呢。」

郡君描述辛十四娘的這段話非常有名，被後世的研究者們反覆引用，一方面，這段話是寫人物的妙筆，是借他人的視角來寫人，借鬼老太太之眼寫美麗的狐狸精辛十四娘；另一方面，郡君的描繪讓我們瞭解到一部分寶貴的古代文化知識，那就是現在見不到了的中國古代美人行為。我們來看看原文：

嫗笑曰：「是非刻蓮瓣為高履，實以香屑，蒙紗而步者乎？」青衣曰：「是也。」嫗曰：「此婢大會作意，弄媚巧。然果窈窕，阿甥賞鑒不謬。」

郡君提到她見到的辛十四娘是什麼樣兒？首先提到的是辛十四娘的「高跟鞋」：木底高跟、鞋面蒙紗，高底上刻著蓮花瓣，鞋底中空，裡邊裝著香料碎屑，走起路來便能在地上留下蓮花瓣形的香料碎屑，名曰「步步生香」。辛十四娘給郡君老太太留下的就是步步生香的印象。她說「**此婢大會作意，弄媚巧。然果窈窕**」，「窈窕」在這裡不僅指身材，還說她整個人是君子好逑的窈窕淑女，所以老太太誇馮生眼光不錯。

接著老太太對丫鬟說：「派小狸奴把她叫來。」辛十四娘來了。馮生看到自己鍾情的紅衣少女恭恭敬敬地朝老太太叩拜。老太太拉她起來，說：「以後妳就是我的外孫媳婦，不用再行丫鬟的禮了。」紅衣少女站起身來，身段婀娜，紅袖低垂。老太太替她理了理鬢髮，又撚了撚她的耳環，說：「十四娘近來在閨中做什麼呀？」辛十四娘低著頭小聲回答：「閒著沒事繡繡花兒。」原文「**理其鬢髮，撚其耳環**」八字太棒了，給權勢熏天的老太太增添了亮麗的一筆，從中可以看出她很慈愛，喜歡辛十四娘。

辛十四娘一扭頭看見馮生，十分羞澀，局促不安。老太太說：「這是我的外孫。他對妳情意深厚，想跟妳結親。為什麼要讓他迷路，整夜在山溝裡亂竄？」辛十四娘低下頭，一句話也不說。老太太又說：「我叫妳來，是想替我的外孫做媒。」辛十四娘還是默默不語。老太太命令丫鬟僕人清掃房間，準備被褥，當即要給馮生和辛十四娘舉行婚禮。辛十四娘紅著臉說：「我得回去報告父母。」老太太說：「我給妳做媒，還能有什麼差錯嗎？」辛十四娘說：「郡君的命令，父母當然不敢違背。然而，您讓我這樣草草完婚，奴婢就是死了，也不敢從命。」老太太笑了，說：「小女子志氣不可屈，真不愧是我的外孫媳婦！」

辛十四娘和郡君的這段對話寫得特別棒。一向沉默寡言的辛十四娘，突然強烈地公開表示自己的態度——叫她這樣草草成親，她死也不幹！老太太不僅不生氣，還說「真不愧是我的外孫媳婦」。寥寥幾句話，把兩個人都寫活了。

老太太從辛十四娘頭上拔下一朵金花，交給馮生收藏起來，算作定情之物，並叫馮生回家看曆書，挑個黃道吉日訂為婚期，又讓小丫鬟送辛十四娘回去。接著，遠方傳來雞叫，老太太派人拉著驢子把馮生送出去。馮生走出郡君家幾步，一回頭，村莊房舍已經沒了，只見松樹楸樹濃黑一片，荒草萋萋，覆蓋著一座大墳。馮生定了定神，認真想了一會兒，恍然大悟：這是薛尚書的墓。薛尚書是馮生祖母的親弟弟，剛才見到的郡君老太太是尚書夫人的鬼魂，也就是馮生的舅奶奶。馮生知道自己遇到鬼了，但他不害怕，還兀自琢

〈辛十四娘〉

磨著辛十四娘是什麼人。

馮生半夜撞到的鬼老太太，尊貴蠻橫，頤指氣使，有點兒倚老賣老，卻又惜幼憐美。辛十四娘則溫婉而堅強。作為受到鬼老太太管轄的小狐狸精，她不敢公然反抗鬼老太太的亂點鴛鴦譜，但仍要求婚事不能草草了事。

馮生歎息不已地回到家，隨意地翻了翻曆書，挑了個好日子，卻又難免擔心：跟鬼約定的事，能靠譜嗎？等他再到那個寺院一看，荒涼的大殿和院子裡連個人影也沒有。人們告訴他，寺中常有狐狸出沒。他想：能得到那麼漂亮的美人，即使是狐狸精也很好。

到了選定的吉日，馮生讓僕人打掃完房屋和門前的道路，輪流在門外眺望，等到半夜，仍無人前來。馮生這下有點絕望了。忽然，他聽到門外有人聲喧譁，於是趿拉著鞋就往外跑，只見花轎已來到院子裡，兩名丫鬟扶著辛十四娘坐在青廬中。辛十四娘的嫁妝沒多少，只有兩個大鬍子僕人抬著個像甕那麼大的撲滿，抬進來就直接放在牆角那兒了。這是個伏筆。狐狸精老頭兒給了女兒滿滿一甕錢做嫁妝。

結婚後，馮生問辛十四娘：「郡君不過是鬼，你們為何對她服服帖帖的？」辛十四娘說：「薛尚書現在是五都巡環使，幾百里內的鬼狐都歸他管。」原來尚書大人做了鬼後又擔任了陰曹地府的大官，看來，連鬼狐世界也是官大一級壓死人啊！馮生不忘媒妁之恩，第二天就去給薛尚書掃墓。接著他收到了鬼老太太派人送來的新婚禮物——幾匹名貴的綢綴。

這個人間書生和狐狸精的愛情故事，情節曲折跌宕，人物形象也塑造得很完美，按理說可以結束了，但在天才小說家蒲松齡筆下，好戲還在後頭。代表黑惡勢力的反派人物還在幕後等待登場。

馮生有位要好的同學楚公子，其父親官居銀台。所謂銀台，原來是宋代在門下省設立的掌管天下案牘奏狀的官員，因為設在銀台門內，所以叫銀台。明代設通政使司，簡稱「通政司」，其長官通政使掌內外章奏和臣民密封申訴之件，所以通政司和通政使均俗稱「銀台」。楚公子聽說馮生娶了位狐仙妻子，便前來敬酒祝賀，又邀請馮生幾天後到他家喝酒。辛十四娘對馮生說：「楚公子來時，我從門縫裡看了看。這人猴眼睛、鷹鉤鼻，這種相貌的人不能長久交往，不要去他家。」看來辛十四娘懂得相面，她說楚公子「**猿睛而鷹准**。」相面術認為，猿睛者目微黃，生性多疑，狡猾貪奸；鷹鉤鼻是凶相，這種人心腸惡毒，常陷害人。辛十四娘說完這番話後，馮生答應了。

辛十四娘觀察人、判斷人的本事很強，她憑一次觀察就判斷出楚公子是壞人，勸馮生遠離他。可是馮生輕脫的秉性不改。第二天，楚公子登門，問馮生為什麼負約，還拿出自己的詩來讓馮生看，馮生評論楚公子的詩時話中帶刺。兩人不歡而散。馮生對辛十四娘說起這事，辛十四娘神色慘然，說：「楚公子是豺狼之流，不可以跟他親近！你不聽我的話，將遭受災禍。」馮生感謝辛十四娘提醒，後來見到楚公子就總是半開玩笑地說些奉承話，楚公子這才盡釋前嫌。

辛十四娘比馮生更懂得社會人心。她知道為人處世，要近君子而遠小人，尤其要遠離手裡有權力的小人。因為小人會對敵視自己或者揭露自己真面目的人狠下毒手，可謂防不勝防。男子漢馮生似乎不懂這個道理。

不久，學政來主持秀才歲考，楚公子得了第一，馮生得了第二。楚公子沾沾自喜，派僕人來請馮生喝酒，馮生推辭再三才去。這天是楚公子生日，賓客滿堂。楚公子把試卷拿出來給馮生看，親友爭相讚賞。酒過數巡，堂上演奏起粗野的音樂，眾人都喝得很高興，楚公子對著馮生吹起牛來，得意忘形地說：「**諺云：『場中莫論文。』此言今知其謬。小生所以忝出君上者，以起處數語，略高一籌耳。**」這話什麼意思？有句俗話說，考場上論的是命運，不是文章，而楚公子強調他這次考第一就是因為文章寫得好，主要是文章開頭寫得比馮生好。他這樣說之後，滿座皆附和誇獎楚公子。馮生已醉，不能隱忍，哈哈大笑說：「你到今天還認為，你是因為文章寫得好才得的第一？」一語捅破楚公子靠家庭勢力得第一名的內幕。在馮生，痛快固然痛快；在楚公子，銜恨到了骨髓。馮生不能忍一時之氣，故招致後來的殺身之禍。

馮生這番話一出口，滿座賓客都變了臉色。楚公子羞憤至極，瞠目結舌。客人漸漸散去，馮生也知道這話不合適，溜之乎也。馮生酒醒後，後悔不已，將此事告訴了辛十四娘。辛十四娘生氣地說：「你真是個輕佻的人！用輕薄的態度對待君子，會讓自己缺德；用輕薄的態度對待小人，則會惹來殺身之禍。你離禍事不遠了，我不忍心看著你倒楣，現在就跟你辭別。」馮生非常害怕，哭了，表示一定改悔。辛十四娘說：「想讓我留下也行，但咱倆得約定：今後，你必須閉門不出，杜絕交遊，也不許多喝酒。」馮生信誓旦旦地答應了。

馮生是輕脫儇薄還是耿直坦率？比較像耿直坦率，有什麼說什麼。但是他處於黑白顛倒的社會，怎能事事實話實說啊？

辛十四娘為人勤儉灑脫，每天都紡線織布，回娘家從來不在娘家過夜。她經常拿出錢給馮生過日子用，有富餘就把錢丟到撲滿裡。她每天關上門，有來拜訪馮生的，就讓老管家好言好語謝絕，把客人送走。

有一天，楚公子送信來，辛十四娘把信燒了，沒讓馮生看見。第二天，馮生出門到城裡參加一次弔唁，在喪主家遇到了楚公子。楚公子讓馬夫拉著馮生的馬韁繩，硬拉回楚家，還命家人擺上豐盛的酒宴。馮生想要早點回家，楚公子一直阻攔，又把家姬叫出來彈箏取樂。馮生向來放蕩不羈，最近被辛十四娘關在家中，早就悶得慌，現在忽然遇到痛快飲酒的機會，一高興起來，就把辛十四娘的囑咐拋到九霄雲外去了。於是他喝得酩酊大醉，趴在酒桌上，睡過去了。

馮生輕脫縱酒，終於落到陷人坑裡了！原來，楚公子因馮生嘲笑他，一直懷恨在心，天天琢磨著怎樣報復馮生。恰好他潑悍的妻子阮氏打死一名丫鬟，於是他把馮生騙來灌醉，扶到書房，再派人把丫鬟的屍體扛來，放在馮生腳邊，關上門走了。馮生睡到五更醒來，發現自己趴在桌上睡著了，起身去找床鋪，卻差點兒被腳下一個軟軟的東西絆倒，一摸，是人。他以為是主人派來陪他睡覺的書僮，拿腳踹一下，那人一動不動，身體僵硬。馮生怕極了，打開門怪叫，聞聲趕來的楚家僕人拿燈一照，照見丫鬟頭破血流的屍體，立即揪住馮生叫鬧。楚公子假裝出來查看，誣賴馮生奸殺了丫鬟，於是命人把馮生捆了起來，送到了廣平府衙門。

隔了一天，辛十四娘才知道發生了什麼事，她潸然淚下，說：「我早就知道有今天啦。」馮生見到了廣平府府尹，府尹早就受賄，把馮生打得皮開肉綻。辛十四娘前往監獄探望馮生，馮生悲憤滿懷，說不出話。辛十四娘知道楚公子設下的陷阱很深，不易跳出，勸馮生先屈招罪名，免得受刑。馮生哭著聽從了辛十四娘的安排。

如果說在馮生苦苦追求的過程中，辛十四娘始終以平凡深閨少女的身分出現，那麼現在她的狐狸精神通就表現出來了。辛十四娘進監獄，人們和她咫尺相遇，卻看不見她。辛十四娘回到家，立即派狐狸精丫鬟出發，又托媒人買了個良家女子，名叫祿兒，長得很漂亮。辛十四娘跟祿兒同吃同住，對她不像對一般僕人。辛十四娘這是在做什麼？原來，她派狐狸精丫鬟進京城，是想找機會告御狀，幫馮生翻案；她買下良家女子祿兒，則是將來給馮生做妻子。辛十四娘像神機軍師，既要救出馮生，也要全身而退。

馮生承認了殺人的罪名，被判絞刑。老管家回家報告，泣不成聲。辛十四娘卻神情坦然，好像並不放在心上。辛十四娘為什麼不著急？因為她已經派出了狐狸精丫鬟。等到秋天處決囚犯的日子臨近，辛十四娘才惶惶不可終日，白天跑出去，深夜才回來，還常在沒人的地方嗚嗚咽咽地哭泣，吃也吃不下，睡也睡不著。為什麼？因為狐狸精丫鬟一直沒有消息。

一天傍晚，狐狸精丫鬟終於回來了。辛十四娘一聽說她回來了，立即把她拉到房中密談。等再出來時，辛十四娘便笑容滿面地料理起家務來。第二天，老管家到監獄裡看望馮生，馮生讓他捎話：「請娘子來監獄永訣。」老管家回家報告，辛十四娘漫不經心地答應著，也不傷心，好像根本不把馮生馬上要被處決的事放在心上，家人都說她太狠心了。

忽然，滿街都在傳揚說楚銀台被革職了！道台奉皇帝特旨，重新辦理馮生的案件。很快，馮生出獄，楚公子被抓，案情大白。馮生回家見到妻子，淚如泉湧。辛十四娘見到馮生也是悲痛傷感。只是馮生不明白，自己的事怎麼驚動了皇上？辛十四娘指了指丫鬟說：「這是你的大功臣呀。」馮生驚愕地問其中的緣由。

原來，辛十四娘派狐狸精丫鬟趕到京城，想讓她進皇宮向正德皇帝訴說馮生冤情。但皇宮外有守護神，狐狸精丫鬟在御水河邊徘徊，過了好幾個月也找不到進皇宮的機會。丫鬟本想回來覆命，忽然聽說皇帝要巡幸大同，於是丫鬟預先跑到大同，扮作妓女等著。皇帝到妓院玩，對丫鬟極為寵愛，他覺得丫鬟不像風塵中人。丫鬟忙跪到地上，對著皇帝嚶嚶哭泣。皇帝問：「妳有什麼冤屈嗎？」丫鬟回答：「奴婢是廣平府秀才馮某的女兒，因父親遭受冤獄，才把奴婢賣到了妓院裡。」皇帝細細詢問馮生冤情始末，用紙筆記下馮生姓名，並說希望能跟丫鬟共享富貴。丫鬟說：「奴婢只求能跟父親團聚，不奢求錦衣玉食。」皇帝點頭答應，賞了她一百兩金子後，一對露水鴛鴦分手。丫鬟把過程告訴馮生，馮生淚眼婆娑地拜倒在地。

不久，辛十四娘對馮生說：「我如果不是為了情的緣故，哪兒來這麼多煩惱？你被逮捕時，我奔走在親戚朋友間，沒一個人肯出個主意，我心裡的酸楚，沒法說出來。現在看人世間的事兒，更加厭惡，沒意思。我已經給你選好了如意伴侶，咱們分手吧。」馮生聞言跪倒在地，哭著不肯爬起來，辛十四娘不忍心，這才沒走。晚上，辛十四娘派祿兒來陪馮生，馮生連門都不讓祿兒進。他早上起來看辛十四娘，她嬌美的容顏大大衰退；過了一個月，辛十四娘已經顯出衰老的樣子；再過半年，她的皮膚暗沉、粗糙得像農村的老太婆，但馮生始終對辛十四娘敬重有加，沒有變心。辛十四娘又向馮生告別，說：「你已有好伴侶，還要我這醜老婆做什麼？」馮生還是趴在地上哭。

對辛十四娘，馮生因為她超人的美麗而一見鍾情，經過這場生死考驗，他的感情得到了昇華。辛十四娘驟然變老變醜，他沒有變心。又過了一個月，辛十四娘病了，不吃不喝，骨瘦如柴，馮生每天伺候湯藥，像侍奉父母。但是求神打卦、求醫問藥，一點兒用也沒有，辛十四娘最終還是去世了。馮生悲傷至極，辛十四娘的葬禮完畢後沒幾天，狐狸精丫鬟也走了。

馮生於是娶祿兒做妻子，過了一年，生了個兒子。然而，地裡連年歉收，家裡入不敷出，夫妻倆對著空空四壁發愁。馮生忽然想起放在牆角的那個撲滿，過去常看到辛十四娘把多餘的錢投到裡邊，不知道還在不在。他走過去一看，鹽罐、醬罐、豆豉罐擺了一大片。他把這些瓶瓶罐罐都移開，伸筷子到撲滿裡一試，硬邦邦的，插不進去。於是他把撲滿打碎，金錢嘩啦啦撒了一地！馮家從此富裕起來。

後來馮家的老管家在太華山遇到了依然年輕美麗的辛十四娘，她騎著一匹青色的騾子，丫鬟騎了頭毛驢跟隨著她。見了老管家，辛十四娘問道：「馮郎安好嗎？致意你家主人，我已經位列仙班啦。」說完就消失不見了。

〈辛十四娘〉是《聊齋》最長、也算得上是最好的作品之一，既是優美的人狐戀，又是寫書生、官場甚至皇帝的佳作。辛十四娘絕美的風姿，絕頂的智慧，絕佳的口齒，構成「奇美」狐狸精形象。

她開頭對馮生並不滿意，但「嫁雞隨雞」，恪盡妻責，像誨人不倦的導師，盡力讓馮生改正輕脫的缺點以求完美。在封建社會，如果丈夫被判死刑，家裡等於塌了天，而辛十四娘卻能穩健地處理棘手難題，居然找到皇帝翻案，可以說她才是家庭的頂梁柱。辛十四娘性格剛介，險阻不驚，艱難曲折地救出馮生，又果斷離開馮生。馮生脫離了冤獄陷阱，而辛十四娘則跳出了人生陷阱。蒲松齡在篇末說：「**若馮生者，一言之微，幾至殺身，苟非室有仙人，亦何能解脫囹圄，以再生於當世耶？**」狐而為仙，乃至高評價。

以九五之尊逛妓院的正德皇帝，被蒲松齡巧妙利用大做文章。故事開頭狀似無意地說馮生是正德年間人，就是伏線千里。封建吏治官官相護，要翻冤案，最有效的方法莫過於勸動至高無上的皇帝，而透過皇帝嫖妓翻案，可謂諷刺入骨。

明武宗這位正德皇帝非常有名，常常出宮遊幸，眠花宿柳，京劇《游龍戲鳳》講的就是他的故事。蒲松齡還把他的故事寫成了長篇俚曲《增補幸雲曲》。而在〈辛十四娘〉中，正德皇帝成了給馮生平反冤案的皇帝，還是透過逛妓院認識的所謂「馮生的女兒」。這也算是蒲松齡對封建吏治、對皇帝意在言外的諷刺吧。

10 小翠
運籌帷幄耍權貴

〈小翠〉是別緻的狐狸精報恩的故事。狐狸精報恩報得精彩，報得巧妙，報出了水準，報出了風格，報得風生水起，報得妙趣橫生。小說太好看也太有趣了，因此也受到影視公司青睞。

被報恩的是誰？王太常。王太常不是人名，而是擔任太常卿之位的王某。太常卿是朝廷掌管祭祀禮樂的官，是正三品。這是王某最終擔任的官職，也就成了蒲松齡對他的代稱。其實在小說發展過程中，他還不是王太常，而是王侍御，居監察御史之位，是正七品。

對官員來說，怎樣保住現有地位並逐步往上升，是相當重要的，而怎樣避開政敵的陷害，更是重中之重。而對家庭來說，有沒有可靠的接班人最重要。王侍御恰好在這兩方面都有危機感：官場一直有政敵在虎視眈眈地盯著他，想整倒他；他只有一個兒子，偏偏天生癡傻。幸虧王侍御小時無意中保護過一隻狐狸，他的困難就這樣一件一件迎刃而解了。

王侍御小的時候，有一天在床上睡覺，忽然天色陰沉，雷聲大作，有只比貓大點兒的動物跑來伏到他身子底下，不管他怎樣翻身都不肯離開。過了一會兒，天放晴了，這隻動物才離開。他發現牠不是貓，嚇得大叫，隔壁的哥哥聽說後很高興，說：「弟弟將來必定大富大貴，這是狐狸精借貴人躲避雷災呢。」

王侍御很年輕便中了進士，後來又從知縣提拔為御史。這樣看來，他的獨生子豈不是「鑽石王老五」？可是他的兒子王元豐傻到十六歲了還分不出男女。王家再有錢有勢，都是瞎子點燈——白費啦（蠟），沒人肯把女兒往火坑送。王侍御的寶貝兒子成了「剩男」，王家傳宗接代的希望眼看沒了指望，王侍御夫婦日坐愁城。

有一天，突然有個婦人帶著個少女登門，要求讓少女給王家做媳婦。王侍御看了看少女，少女嫣然而笑，彷彿仙女一般。王侍御問她們姓名，婦人回答說：「我姓虞，女兒叫小翠，十六歲。」王侍御問：「要多少聘金？」婦人說：「小女跟著我吃糠都吃不飽，一旦到了您家，住高房大屋，使喚丫鬟僕人，吃雞鴨魚肉，她過得安逸了，我這做娘的也就心安了，難道能像賣菜那樣講價錢嗎？」王侍御夫人聽了，非常高興，十分熱情地接待了這對母女。虞氏命女兒以兒媳禮節給王侍御夫婦磕頭，並囑咐道：「這是妳的公公婆婆，妳要好好侍奉他們，我很忙，先走了，三兩天後再來看妳。」王侍御要派僕人套車送她，她說：「我家離這裡不遠，不麻煩您啦。」說完出門走了。

見母親走了，小翠一點兒也不悲傷，馬上到針線盒裡翻找繡花樣。夫人很喜歡她。過了幾天，小翠的母親一直沒來。夫人問小翠：「你們家住在什麼地方？」小翠只是憨然而笑，說不清楚去她家的路徑。於是夫人另外收拾出一所院子，讓元豐和小翠拜堂成親。親戚們聽說王侍御撿了個窮人家的女兒做媳婦，都笑話他，等見到仙女般的小翠，都很吃驚，這些非議才漸漸消失。

小翠特別聰明，能窺察王侍御夫婦的喜怒，王侍御夫婦也很寵愛和憐惜她，但他們心裡卻隱隱不安，擔心小翠會嫌元豐傻。小翠卻一點兒也不嫌棄傻丈夫。她特別喜歡玩樂，用布做了個大圓球，踢著取樂。她穿著小皮靴，一腳把球踢出幾十步遠，哄著元豐屁顛屁顛地給她撿球，元豐和丫鬟們跑得汗流浹背。有一天，小翠正在踢球，王侍御恰好從那兒經過，圓球「砰」的一聲砸過來，正好砸在了王侍御面門上！小翠和丫鬟們都嚇得藏了起來，元豐還踴躍地跑去撿球。王侍御火了，朝兒子丟了塊石頭。元豐趴在那兒哭了起來。王侍御把這件事告訴了夫人，夫人跑來責備小翠，小翠只是用手指摳床，低頭微笑，也不反駁。

夫人走了，小翠照樣傻玩傻鬧。她用胭脂香粉把元豐抹得跟小鬼似的，夫人看見了，很生氣，把小翠叫來痛罵一頓，小翠倚著案幾玩弄著衣帶，不害怕也不說話。夫人拿她沒辦法，就拿兒子出氣，打得元豐大叫，小翠這才變了臉色，跪下向夫人求饒。夫人怒氣頓消，扔下棍子走了。小翠拉著元豐進屋，替他拍掉身上的泥土，替他擦乾眼淚，給他按揉棍子打痛的地方，還拿出栗子和棗子哄他，元豐這才破涕為笑。小翠關上門，一會兒把元豐打扮成楚霸王，一會兒又把他打扮成沙漠人，自己則穿上豔麗的衣服，束個細腰，扮成虞姬，在帳下翩翩起舞；或者在髮髻上插上野雞翎，手上彈著琵琶，扮演昭君出塞，叮叮咚咚，咚咚叮叮，滿屋都是她的歡笑聲，幾乎每天都是如此。王侍御因兒子傻，不忍心過於責備兒媳，即使聽說她過分玩鬧的事，也置若罔聞。

小翠有兩個非常鮮明的特點：一個是「**真仙品也**」，長得非常美麗；一個是「**善謔**」，盡興玩樂，天真活潑，自由自在，無拘無束，喜歡玩耍，喜歡遊戲，不知愁滋味，也不遵守封建禮法。

蒲松齡寫出了一種新的夫妻模式——閨房嬉戲。我們看古代愛情小說時不難發現，小說裡的女主角們有一個共同特點，她們都有火一樣的「情」和水一樣的「思」，她們對愛的癡情大膽，對愛的纏綿悱惻，都是在追求合法婚姻的過程中演繹的。女主角一旦成親，就從此沒戲，統統沒戲，永遠退出歷史舞臺，好像夫妻間只能按封建禮教的要求，舉案齊眉，相敬如賓。而狐狸精小翠的出現，令人耳目一新。

小翠婚後不和丈夫同床共枕，只和傻丈夫玩，透過玩大秀恩愛，秀得花樣翻新，秀得耐人尋味。小翠秀恩愛似乎只是傻玩傻鬧，哄著傻丈夫玩，其實聰明的小狐狸精非常有心計，她這是大造輿論，叫街坊鄰居都知道王侍御家「**顛婦癡兒，日事戲笑**」。後面即可知，這個輿論關鍵時刻能夠救命。小翠表面上傻玩傻鬧，實際上運籌帷幄，表面嬌憨，內裡聰慧。她時時以所謂「**顛婦**」即瘋媳婦的姿態示人，實際是用「顛」「瘋」掩蓋她的絕頂智慧和過人心計。元豐小翠，一個真傻，一個假憨，相映成趣。

在小翠和元豐傻玩傻鬧的時候，王侍御正面臨官場的危急時刻，政敵要和他拚個你死我活，而政敵顯然占了上風。小翠知不知道公爹在官場的處境？似乎不知道也不關心，但其實她心裡有數，公爹在那兒如履薄冰、如臨深淵、嚇得像驚弓之鳥時，小翠既不害怕，也不緊張，四兩撥千斤，舉重若輕，玩著笑著鬧著，就幫王侍御化險為夷，度過難關。

跟王侍御住同巷的王給諫，和王侍御一向不和。給諫是吏、戶、禮、兵、刑、工六部（也稱六科）給事中，管規諫、稽查等事務。恰好遇到朝廷考察官吏的時機，王給諫妒忌王侍御掌握著河南道的巡查大權，想找機會誣衊中傷他。王侍御明明知道王給諫的陰謀，就是想不出應對的辦法。沒想到，他家的瘋媳婦卻像奇兵從天而降，接連辦了兩件看似荒唐的事，幫王侍御除掉了政敵。

第一件事是這樣的。有一天晚上，等王侍御睡下了，小翠穿上官服，剪了些白絲線貼在嘴上當成濃密的鬍鬚，打扮成宰相的樣子，還把兩個丫鬟打扮成隨從，偷偷把馬牽出來，開玩笑說自己要去拜訪王大人。她騎馬來到王給諫家門前，用鞭子抽打兩個「隨從」，大聲說：「我要拜訪的是御史王大人，怎麼把我領到王給諫大人家來了？」說完掉頭就走。她回到家，王侍御家的守門人以為宰相來了，連忙報告主人。王侍御趕緊穿官衣戴官帽迎接，一看才知道是兒媳婦在鬧著玩。他氣極了，對夫人說：「人家正找我的錯呢，她反而製造閨門醜事，還專門跑去告訴人家，我的禍事不遠了！」夫人跑到小翠房中指責她，小翠只是笑著聽她說，一句也不解釋。夫人想打她吧，又不忍心；把她休了吧，她又無家可歸。王侍御夫妻二人懊喪得很，愁得整夜不能入睡。

當時的宰相氣焰熏天，他的儀表風采以及他家的僕從打扮，都跟小翠家家酒扮演的沒區別。王給諫誤認為宰相深夜拜訪了王侍御，一次次派人到王侍御家門口偵察，結果直到半夜宰相大人也沒從王侍御家出來。王給諫琢磨著宰相大人跟王侍御一定在暗中商量什麼事情。第二天早朝，王給諫見到王侍御就問：「昨天晚上宰相大人到你家去啦？」王侍御懷疑他知道兒媳婦的惡作劇而故意諷刺自己，紅著臉隨意應答了幾聲。王給諫越發懷疑，心想：哼，跟我保密呢，看來宰相大人果然跟王侍御交情不淺。於是王給諫打消了陷害王侍御的念頭，還跟王侍御套近乎。王侍御探知內情後暗喜，不過還是悄悄告訴夫人，讓她勸小翠改改這些做法。小翠微微一笑，隨口答應著。

兩位政壇人物的積年恩怨竟因小女子的玩笑使倆而改變，真是奇蹟！接著，更離奇的、決定兩位政壇人物命運的第二件事，再次因為小女子的玩笑發生了。

一年後，宰相被罷官，恰好他有封私信給王侍御，錯投到了王給諫家裡。王給諫大喜，認為抓住了王侍御的把柄。他先託跟王侍御熟悉的人找王侍御「借」一萬兩銀子，其實是敲詐，被王侍御拒絕了。王給諫親自登門想威脅王侍御。王侍御急忙找官服官帽，準備穿戴好去迎接，卻怎麼也找不到！王給諫等得久了，正惱火王侍御的怠慢，忽然看到元豐穿著龍袍，戴著皇冠，被一個女子從房間裡推了出來。王給諫大驚失色，這還了得！私制龍袍皇冠，想造反不成？這可是滿門抄斬的重罪！他靈機一動，走過去笑著安撫元豐，讓他把龍袍和皇冠交給自己，匆忙抱起來就走。等王侍御急忙趕出來時，王給諫已走遠了。王侍御問清緣故，嚇得面色如土，號啕大哭，說：「這真是禍水啊！說不定哪天就害得我們家誅九族。」他和夫人一起拿著棍棒去找小翠，小翠關上門，聽憑他們在外邊叫罵。王侍御氣極了，用斧頭砍小翠的房門。小翠在門裡笑嘻嘻地說：「公爹莫生氣，有兒媳在這裡，刀鋸斧砍，都由兒媳受著，必定不讓二老受牽連。公爹這樣做，是想殺了兒媳滅口嗎？」小翠伶牙俐齒，每句話都在理。聽到這話，王侍御才住手。

王給諫回去就給皇帝上表，告發王侍御圖謀不軌，意圖造反，並交上龍袍和皇冠為證。皇帝滿腹驚疑地派人查驗，哪兒有什麼皇冠？根本就是高粱秸稈做的小孩子的玩具！哪兒有什麼龍袍？只有又破又舊的包袱皮兒！皇帝怒斥王給諫誣告，又把元豐召來，看到元豐傻呼呼的樣子，皇帝笑了，說：「就這個樣子還能做皇帝？」於是把這件事交給法司處理。王給諫又告發王侍御家有妖人。法司對王家僕人嚴加審問，都說王侍御家只有一對傻兒子和瘋媳婦每日傻玩瘋鬧。再問周圍的鄰居，也都說得和王家僕人一個樣兒。原來小翠把「**顛婦癡兒，日事戲笑**」搞得滿城風雨，就為了起這個作用。案子定了，王給諫被發配雲南充軍。

王侍御的終身仇敵就這樣被剷除，他可以高枕無憂了。而這完全是因為小翠的一次惡作劇！在王給諫眼裡，明明是龍袍皇冠，怎麼到了皇帝跟前就變成了高粱秸稈玩具和破包袱皮兒？太神奇，太不可思議了。王侍御感到小翠不是一般人，又因為她的母親總不來，就想：小翠莫非不是人？她母親是特地送她來保護我們一家的神人？王侍御還想不到自己童年時曾庇護過狐狸的事，不知道是狐狸精報恩。他讓夫人再三詢問小翠到底是什麼來歷，小翠只笑不說話，若再追究，她就說：「孩兒是玉皇大帝的女兒，婆婆不知道嗎？」

王給諫被流放之後，王侍御在官場的日子過得比較舒心，沒過多久就升了京卿。所謂京卿，就是京堂，是清代對某些高級官員的稱呼，一般是三品或四品。按照小說開頭對王某「王太常」的稱呼，他應該是當上了太常寺卿，是正三品。王某官越做越大，愁事卻越來越多。五十幾歲，還沒抱上孫子，他天天發愁。小翠來了三年，每天晚上跟元豐分床睡。夫人一心想抱孫子，故意把元豐的床搬走，囑咐兒子：「晚上跟小翠睡一張床。」過了幾天，元豐告訴母親：「借了我的床去總不還，小翠每天晚上都把腳丫子壓在我肚子上，我氣都喘不上來。她還總是掐我的大腿。」丫鬟老媽子聽了，無不笑得噴飯。夫人呵斥了元豐幾句，拍了拍他，哄他回去。唉，攤上這種傻得不透氣的兒子，真是操碎了心。

王侍御夫婦的這個心病還是靠小翠治好的。有一天，小翠在房間洗澡，元豐看見，要跟小翠一起洗。小翠讓他等一會兒，她洗完出來後，添上一大盆熱水，又解開元豐的袍褲，跟丫鬟一起把元豐扶進澡盆裡。元豐覺得太燙，蒸氣讓他喘不過氣來，大聲叫著要出來。小翠不聽，乾脆用被子把盆蒙上。過了一會兒，被子底下徹底沒聲音了，打開一看，元豐已經沒氣了。小翠坦然地笑著，一點兒也不驚慌，把元豐弄到床上，把他身上的水擦乾，又給他蓋上夾被。

夫人聽說了這事，哭著找來了，罵道：「瘋丫頭，為什麼要殺了我兒子！」小翠微微一笑說：「這樣的傻兒子，還不如沒有。」夫人更生氣了，用頭去撞小翠。丫鬟老媽子一齊來拉。正鬧得不可開交時，有個丫鬟說：「公子呻吟啦。」夫人停止哭泣，跑到床邊撫摸兒子。元豐呼吸微弱，大汗淋漓，被褥都濕透了。過了一頓飯的工夫，元豐的汗止住了，睜開眼一個一個地看家裡的人，似乎不認識，他說：「我現在回憶過去的事，就像在做夢。這是怎麼回事？」夫人一聽，兒子怎麼一點兒也不傻了？大為奇怪，領他去見他父親，試了幾次，果然不傻了。全家大喜，如獲至寶。到了晚上，夫人把元豐的床放回原來的地方，看看元豐用不用。元豐進了房間後，讓丫鬟們都出去了。第二天早上一看，元豐的床一動未動，顯然是夫妻睡在一張床上了。從此，夫妻二人琴瑟靜好，形影不離。可惜的是，王侍御夫婦盼望的孫子，還是沒動靜。

小翠挽救了王侍御的政治生命，治好了王家的命根子，把王元豐從傻子變成了正常男兒，對王侍御全家恩同再造。可是，這位王侍御是如何回報她的呢？過了一年多，王侍御被王給諫一黨的人彈劾罷官。王家原有廣西巡撫送的一只玉瓶，價值千金，王侍御將它拿出來想賄賂當權者。小翠喜歡那玉瓶，拿著賞玩，不小心掉地上摔碎了。小翠慚愧地向王侍御夫婦認錯。王侍御夫婦正因為被罷官而心裡不痛快，聽說了這事，都很生氣，你一言我一語地大罵小翠。小翠氣憤地從他們房間出來，對元豐說：「我在你們家，保全的何止一只玉瓶？怎麼就這麼不留情面？實話告訴你，我不是人類，因為我母親遇到雷霆之災時，受到你父親的庇護，又因為我們兩人有五年的夫妻緣分，所以我來報答你父親過去的恩情，了結我們的姻緣。我受到的唾罵，擢髮難數，之所以不馬上就離開，是因為五年的恩愛之期沒滿，現在可以暫時中止啦！」說完氣呼呼地跑了，元豐去追，小翠已經無影無蹤。王侍御也慚愧不安，悵然若失。

小翠多次救王家於水火之中，僅因打碎一只玉瓶，王侍御夫婦竟對小翠百般辱罵，真沒錯了那句俗話：地獄裡都是不知道感恩的人。

元豐進入他跟小翠的房間，看到小翠沒用完的香粉和她穿過的鞋子，哭得昏天黑地，不想活了。元豐飯也吃不下，覺也睡不著，一天一天消瘦憔悴下去。王侍御非常擔心，急著要給兒子再娶，元豐不願意。他請技藝高超的畫工畫了一幅小翠的像，日夜給小翠的像上供，祈求她回來，這樣的生活持續了兩年。

村外有王家的園子，有一天，元豐騎馬從園子邊經過，聽到園子裡有人說話，就讓馬夫拴住馬，自己站在馬鞍上往牆裡看，原來有兩個女郎在裡邊嬉戲。雲彩遮住了月亮，夜色昏昏，看不清是什麼人。只聽穿綠衣的女子說：「妳這個丫頭該轟出門去！」穿紅衣的說：「妳在我們家的庭園裡邊，妳轟哪個？」穿綠衣的女子說：「死丫頭，不害羞，沒有當好媳婦，被人給轟了出來，還在這裡冒認物產？」穿紅衣的女子說：「那也比你老大個丫頭嫁不出去好！」元豐聽那紅衣女子的聲音酷似小翠，急忙喊她：「小翠！」穿綠衣的女子說：「我不跟你爭了，你漢子來啦。」穿紅衣的女子走到牆邊，元豐一看，果然是小翠！他高興極了。小翠讓他爬過牆頭，把他接下來，說：「兩年不見，你瘦成一把骨

〈小翠〉

頭啦。」元豐拉住小翠的手，深情地訴說著自己的思念，小翠說：「我知道。只是我沒臉見你們家的人。今天我在這兒跟大姐玩，又跟你偶然相遇，可見命裡註定的事是不能逃脫的。」

元豐請小翠跟自己回家，小翠不同意。元豐請她先留在園子裡，派僕人跑去報告夫人，夫人馬上坐轎子來到園子，小翠急忙跑去迎接，跪下拜見夫人。「過去都是我們的錯！」夫人拉住小翠的胳膊，淚流滿面，幾乎無地自容，「如果妳能不計前嫌，請跟我一起回家，對我的晚年也是個安慰。」小翠堅決拒絕了。夫人顧慮庭園荒涼，打算多派些人來服侍。小翠說：「其他人我都不願意見，只有我以前使喚的兩個丫鬟，早晚跟著我，我忘不了她們。再就是外邊派個老僕人應門就成，別的都不需要。」夫人按照小翠的話做，假託元豐在園子裡養病，每天供應一些吃用的東西。

小翠常常勸元豐另娶，元豐不肯。過了一年多，小翠的眉目聲音，漸漸跟過去不一樣了，拿出她的畫像一對比，簡直判若兩人。元豐非常奇怪，小翠說：「你看我現在比過去漂亮嗎？」元豐說：「你現在當然也漂亮，然而好像不如過去。」小翠說：「我大概是老啦。」元豐說：「二十幾歲的人，怎麼可能老得那麼快？」小翠笑著把畫像燒了，等元豐去搶救時，已經燒成灰了。小翠對王元豐說：「過去在家裡時，父親總是說我至死也無法生養。現在公婆老了，你又是獨子，我實在不能生兒育女，恐怕耽誤你們家傳宗接代，請你往家裡娶個妻子，早晚伺候公婆。你可以在兩邊往來，也沒什麼不方便的。」元豐只好同意，和鍾太史家的女兒訂了親。娶親的吉期將近，小翠給新媳婦做了新衣新鞋，派人送到婆婆那裡。新人進門，模樣跟小翠完全一樣，一言一笑，一舉一動，絲毫不差。大家非常奇怪，急忙趕到庭園，小翠已經不見了。問丫鬟，丫鬟拿出一塊紅巾帕說：「娘子暫時回娘家了，留下這個給少爺。」打開巾帕一看，裡邊有塊玉玦。聰明的小翠留下了寓意深長的信物。小翠姓「虞」，這會兒是在跟元豐訣別呢！元豐知道，小翠再也不會回來了。元豐他帶著丫鬟回到家裡，雖然一刻也不能忘記小翠，但幸好新媳婦就跟小翠一個樣兒。元豐這才悟出：鍾太史家的婚姻，小翠預先就知道了，所以她先變成鍾家女兒的樣子，以安慰元豐他日的相思之情。

讀〈小翠〉，總覺得蒲松齡筆墨前後有些不統一，特別是小翠和元豐在園子裡相見的場面，和她原來在王家傻玩傻鬧太不一樣了：

（元豐）偶以故自他里歸。明月已皎，村外有公家亭園，騎馬經牆外過，聞笑語聲，停轡，使廄卒捉鞚，登鞍以望，則二女郎遨戲其中，雲月昏蒙，不甚可辨。但聞一翠衣者曰：「婢子當逐出門！」一紅衣者曰：「汝在吾家園亭，反逐阿誰？」翠衣人曰：「婢子不羞！不能作婦，被人驅遣，猶冒認物產耶？」紅衣者曰：「索勝老大婢無主顧者！」聽其音，酷類小翠，疾呼之。翠衣人去曰：「姑不與若爭，汝漢子來矣！」既而紅衣人來，果翠。喜極。女令登垣，承接而下之，曰：「二年不見，瘦骨一把矣！」公子握手泣下，具道相思。女言：「妾亦知之，但無顏復見家門。今與大姊遊戲，又相邂逅，足知前因不可逃也。」

那個「**寓黠於歡、伏警於戲**」的小翠，到哪兒去了？消失得無影無蹤。現在出現的是一個鍾情的、有棄婦情結和懺悔意識的小翠。明明是被王家轟走的，卻偷偷住在王家的庭園中；明明有丈夫而不得相聚，偏偏要阿Q式地自嘲「**索勝老大婢無主顧者**」；明明是她給王家保全了功名、子嗣乃至身家性命，王家對她的唾罵「**擢髮不足以數**」，她反而要忍辱負重地說自己無顏見王家人……小翠的形象發生了質的變化，過去「**日事戲笑**」的「**顛婦癡兒**」式的愛，變成了刻骨的相思；過去蔑視一切法度甚至皇權的氣度，變成了無故被逐後的忍耐以及自我反省；過去的活潑天真、嬉不知愁，變成了纏綿悱惻、幽思如縷。《聊齋》寫人筆法多變，角度多變，出人意外，往往可以帶來閱讀的驚喜，但我感到此處的描寫，使得人物的性格扭曲變形了。特別是，小翠因自己「**死不作繭**」，怕誤了王家綿延子嗣，先慢慢變成鍾小姐的容貌，不再有過去的美麗容顏，再讓元豐迎娶鍾小姐，自己悄然離去。

蒲松齡有點兒得意地在「異史氏曰」中說：「**月缺重圓，從容而去，始知仙人之情，亦更深於流俗也！**」頃刻不忘小翠的元豐，睹新人如對故知，既得後嗣又對美妻，豈不四角周全！我覺得，小說的結局不過是蒲松齡思想中較陳腐部分的大雜燴，小說結尾處人物產生如此不可思議的變化，其實是以男性為中心、子嗣至上、報恩、宿緣等酸腐思想作祟的結果。

一九八〇年代，有人把〈嬰寧〉和〈小翠〉合而為一，編了部電影叫《嬰翠》，不知道編劇是怎麼想的，其實，嬰寧是嬰寧，小翠是小翠，就像桃花是桃花，綠竹是綠竹。兩個狐狸精雖然性格接近，卻也有不同之處。〈嬰寧〉寫的是心地超然、彰顯自我的境界，〈小翠〉寫的是心地善良、助人為樂的智慧。不過，說實在的，這兩個狐狸精還真有點兒像一條道上跑的車。她們聰慧異常，在最美的狐狸精裡也出類拔萃。她們儀態萬方地從天外飛來，妙趣橫生地演繹著智慧才情，盡情盡致地演繹著愛情故事。最終，非常遺憾，又非常合理，她們都被蒲秀才拉回到封建倫理的軌道上了！

11 鳳仙
鏡中美妻是師保

〈鳳仙〉講的是狐狸精妻子做丈夫人生導師的諧趣故事。二十多年前，山東老作家邱勳到美國探親回來寫信告訴我，他在美國發現美國大學學會出版公司出版的《少男少女叢書》，從一九〇九年開始發行，近百年暢銷不衰。其中，第三卷《童話故事卷》有篇〈鏡中少女〉，寫妻子怎樣在鏡子裡做丈夫的導師，鼓勵丈夫讀書上進，最後獲得功名。這正是《聊齋志異・鳳仙》的故事，但作者已被換成美國旅行家法蘭西斯・卡彭特。我們為捍衛古代作家的權益做了許多工作，後來新華社還發過專稿，說美國作家侵權中國作家一百年。

《聊齋》現在有二十餘種外文譯本，最早的英文譯本是一八四〇年傳教士衛三畏（Samuel Wells Williams）翻譯的〈種梨〉，而把蒲松齡的名字改成什麼法蘭西斯・卡彭特，只有美國這樣做。

〈鳳仙〉美、韻、思兼備，這個膾炙人口的狐狸精故事，開頭是一條褲子換來一個絕代佳人，結局是床頭美妻變成鏡中老師。狐女鳳仙用一面鏡子激勵丈夫放棄遊樂、刻苦讀書，一舉成名。這既能夠體現中國古代的人情世態，其中蘊含的哲理，又對各個時代的人有所啟發：少壯不努力，老大徒傷悲。小說人物活潑伶俐，場面生動雅謔，新穎別緻，妙趣橫生。在閱讀小說的過程中，古代文化知識像鹽溶於水一樣，隨著故事進入我們的認知。

小說開頭是男主角的個人介紹：劉赤水是廣西桂林平樂人，從小聰明俊秀，十五歲就做了秀才，因父母死得早，終日遊逛，不求上進。雖然只是中產人家，但他喜歡修飾，被褥床榻都十分精美。蒲松齡寫小說的重要法則就是讓男主角在出現時就帶著決定他性格的特點，而性格是命運的基礎，是小說發展的主導因素。劉赤水是帶花花公子特點的帥哥，他的特點影響著他的人生：聰明是他將來能金榜題名的基礎；俊秀是狐狸精鳳仙接受他的先決條件；父母死得早，沒人管，愛玩不愛讀書，構成狐狸精出現並指導他的前提；他喜歡修飾，連床鋪都特別講究，引出狐狸精借床的情節，借床又引出女主角鳳仙。劉赤水的特點，既預示了他後來的人生，也呼應了狐狸精的出現，可謂構思精密。

有天晚上，劉赤水外出喝酒，忘記熄燈就走了。酒過數巡，劉赤水才突然想起此事，匆忙返回家中，卻聽見房裡有人在小聲說話。他伏在窗邊往裡瞧，看到一個青年抱著個美人睡在床上。劉赤水家連著荒宅，他心知床上的是狐狸精，卻不害怕，進入房間訓斥道：「我的床，怎能容忍你們酣睡！」床上的人驚惶失措，抱起衣服，光著身子逃走了，匆忙中丟下一條紫色綢褲，褲帶上還繫了個針線荷包。劉赤水喜歡漂亮的褲子和小荷包，怕狐仙拿走，睡覺時都抱著這條褲子。這也是花花公子的特點，如果換作一般人，別人的褲子，你留它做什麼？而對於丟了褲子的人來說，一條褲子，丟了就丟了吧，剛才借床的狐狸精卻非得要回來不可，當然這是蒲松齡安排的，必須要。

不一會兒，一個頭髮蓬亂的丫鬟從門縫裡擠進來，這樣怪異的出現方式，更說明他們是狐狸精。丫鬟向劉赤水討要褲子和荷包。劉赤水說：「那得給我報酬。」丫鬟說：「給你酒喝。」劉赤水不幹。丫鬟說：「給你錢？」劉赤水還是不幹。劉赤水有點賴皮又有點調皮。丫鬟笑著走了，一會兒又返回來，說：「我家大小姐說：『只要劉公子把東西還給我，我就送他個好媳婦。』」劉赤水問：「把誰送給我？」丫鬟說：「我們家姓皮，大姑娘名叫八仙，同她睡覺的是胡郎；二姑娘水仙，嫁給了富川姓丁的有錢人家；三姑娘鳳仙最美，從沒有人看見她會不滿意的。」

這家人姓皮，在淄川方言裡，狐狸精又叫「皮狐精」。蒲松齡筆下的狐狸精經常姓胡，和「狐」同音，這次改了個姓，姓皮，仍在暗示這家人是狐狸精。

姐姐丟了條褲子，竟然要用妹妹來換。這個《聊齋》故事正是在這一系列極小的細節上做文章。褲子、金釧、繡鞋、異域的水果、鏡子，都會和人的命運發生聯繫。第一次的聯繫，是褲子換美人。劉赤水怕八仙不講信用，要等到有了好消息才肯歸還褲子。丫鬟回去後又返回，說：「大姑娘讓我轉告官人：『好事哪有能立時三刻辦成的？剛才跟三姑娘商量，被她臭罵一頓，只能等待時機，我們家的人不會輕諾寡信。』」劉赤水這才把綢褲和荷包交還給丫鬟。接著，就是令人噴飯的狐狸精出嫁場面。

幾天後的一個傍晚，劉赤水家的兩扇門突然自己打開了。兩個人用被子兜著個女郎進來，說：「送新媳婦來啦！」笑嘻嘻地把女郎放到床上就走了。劉赤水近前一看，這位女郎，也就是鳳仙，渾身散發著酒香，小臉兒紅紅的，醉眼矇矓，漂亮得人世間無人可比。劉赤水親熱地貼近鳳仙，她嫌劉赤水身子涼，笑著說：「**今夕何夕，見此涼人！**」鳳仙這是竄改的《詩經．唐風．綢繆》「今夕何夕，見此良人。子兮子兮，如此良人何」一句，全詩是一首慶賀新婚的詩，「良人」是古代女子對所愛男子的稱呼。鳳仙把「良好」的「良」換成「冰涼」的「涼」，調侃劉赤水身體太涼卻來擁抱她。一字之改，鳳仙幽默風趣的性格就表現出來了。劉赤水聰穎，應聲回答：「**子兮子兮，如此涼人何！**」開完了「涼人」的玩笑，兩人親熱起來，鳳仙說：「八仙這丫頭無恥，玷汙了他人床鋪，竟然用我來換褲子！」青年男女歡會，竟用經典的《詩經》來開玩笑。

《詩經．唐風．綢繆》本來是描寫新婚之喜悅，小狐狸精諧「良」為「涼」，取笑劉赤水身體涼，劉赤水就棍打狗，也用「冰涼」的「涼」代替「良好」的「良」，表示：我身子再涼，你也拿我沒辦法，只好乖乖接受。這叫什麼？雅謔，即趣味高雅的戲謔。一九八〇年代，我給大學生開《聊齋》專題課時，經常覺得很奇怪，《聊齋》狐狸精又不是大觀園裡的薛寶釵、林黛玉，她們居然常常學富五車，有時順口說的一句話，想要給學生，特別是給留學生講清楚，還得告訴他們查哪本字典哪本古籍。這個小狐狸精拿《詩經》說事，已經算是容易的了。我們現在看《詩經》，不過是一本古代的詩歌總集，但在古代它卻是儒家經典。這樣重要的儒家經典，蒲松齡竟然拿來開玩笑！

從此，鳳仙每晚必到劉赤水這裡來。為了報復大姐對她的所謂出賣，她拿來一隻金釧和一雙鑲嵌著珠寶的繡花鞋，說是八仙的東西，並囑咐劉赤水拿出去到處張揚。劉赤水便拿著八仙這兩件閨中私物向親朋炫耀，來參觀的都給他送來美酒佳餚，劉赤水將這兩件東西當成了稀罕物。

有天晚上，鳳仙來向劉赤水告別，說：「姐姐因為繡鞋的緣故，對我懷恨在心，打算帶全家搬到遠處，以此來隔絕我們二人恩愛相好。」劉赤水表示願意將東西歸還給八仙，鳳仙卻說：「不用了，她正要用這個來要脅我呢，如果還了她，正中了她的計。」劉赤水問：「妳為什麼不獨自留下來？」鳳仙說：「父母離得遠，一家十幾口，全靠胡郎照管，我如果不跟他們一起走，恐怕這個長舌婦就要造些顛倒黑白的話出來。」

劉赤水拿大姨子的繡鞋開展覽會，從哪兒學的？《楊太真外傳》。楊貴妃死後，她在馬嵬坡遺落的一隻羅襪被一個老太太撿到了，老太太很有經濟頭腦，她給沿途的過客觀賞、把玩，每次收費一百錢，此後大發橫財，獲利無數。金釧和繡花鞋，跟綢褲子一樣，都是非常細微的日常生活用品，它們卻像一條線，串聯起人物的命運。褲子送來鳳仙，繡花鞋導致劉赤水和鳳仙分離。不過，對小說情節來說，這次分離又是必要的。

鳳仙走了，從此杳無音信。劉赤水苦念鳳仙。過了兩年，有一天，他在路上遇到一個女郎騎馬而行。跟劉赤水擦肩而過時，女郎掀開面紗看他。過了一會兒，有個青年趕上來，對劉赤水說：「前邊的女子好漂亮！」劉赤水也極力誇獎。青年向他拱拱手，說：「您過獎啦！這是我老婆！」劉赤水不好意思地向青年道歉，青年說：「這有何妨？好比南陽有三位諸葛先生，您已經得到了其中的諸葛亮，是龍，我得到的，品貌算不得出色。」

這個青年也是開口就用典故，「南陽三葛，君得其龍」，出自《世說新語・品藻》。三國時，南陽諸葛家兄弟三人分別在蜀、吳、魏做官。人們說，蜀中做官的諸葛亮是龍，吳中做官的諸葛瑾是虎，魏中做官的諸葛誕是狗。

劉赤水對青年的話產生了懷疑。青年說：「您不記得占您床鋪的人啦？」劉赤水猛然醒悟，眼前青年就是八仙的丈夫胡郎，剛才的女郎就是鳳仙的姐姐八仙。「**君不認竊眠臥榻者耶？**」一句話串聯起前後故事，構思多麼精巧！劉赤水跟胡郎敘起連襟情誼，談得很投機。胡郎說：「老岳丈剛回來，我要去拜訪他。您一起去吧？」於是劉赤水跟他一起來到了綮山。

綮山上有縣裡為避難者蓋的房子，八仙先下馬進了屋。不一會兒，幾個人出來觀望，說：「劉官人也來啦。」劉赤水進去拜見岳父母，看到有個穿著華麗的青年已經先在了。皮老頭兒介紹說：「這是富川的丁姑爺。」劉赤水跟丁郎相互作揖，然後入座。過了一會兒，酒菜上桌，一家人說說笑笑。皮老頭兒說：「今天三個女婿一起來了。這裡也沒外人，可以把孩子們都喊出來，大家團聚團聚。」

過了一會兒，三姐妹都出來了。皮老頭兒讓人擺下座位，三姐妹各自挨著自己的夫婿坐下。八仙看到劉赤水，只是捂著嘴笑；鳳仙則不停地跟劉赤水戲鬧；水仙容貌比八仙、鳳仙差一點兒，卻平靜溫和，滿桌的人都在交談，只有她端著酒杯含笑不語。

劉赤水看見床頭什麼樣的樂器都有，就取了支玉笛，請求吹奏一曲為岳父祝壽。皮老頭兒很高興，讓眾人中善於彈奏樂器的，各自拿出本領。滿座的人爭先恐後去取樂器，只有丁郎和鳳仙不去取。八仙說：「丁郎不會樂器，還算罷了，鳳仙怎麼也不伸手？」於是拿了塊拍板丟到鳳仙懷裡，讓她代板[8]。大家演奏起樂曲。皮老頭兒喜悅地說：「一家人在一起，快活極啦！孩子們都能歌善舞，何不各盡所長呢？」八仙站起來，拉著水仙說：「鳳仙從不肯輕易開口唱，不敢煩勞她。我們兩人唱一曲《洛妃》吧。」

《洛妃》是明代汪道昆所作雜劇《陳思王悲生洛水》，演繹的是曹植和洛水女神相會的故事。八仙和水仙歌舞完畢，丫鬟用金盤送上水果，大家都叫不出水果名。皮老頭兒說：「這是真臘國的田婆羅。」接著捧起幾枚送到丁郎跟前。

皮老頭兒說的「田婆羅」應是婆田羅，又名波羅蜜，是熱帶水果，真臘國即柬埔寨。三個女婿都在場，老丈人卻捧起幾枚單獨送到二女婿，也是最有錢的女婿丁郎面前，老丈人嫌貧愛富的本性表現得太露骨了。

一般情況下，長輩做這些事，晚輩即使不高興也不能表現出來。但鳳仙不一樣，她很不高興地說：「對待女婿的態度豈是可以用貧富來決定的？」皮老頭兒微微一笑，不回答。八

8 代板即打拍子

仙說：「阿爹不過因為丁郎是從外縣來的，所以把他當客人。要是按長幼排序，難道只有鳳妹妹有個拳頭大的窮酸女婿嗎？」八仙這是在替老爹說話，也是強詞奪理。

鳳仙很不愉快，把華麗的服裝脫了下來，又把拍板扔給丫鬟，兀自唱了一折《破窯記》，聲淚俱下，唱完拂袖而去。

《破窯記》是元雜劇，一般認為是王實甫的作品，全名《呂蒙正風雪破窯記》，寫呂蒙正做進士前後遭受的世態炎涼。洛陽富戶劉仲實結彩樓給女兒劉月娥挑女婿，繡球打中寒士呂蒙正，劉仲實想悔婚，劉月娥不顧父親的反對，和呂蒙正同居破窯，受盡家庭和世人的冷眼。後來呂蒙正登科及第，揚眉吐氣，岳父也認了這個女婿。

鳳仙唱《破窯記》意有所指，她是想激勵丈夫像呂蒙正一樣刻苦讀書，金榜題名，給自己這個妻子爭口氣。鳳仙唱完後拂袖而去，這是在向父親甩臉子。鳳仙在家宴上，在全家人面前，公開批評父親嫌貧愛富，毫不留情，真誠直率，跟姐妹毫不掩飾地爭強好勝，這在講究三從四德的家庭中很難看到。不過，因為她的狐狸精身分，她的桀驁不馴似乎也可以理解。而且從皮老頭兒的反應來看，他拿這個女兒也沒有辦法。

對於鳳仙的舉動，滿座的人都很不高興。八仙說：「這丫頭的矯情勁兒跟過去一個樣兒！」說完就去追鳳仙，鳳仙卻不知道跑哪裡去了。鳳仙拂袖而去，把夫婿拋在並不熱情款待他的岳父那裡，劉赤水很尷尬，告辭走了。走到半路，他看到鳳仙坐在路邊。鳳仙喊他坐到身邊來，說：「你是男子漢大丈夫，就不能讓床頭人揚眉吐氣嗎？黃金屋就在書本

〈鳳仙〉

裡，希望你好自為之！」

鳳仙又順口說出來一個典故，那就是宋真宗著名的《勸學詩》：「富家不用買良田，書中自有千鍾粟。安居不用架高堂，書中自有黃金屋。出門莫恨無人隨，書中車馬多如簇。娶妻莫恨無良媒，書中自有顏如玉。男兒若遂平生志，五經勤向窗前讀。」

鳳仙告訴丈夫：功名在書本裡。她抬起腳來讓劉赤水看：「出門太倉促，荊刺扎破了鞋。我給你的東西，還在身邊嗎？」劉赤水拿出繡鞋給鳳仙，鳳仙把扎破的鞋換了下來。劉赤水向她要那雙扎破的鞋，想留作紀念。鳳仙笑了，說：「你真是個無賴！如果你真愛我，有件東西我倒是想送給你。」她拿出一面鏡子給劉赤水，說，「你如果想見我，就得到書本裡邊找，否則永遠也沒有見面的機會啦。」說完這話，人就突然不見了。

劉赤水滿懷惆悵地回到家中，一看那面鏡子，發現鳳仙背對著他站在裡邊，好像有百步之遙。他想起鳳仙說的話，於是謝絕所有賓客，閉門專心攻讀。這樣讀了一些時日，有一天他忽然看到鏡子裡的鳳仙現出正面，盈盈帶笑。劉赤水越發敬愛鳳仙了，沒人時就拿出鏡子跟鏡子裡的人相對而坐。過了一個多月，他上進的意志漸漸消退，又開始到處遊玩，甚至忘記回家。等他回來再看那面鏡子，鏡子裡的鳳仙面容悲戚，好像要哭。過了一天再看，鏡子裡的人又拿背對著他了。劉赤水這才知道，鏡中鳳仙的變化是自己遊蕩廢學的緣故。

於是，他關上門認真讀書，白天讀，夜晚也讀，這樣讀了一個多月，鏡子裡的鳳仙又變成與他正面相對了。從此劉赤水得到驗證：每當他不好好讀書時，鏡子裡的鳳仙就滿臉悲傷，而只要他刻苦攻讀，鏡子裡的鳳仙就面帶笑容。劉赤水把鏡子懸在書房裡，像對著一位嚴厲的師傅。這樣讀了兩年，劉赤水終於考中舉人。他高興地說：「今天可算是對得起我的鳳仙了。」拿過鏡子一看，只見鏡子裡的人彎著兩道長長的眉毛，潔白整齊的牙齒微微露出，笑容可掬，好像人就在眼前。他愛極了，不轉眼珠地盯著看。忽然，鏡子裡的人笑著說：「『**影裡情郎，畫中愛寵**』，這說的就是我們哪。」劉赤水又驚又喜地四處張望，鳳仙已來到他身邊。

劉赤水握住她的手，問候岳父母是否安好。鳳仙說：「我跟你分手後，根本不曾回家，一直隱居在山洞裡，以此來分擔一點兒你的辛苦。」鳳仙是有心人，自己待在山洞裡，既是跟丈夫共同分擔辛苦，也是為了讓丈夫從兒女私情中解脫出來，全心全意地讀書。她用一方代表著妻子之愛的魔鏡時時盯著丈夫，比嚴厲的老師還要盡職盡責。她用兩種表情——一種是戚，一種是笑——作為懲罰或獎勵丈夫的法寶。丈夫不好好讀書，她就悲傷欲啼；丈夫好學上進，她就笑靨如花。真是個既有智慧，又有骨氣的女性！

在封建社會，世人慣以功名論人，即使在至親之中，都相當現實，也相當殘酷、相當勢利。在封建社會，男人能否取得功名，既決定了自己的前途，也決定了家庭的地位、財富和前途，進而決定了妻子的地位、身分和前途。鳳仙深諳此理，她是狐狸精，就利用狐狸精的法術，用一面神奇的鏡子來激勵丈夫，終於把遊蕩廢學的丈夫變成了刻苦的讀書人。

劉赤水到郡中參加新科舉人的宴會，鳳仙要求和他一起去，她坐在劉赤水的車子裡，人們都看不到她。等到要回家時，鳳仙和劉赤水商量，假裝她是他在郡中娶的妻子。鳳仙跟劉赤水回到家鄉後，開始著手料理家務，並公開出來見客人。人們都驚奇於她的美貌，不知道她是狐仙。劉赤水回到家鄉，因為做了舉人，很多人到他家來做客，他借用富貴人家的寬房大屋，準備招待客人。他派人把房間打掃乾淨，卻苦於沒有帳幔可用。隔天去看，只見房間陳設應有盡有、煥然一新。這自然是靠鳳仙的狐狸精法術變化出來的。

過了幾天，果然有幾十個人打著彩旗、抬著酒禮往劉赤水家來。車馬眾多，熱熱鬧鬧，填滿街巷。世態炎涼，劉赤水做了舉人，在岳父跟前也有面子了，當初連個水果都不給他端的岳父親自登門。劉赤水向岳父還有丁郎、胡郎作揖，請他們進入客房休息。鳳仙把母親和兩位姐姐請入內寢。八仙說：「丫頭現在成貴人啦。不怨恨我這個媒人啦？那金鐲和鞋還在嗎？」鳳仙找出來交給八仙，說：「鞋子倒還是那雙鞋子，只是被上千個人傳著看來看去，都看破啦。」八仙把鞋子丟進火裡燒成了灰，鳳仙撥了撥鞋子燒成的餘灰，放到盤子裡，堆成十幾份，看見劉赤水過來了，就托在盤子裡送給他。只見滿盤都是繡鞋，跟八仙的繡鞋一模一樣。八仙跑過去把盤子推翻，鞋子落到地上時，只剩下一兩隻了。她又俯下身，把繡鞋吹得無影無蹤。繡鞋的把戲很好玩，是狐仙的法術，也是小說家的法術，鞋子是劉赤水和鳳仙分離的原因，現在又成了他們復合並富貴後的見證。

來劉赤水家送禮的隊伍氣概非凡，圍觀看熱鬧的人擦肩接踵，有兩個強盜看到劉家客人中的美人兒，被迷得掉了魂兒，打算在途中劫持劉家的客人。他們尾隨在離開劉家的客人身後，眼看相隔不到一箭之地，使勁打馬追，卻就是追不上。等到了一個地方，兩邊都是懸崖，車走得遲緩了些，總算追上了，強盜拿著刀向客人吼叫，客人都嚇跑了。強盜下馬掀開轎簾一看，只有一位老太太坐在裡邊。他們懷疑自己錯劫了客人的母親，剛往旁邊看了一眼，就被當兵的砍傷了右胳膊，轉眼間就被抓了起來。仔細一看，周圍哪兒是什麼懸崖？竟然是縣城城門！車裡的老太太是李進士的母親，她剛從鄉下回到城裡。李進士讓士兵們把強盜押送到太守跟前，太守一審問，強盜便承認了罪行。當時有兩個大盜一直沒被抓到，審問後才知道，正是這兩人。這又是狐狸精的法術。

第二年春天，劉赤水中了進士。鳳仙怕樹大招風，引來災禍，便謝絕了親友的祝賀。

在這篇小說裡，小物件一再出現，起到了重要的作用：一條褲子換來一個美人；一雙繡鞋使得夫妻分離；幾個異域的水果引起了鳳仙關於貧富不平的憤怒；鳳仙用一面鏡子激勵丈夫讀書成名；當劉赤水取得功名後，繡鞋又成為姐妹之間取樂的道具。這些小物件，有時是真實的，例如那些水果；有時又是魔幻的，八仙的繡鞋燒成灰都能恢復原樣，變得滿盤都是，這自然是狐狸精的法術了。

鳳仙是《聊齋》女性中形象豐滿特殊的另類。她是狐狸精，但在心理層面上屬於社會中下層中力促夫婿上進的女性，這些是真實的；而在行為層面，她又有把燒成灰的鞋子再變出來的法術，有突然讓空蕩蕩的房子佈滿傢俱的狐仙手段，這些是虛幻的。這就使人物有了獨特的美感，故事也變得曲折生動，有趣好看。蒲松齡在「異史氏曰」部分，表明了虛構這個故事的勸世意義：

嗟呼！冷暖之態，仙凡固無殊哉！「少不努力，老大徒傷。」惜無好勝佳人，作鏡影悲笑耳。吾願恒河沙數仙人，並遣嬌女昏嫁人間，則貧窮海中，少苦眾生矣。

用白話來說，就是：「人情的冷暖之態，真是仙界和凡界都沒有任何的區別啊。『少壯不努力，老大徒傷悲』，可惜沒有爭強好勝的美人兒，給我們在鏡子裡邊做或悲戚或喜悅的神情。我真心希望有許許多多的仙人，都把自己的女兒派到人間來嫁給讀書人，那麼，在貧困的苦海中，受罪的人就可以大大減少了。」在創作了一個異想天開的狐狸精故事之後，蒲松齡又回到他永遠都離不開的功名上了。

12 封三娘

狐女為他人作嫁

《聊齋》中的狐狸精經常到人世間跟各種男人打交道，敷演出曲折動人的愛情故事。如果狐狸精不到人世間尋找愛情，也不跟男人卿卿我我，她還有施展魅力的舞臺嗎？她還能幹點什麼呢？那她只能助人為樂、無私奉獻、為他人作嫁衣裳，演繹閨中有良友的故事。封三娘就是《聊齋》狐狸精世界裡美麗而虔誠的熱心人。她來人間唯一的目的，就是幫助民間少女范十一娘。這豈不是太出格，太不一樣了？而蒲松齡就是要寫新題材、新人物。

俄國作家薩爾特科夫．謝德林說過：「文學不遵守凋弊的規律。」這一點兒也不錯。小說家不要輕車熟路地踏上前人的腳印。對蒲松齡來說，就是既不模仿他人，更不模仿自己。一個作家一輩子寫幾百篇短篇小說，總得想點兒辦法，以出新、出奇、出巧。於是，〈封三娘〉橫空出世。中國古代作家寫男性間生死不渝的友情，流傳下來許多名作，「俞伯牙摔琴謝知音」家傳戶誦，「范張雞黍」耳熟能詳。女性之間能不能有這樣的友誼呢？〈封三娘〉算得上拓荒後栽植出來的一朵奇葩。蒲松齡描寫兩位女性生死不渝的友情，像冰雪晶瑩，像鮮花芬芳，像美酒馥鬱，在小說史上有著獨特的審美價值。

范十一娘出身官宦人家，相貌豔美，知書達理，她對貧士孟安仁一見鍾情，克服了「閨訓」和內心矛盾，拋棄了以財富、門第論嫁娶的傳統觀念，勇敢拒絕了父母中意的豪紳家的求婚，宣布「**非孟生，死不嫁**」，直到以死殉情。一個官宦小姐有這樣的膽識、胸襟、志氣，令人拍手稱奇。范十一娘為什麼能迸發出強烈的反抗意識？貴家少女如何跟貧士孟安仁發生聯繫？歸根結底，和她的女友封三娘有關。最後謎底揭開，封三娘原是狐狸精。

我們先來看看一對本來素不相識的少女是如何成為好朋友的。

范十一娘的父親官居國子監祭酒，是當時國家最高學府的主管。范十一娘家世高貴又美麗嬌豔，能吟詩作賦，才華出眾。父母寵愛她，有求婚的，總讓女兒親自選擇，然而一直沒有能被她看上的。中元節水月寺操辦法事，遊玩的女孩絡繹不絕。范十一娘在寺院參觀，有個少女一直跟著她走，一次次打量她，像有話要說。范十一娘看那少女是絕代佳人，很喜歡，也用深情的目光看她。少女微笑著說：「姐姐莫非是范十一娘？」「正是。」「早聽說你的芳名，果然名不虛傳。」少女自我介紹是鄰村的封三娘，她拉著范十一娘又說又笑，說話的語氣溫文爾雅，兩人互生愛慕，戀戀不捨。范十一娘問：「你怎麼沒人跟著一起？」封三娘回答說：「父母早亡，家裡只有個老媽子看管門戶。」范十一娘要回家了，封三娘眼淚汪汪，十分不捨，范十一娘也惘然若失。她邀請封三娘到家裡來做客，封三娘說：「你家是朱門繡戶，我跟你們連遠親都不是，隨便跑去，怕人笑話。」范十一娘再三邀請，封三娘回答說：「過幾天吧。」范十一娘從頭上摘下一支金鳳釵送給封三娘，封三娘也拔下髮髻上的綠簪作為回報。

《聊齋》寫人物相遇在什麼節日是非常講究的，有深刻的寓意。兩個姑娘相遇的節日為什麼不是通常女性結伴踏春的清明節，不是八月十五月圓人圓的中秋節，偏偏是中元節？因為中元節在農曆七月十五，又叫鬼節，寺院在這天要舉行盂蘭盆會。盂蘭盆是梵語，翻譯成漢語就是解救倒懸。根據《盂蘭盆經》記載，釋迦牟尼的弟子目犍連看到母親在地獄受苦，求佛救助，釋迦牟尼要目犍連在七月十五這天準備各種飲食齋十萬僧眾，可解母於倒懸。蒲松齡安排封三娘和范十一娘在這個節日相遇，包含封三娘將要為范十一娘解脫倒懸之苦的意思。封三娘要把范十一娘從父母包辦婚姻中解救出來，選擇眼前貧苦但人品出眾而有前途的書生作伴侶。故事的發展指向是封三娘操縱范十一娘的婚姻，所以她們的相遇，必須在解救倒懸之苦的中元節。

范十一娘回家後，十分想念封三娘，時常拿出綠簪細看，只是那綠簪非金非玉，家人都不認識，很奇怪。這裡是一處伏筆，狐狸精的東西，人世間的凡人當然不認識。范十一娘因想念封三娘生起病來。父母問明女兒生病的原因，派人到近村四處打聽，但沒有封三娘的消息。而范十一娘想念只見過一次面的封三娘，竟然病得越來越重。九月初九，瘦弱不堪的范十一娘被丫鬟攙扶著來到花園，在菊花下邊鋪上了席褥。忽然，有個女子攀著牆頭向花園裡探頭，范十一娘一看，原來是封三娘！封三娘招呼說：「借我一把力！」丫鬟接應著，封三娘從牆頭上跳了下來。范十一娘又驚又喜，拉著封三娘坐到席褥上，責備她負約不來相會，又問：「你從哪兒來？」封三娘說：「我從舅舅家來。自從分手後就很想念你。然而窮人跟富人交朋友，怕丫鬟和僕人小看，一直沒來。剛才我從牆外經過，聽到

〈封三娘〉

女子說話的聲音，就扒在牆頭看看，希望是小姐，果然如我所願。」范十一娘對封三娘說起生病的緣由，封三娘感動得淚如雨下，說：「我來你這兒的事，請你保密。我擔心造謠生事的人說長論短的，讓人沒法忍受。」

范十一娘領封三娘回到閨房，兩人睡在一張床上，訴說心事。范十一娘的病很快好了，兩人結拜為姐妹，連衣服鞋襪都互相換著穿。有人來時，封三娘就躲到夾帳裡。

請注意，兩位少女是結拜姐妹，這就跟桃園結義掛上了鉤，也就跟有的學者熱衷探討的同性戀脫了鉤。

有一天，兩人正在專心致志地下棋，范夫人悄悄進了范十一娘的閨房，打量了封三娘好一會兒，驚奇地說：「真是我女兒的好朋友啊！」接著對范十一娘說：「女孩子家閨中有個好朋友，正是父母高興的事，為什麼不早說出來？」

封三娘羞得滿臉通紅，低頭拈弄著裙帶。夫人走後，封三娘立即告別，范十一娘苦苦挽留，她才答應不走。不久後的一天晚上，封三娘從門外驚慌地跑進來，哭著說：「我早就說不能留在這裡，果然遭到這樣的奇恥大辱！」范十一娘驚奇地問：「發生了什麼事？」封三娘說：「我剛才去解手，有個年輕的漢子蠻橫地攔著我，不讓我走，幸而我逃了回來。出這種事，我還有什麼臉面住下去？」范十一娘問清楚漢子的模樣後，道歉說：「不必大驚小怪。這是我的傻哥哥。我去告訴母親，拿棍子打他。」封三娘還是堅持要走，范十一娘只好派兩個丫鬟翻牆送她到她舅舅家。三人走了半里多路，封三娘向丫鬟告辭，自己走了。

封三娘走了，范十一娘趴在床上啼哭，像夫妻分離一樣。幾個月後，丫鬟有事要到東村去，偶然遇到封三娘，她忙拉著封三娘的衣襟說：「三姑娘，請跟我回去吧！我家姑娘想妳都快想死了！」封三娘說：「我也想她，但不樂意讓人知道我去，妳回去打開花園的門，我自然就到。」丫鬟依言而行，封三娘果然立刻就到了。范十一娘和封三娘互相訴說久別思念之情，沒完沒了。見丫鬟睡著了，封三娘挪到范十一娘枕邊，悄悄說：「我知道你還沒許婚，以你的相貌、才情、家庭，何用發愁找不到貴家公子做夫婿？然而，紈綺子弟不值得考慮。如果想得到好的配偶，請不要以貧富作為選擇標準。」范十一娘贊成封三娘的話。封三娘說：「咱們相遇的地方，現在又要做道場，明天請再去一次，我讓你見一個如意郎君。我不會看錯人的。」

第二天，兩人在水月寺遊覽了一會兒，攜手出門時，看到一位秀才，穿著清貧，卻高大魁偉，面容俊秀。封三娘悄悄指指他，對范十一娘說：「這人是將來能進翰林院的人才。」范十一娘瞟了那秀才一眼。封三娘對范十一娘說：「妳先回家，我隨後就到。」晚上，封三娘來了，說：「我剛才都打聽好了，那人是同里秀才孟安仁。」范十一娘知道孟家窮，認為不該跟他聯姻。封三娘說：「妳怎麼也墜入了以貧富論人的庸俗世情？此人如果永遠貧窮微賤，就挖了我的眼珠子。」范十一娘說：「那這事怎麼辦呢？」封三娘說：「妳給我件信物，我去跟孟生訂盟。」范十一娘說：「姐姐太草率了。如果父母不同意，怎麼辦？」封三娘說：「我正是擔心他們不同意。只要妳意志堅定，將生死置之度外，父母怎能強迫妳？」范十一娘還在猶豫，封三娘說要把范十一娘送她的金鳳釵，假借范十一娘的名義送給孟生。范十一娘還想再商量一下，封三娘已經出門去了。為了女友的幸福，二八紅顏的封三娘不避嫌疑，夜闖孟宅，為女友做媒。

孟生家裡很窮，但他卻很有才華。他想選擇一個理想配偶，所以即使已經成年了都還沒訂親。這天忽然看到兩位美麗的姑娘，回到家不禁想入非非。一更天將盡，封三娘敲開門進來了。孟生掌燈一照，是白天看到的那兩位姑娘中的一個。他歡天喜地地問：「姑娘是誰？」封三娘說：「我姓封，是范十一娘的女伴。」聰明的封三娘介紹自己時，突出的是「范十一娘」。可是驟然看到美女的孟生不再仔細問詢，馬上向前擁抱封三娘。封三娘把他推開，說：「我來這兒不是毛遂自薦，而是給朋友做介紹人。范十一娘願跟你結百年之好，趕快請人說媒吧。」封三娘的原話十分有文化含量：「**妾非毛遂，乃曹丘生。十一娘願締永好，請倩冰也。**」這段話用了兩個典故，都來自《史記》。毛遂，戰國時趙國平原君門下食客，曾自告奮勇，隨平原君出使楚國。後來「毛遂自薦」成為成語，就是推薦自己的意思。曹丘生，西漢人，曾到處稱讚朋友季布，因此季布的名氣很大。後世的人就用「曹丘生」代指介紹人。

孟安仁不相信，封三娘便把金鳳釵拿出來給他看。孟安仁高興極了，發誓說：「范小姐對我如此深情厚愛，如果我娶不到她，寧願一輩子單身。」封三娘隨即走了。第二天早上，孟安仁馬上請鄰居老媽媽做媒，但范夫人嫌孟安仁窮，當場回絕了。幾天後，知縣上范家為一縉紳的兒子做媒。求親的鄉紳有權有勢，范公怕他，就跑去問范十一娘的意見。范十一娘明確表示自己不願意。然後，范十一娘又派人告訴范夫人，說自己除了孟安仁，死也不嫁！范公聽了，越發憤怒，竟把范十一娘許配給了那個有權有勢的鄉紳的兒子。范公懷疑范十一娘跟孟安仁私下有往來，便迫不及待地選了個吉日讓女兒成親。范十一娘氣得不吃不喝，整日蒙頭大睡。到了迎親前夕，范十一娘忽然起身下床，對著鏡子仔細地梳洗打扮。范夫人聽說後竊喜。誰知，不一會兒，丫鬟跑來報告說：「小姐上吊啦！」范家人又心痛又後悔，但也於事無補。停靈三天後，范家便安葬了范十一娘。

自從鄰居老太太被回絕後回來覆命，孟安仁便憤恨得要死。沒過多久，又聽說范十一娘抗婚而死，玉殞香消，他恨不能跟著范十一娘一起死了。到了晚上，他走出門，想到范十一娘墓前哭祭一番。忽然，他看到一個人走了過來，正是封三娘！封三娘對孟安仁說：「好啦，你的婚姻可以成就了。」孟安仁哭著說：「妳難道不知道范十一娘已經死了？」封三娘說：「我說你們的婚姻可以成就，正是因為她死了。你趕快喚起家人來掘開墳墓，我有藥，可以讓她起死回生。」孟安仁聽從封三娘的話，掘開墳墓，打開棺材，抱出范十一娘，把墓穴重新掩埋起來。孟安仁背著范十一娘的屍體，跟封三娘一起回到家中，把范十一娘放到了榻上。封三娘給范十一娘用上藥，范十一娘不一會兒就醒了過來。她回頭看到封三娘，問：「這是什麼地方？」封三娘指了指孟安仁，說：「這是孟安仁。」接著將事情的前因後果告訴了范十一娘。范十一娘如夢初醒。封三娘怕范十一娘復活的消息洩露出去，帶著他們逃出五十多里，躲在一個小山村裡。范十一娘跟孟安仁如願以償地成了夫妻，封三娘想告別，范十一娘哭著挽留她跟自己做伴，還讓封三娘住在另一個院子裡。孟安仁把范十一娘陪葬的珠寶賣了，日子也好過起來了。

封三娘每次遇到孟安仁總是避開。范十一娘說：「我們是姐妹，親骨肉也不過如此，然而終究不能團聚一輩子。咱們不如效法娥皇、女英，一起嫁給孟郎吧。」這裡又冒出來一個常用的典故：堯的女兒娥皇和女英同時嫁給了舜。後來有二女嫁一夫的情況，人們就經常會引用這個典故。但封三娘不同意。說：「我小時得到一種祕訣，從小練習吐納術以求長生，不願嫁人。」范十一娘暗地裡跟孟安仁商量好，讓孟安仁假裝出遠門，到了晚上，范十一娘再拚命勸封三娘喝酒，等她喝醉了，孟安仁悄悄進去跟她同床。封三娘醒後，說：「妹子害了我了！倘若我不破色戒，大道煉成後，我就可以升到第一重天。現在卻墮入你們的奸謀，命該如此啊。」於是起身向范十一娘辭別。范十一娘表明自己希望跟封三娘長相守的誠意，哀求封三娘原諒自己。封三娘說：「實話對妳說，我是狐仙。因為看到妳的美麗容貌，產生愛慕之心，像春蠶做繭一樣，自己束縛住了自己，才有的今天。這是情魔的劫數，不是人力所能改變的。再留下，魔障只會更深一層，沒完沒了。妹子妳福氣長遠，珍重自愛吧。」封三娘說完就消失了。夫妻二人驚歎了很長時間。

一年後，孟安仁鄉試、會試接連高中，進入翰林院任職。他拿著名帖拜見范公，范公又慚愧又後悔，謝絕不見。孟安仁再三求見，范公才答應見面。孟安仁以女婿的禮節跪地叩拜，范公惱羞成怒，以為孟安仁存心戲耍他。孟安仁這才把范十一娘復活的事細細說明。范公不相信，派人到孟家探望，范十一娘果然在，范家人大為驚喜。因為怕那個有權勢的縉紳知道，范公告誡家人要將此事保密。又過了兩年，那個縉紳因行賄被發覺，父子倆都被發配到遼海衛充軍，范十一娘這才開始回娘家探望。

這個故事就這樣結束了，但是《聊齋》研究者的思索和討論卻結束不了。官宦小姐范十一娘能拋棄門第觀念選擇貧困的孟安仁，拒絕父母選擇的縉紳之子，並以死殉情，跟她的女友封三娘有關。封三娘在小說裡既不是以愛情女主角的身分出現的，也不是以「雙美共一夫」的形式出現的。她為朋友的終身幸福奔波勞碌、殫精竭慮，為范十一娘指點迷津，在關鍵時刻幫范十一娘實現人生理想。有《聊齋》研究者（包括清朝和當代的《聊齋》研究者）認為封三娘是同性戀，但《聊齋》點評家的主流意見，還是認為封三娘寫的是女性之間的友誼。

《聊齋》點評家但明倫在〈封三娘〉篇末評：「閨中有良友，而針砭藥石，生死不渝，遂致嘉耦終諧，不陷於權要。古人出處之大節，每得諸良朋規戒之間；若十一娘之于封，所謂因不失其親者也，足以為法矣。」熱情地謳歌了〈封三娘〉裡面的女性友誼。封三娘對范十一娘的友誼是無私的、純潔的，又是纏綿不盡，令人心動神移的。可惜，范十一娘因為庸俗的「效英、皇」觀念，幹出褻瀆女友純潔的蠢事，導致了悲劇結局的發生。蒲松齡借封三娘的嘴，加上「**如繭自纏**」「**情魔之劫**」的解釋，也成為一些《聊齋》研究者認為封三娘是同性戀的依據。如果問我，封三娘是同性戀嗎？我一直認為不是。封三娘和范十一娘是「劉關張」桃園結義式的結義姊妹，她們之間是生死不渝的友情。

蒲松齡塑造封三娘這一形象時，特別講究章法。毛宗崗《讀三國志法》說：「《三國》一書，有以賓襯主之妙。」蒲松齡就對這種方法掌握得特別好。〈封三娘〉這篇小說，范十一娘為賓，封三娘為主。范十一娘始終處於依從地位，對塑造封三娘的形象起到了所謂「以客行主」「關鎖穿插」的作用。封三娘是美麗的少女，她的一舉一動、一顰一笑，都給周圍的人以強烈而難忘的印象。關於封三娘的美，雖然小說開頭也有「**二八絕代姝也**」、「**辭致溫婉**」等簡要介紹，但主要還是靠蒲松齡運用不同的人對封三娘的感受、態度，從不同的角度對她進行絕妙的描摹、刻畫而呈現出來的：

范十一娘因為封三娘的突然消失而「**羸頓無聊**」，一見面，「**病尋愈**」；

范夫人一見封三娘，馬上驚呼「**真吾兒友也**」；

范十一娘的癡兄一見封三娘就追之不舍，招來杖責；

「**容儀俊偉**」的公子一見深夜來訪的封三娘立即「**不暇細審，遽前擁抱**」；

……

蒲松齡沒有具體寫封三娘如何美麗，如何有吸引力，而是著墨於各種人物對她那迷人的美的感受，可謂曲盡其妙。

關於封三娘的狐仙身分，蒲松齡也是苦心營構，一點一點地透露，一步一步地引起讀者的疑猜。封三娘像分花拂柳而來，面目漸漸明晰，寫得既神祕，又合理：

范十一娘與封三娘初相識時，范十一娘贈封三娘金鳳釵，封三娘回贈「**髻上綠簪**」，這支綠簪「**非金非玉，家人都不之識，甚異之**」，暗指封三娘的狐仙身分；

封三娘自稱近在鄰村，範家去訪，卻「**並無知者**」；

范十一娘苦思封三娘時，封三娘立即「**攀垣來窺**」，和范十一娘相會；

范十一娘再次對封三娘「**盼欲死**」時，封三娘馬上「**已在園中**」；

……

封三娘兩次在女友盼望時驀然出現，貌似巧合，實則暗指狐仙神力。封三娘勸范十一娘「**如欲得佳耦，請無以貧富論**」，約她去「**舊年邂逅處**」，「**當令見一如意郎君**」，范十一娘如約前去，果遇孟安仁。這樣巧合自然是因為封三娘能掐會算，能預知未來。當范十一娘香消玉殞時，還是靠她以異藥起死回生。這異藥會不會是像嬌娜口中那樣的紅丸呢？

封三娘來去無蹤，能預知未來，能起死回生，一再引起讀者的興趣：這神奇的少女如此神通廣大、超凡脫俗，她到底是人？是鬼？是神？是仙？是狐？……隨著故事的發展，蒲松齡的筆下是若斷若續，若實若虛，美人如花隔雲端，曲盡文章家操縱之妙。讀者越看越想往下看，沒想到，突然的一次醉酒，剛讓大家知道原來封三娘是狐狸精，她就走了！封三娘大概是為了達到道家的最高境界，為了追求真、善、美，重新修煉去了吧！

13 青梅
狐女灰姑娘傳奇

〈青梅〉是家庭版、女性版「青梅煮酒論英雄」。《三國演義》中，曹操和劉備青梅煮酒論英雄，曹操提出判別天下英雄的標準：「夫英雄者，胸懷大志，腹有良謀，有包藏宇宙之機，吞吐天地之志者也。」英雄首先要有明確的遠大的人生志向，然後要有實現這個志向的巧妙的切實的計謀，要放眼世界，不能目光短淺；要胸懷寬廣，不能小肚雞腸。曹操對建立宏圖大業的英雄需要具備的秉性做了定位，事實證明他的定位是正確的，曹操和劉備都成了英雄，也都符合這個定位。這樣的定位能不能適用於女性？能不能適用於古代連人身自由都不能掌控的女性？也能，這就給了聊齋先生發揮想像力和才能的空間。蒲松齡用青梅塵埃識英雄的故事，說明了身分低賤的女性也能像政治家一樣慧眼識英雄，進而成為閨閣英雄和人生強者，成為西方文學中的有水晶鞋的灰姑娘，演繹中國作家推崇的麻雀飛上枝頭做鳳凰。

青梅是身分低賤的丫鬟，她雖是狐狸精後裔，卻已經沒有任何狐狸精的神通，是地地道道的貧家女孩。家人把她賣給王進士做阿喜小姐的丫鬟，她的命運本來由主人操縱，但她不認命，不服輸，「我的青春我做主」。她認準有發展前途的窮書生張介受，熱誠追了可憐兮兮的「剩女」，最後只能到王進士原來看不上卻最終金榜題名的書生身邊做妾。面想把女兒留給權勢者或紈絝子弟，結果在人生道路上敗得很慘，他那美麗優雅的女兒成可能的發展，不同意女兒和張生的婚事，一方面自己靠蠅營狗苟、靠行賄向上爬，另一方主人王進士。王進士只認當前的財勢貴賤，不能以才德取人，看不到窮困書生張介受未來隨，患難相扶，幫助他金榜題名，自己做上貴夫人。和青梅形成鮮明對比的，是她原來的

〈青梅〉是《聊齋》中篇幅較長、內容較複雜的一篇，從王進士夫婦阻止女兒阿喜嫁給張生開始，經過青梅夜奔、張生崛起、阿喜沉浮，到張生以女婿的身分出錢給王進士夫人立碑，離離奇奇，曲曲折折。「下等人」青梅慧眼識英才，「上等人」王進士卻有眼不識金鑲玉，針砭了嫌貧愛富的社會風氣，說明了「卑賤者最聰明、高貴者最愚蠢」的道理。小說最後「二美共一夫」的結局展示了蒲松齡酸腐的以男性為中心的思想，使〈青梅〉帶上了明顯的封建色彩。大文學家王士禛誇獎〈青梅〉，既因為小說確實寫得好，也因為小說符合封建道德理念。儘管如此，對現代讀者來說，青梅慧眼識人的方法，為人生理想不懈奮鬥的決心，對今天的白領階層以及女性群體來說，仍有啟發作用。

青梅是狐狸精後裔，青梅的父母雖然在小說中幾筆帶過，卻都具有鮮明的個性，尤其是她母親。南京的程生性情坦蕩，不受禮俗拘束。有一天，他到家後，發現衣帶一頭沉甸甸的，像有什麼東西掉下來。轉眼之間，一個女子從她身後走了出來，撩了撩鬢髮，朝他微微一笑，非常豔麗。程生懷疑她是鬼。女子坦然地說：「我不是鬼，而是狐狸精。」程

生說：「只要能得到美貌佳人，鬼都不怕，還怕什麼狐狸精？」兩個人就這樣相好了。狐女為程生生了個女兒，起名青梅。狐女時常對程生說：「你不要娶妻，我會再給你生個男孩。」程生一開始滿口答應，奈何漸漸頂不住親戚朋友的壓力，跟湖東王家的小姐訂了親。狐女知道後非常氣憤，她給青梅餵完奶後，把青梅丟給程生，並說了段很有名的話，這段話時至今日還經常被《聊齋》研究者引用：「**此汝家賠錢貨，生之殺之，俱由爾。我何故代人作乳媼乎！**」

狐女說完頭也不回地走了。狐女如果留下，只能做妾，她的孩子名分上屬於正妻，她實際上只是個奶媽。狐女不接受自己淪為家庭「第二位」，毅然決然離去。青梅的父親不受禮俗拘束，母親行為果斷，直率坦蕩，這些都成為未來青梅個性的構成因素。

青梅長大後很像母親，容貌秀美，聰明伶俐。她的父親死了，繼母王氏改嫁了，青梅被好逸惡勞的堂叔賣到正在等待任命官職的王進士家做丫鬟。王進士的女兒阿喜容華絕代，知書達理，跟青梅很相投。青梅是小姐的貼身丫鬟，將來小姐嫁到哪兒，她就得陪嫁到哪兒，或者成為主人的陪房大丫頭，像王熙鳳身邊的平兒那樣；又或者嫁個僕人。青梅晦暗的命運幾乎是鐵板釘釘。但青梅遺傳了她母親身上的獨立特質，很有個性。蒲松齡用了九個字概括青梅的特點：「**善候伺**」，能「**以目聽，以眉語**」，「**善候伺**」即善於察言觀色，「**以目聽，以眉語**」更妙，人們常說某人眼睛會說話，而青梅能以目聽，以眉語，是不是按字面意思，眼睛可以聽話，眉毛倒會說話？不是的。這是借用《列子》中老子的弟子亢倉子的典故，說一個人極其聰明，視聽不用耳目，靠超常的感悟即可。《聊齋》點評家但明倫認為：「以目聽，以眉語」這六個字「神妙直到秋毫巔，覺靈心慧眼等字，俱成糟粕」。讀《聊齋》就是這樣，隨時會遇到典故，會學到典故，讀者一開始可能會不習慣，覺得磕磕絆絆的，讀久了，就知道讀《聊齋》這樣有豐厚文化積澱的經典很有益處，也相當有趣。

兩位女主角出場後，男主角是怎麼出場的？他是在第一女主角青梅的觀察下出場的。青梅是有心人，能從極微小的事上判斷一個人將來有沒有前途。同縣的窮書生張介受，租了王進士的房子住。這個人品德端正，學習刻苦。青梅偶然來到張家，看見張生在喝糠粥，而他母親的案上則放著豬蹄；張生的父親臥床不起，張生抱起父親讓他解手，便液弄髒了衣服，張生怕父親難過，遮掩著汙漬，急忙跑到外邊去清洗。青梅從這兩件小事上，因小見大、由近及遠，判斷此人前途無量。

青梅的判斷是有道理的。在所謂聖明之世，品德好、有孝順的名聲，對參加科舉考試有好處。青梅判斷張生「**必貴**」，她自己卻是沒有人身自由的丫鬟，她想依傍有望飛黃騰達的張生，就得操縱小姐阿喜和張生聯姻。具體要怎麼做呢？

第一步，說服小姐。青梅對阿喜說：「我們的房客不是一般人，小姐，你如果想得到如意郎君，他最合適。」阿喜怕父親嫌張家窮，青梅說：「不是這樣的，關鍵在小姐。小姐認為可以，我就去告訴張家，讓他們來求婚。夫人肯定會來找小姐商量，只要小姐滿口答應，這事就成了。」阿喜擔心張生會一直窮下去，自己跟著被天下人恥笑。青梅說：「我能識別天下人的窮通貴賤，肯定不會錯的。」小姐點頭了。青梅完成了第一步工作，說服了貴家小姐同意下嫁上無片瓦、下無立錐之地的窮書生，這很不容易。

第二步，說服窮人向富人求婚。這也不容易。在中國的傳統觀念裡，婚姻講究個門當戶對，一個既沒功名又沒家產的窮書生，跟進士家的大小姐差距太大了。青梅前去告訴張母，讓她托媒人去王進士家求婚，張母大驚，認為她說的未必是好事。青梅說：「我們小姐欣賞公子的品德。您託人求婚，我們暗中幫助，想來會成功的。縱使辦不成，對公子又有什麼損害？」這番話說得很有道理，老太太同意了，託賣花的侯氏到王進士家求婚。

王進士夫人一聽張家來求婚就笑了，將此事告訴了王進士，王進士「**亦大笑**」。夫人的笑，是對張生不屑一顧的笑；王進士的笑，又加個「大」字，大笑，是自認為是天上的人物，把張生看成糞土的笑。兩人都笑了，笑得不懷好意。然後，進士夫婦把女兒叫了來，將張家求婚的事告訴了她。阿喜還沒回答，青梅先搶話，極力稱讚張生賢良，斷定他將來會飛黃騰達。小丫鬟人微言輕，夫人理都不理青梅這茬，直接問阿喜：「這是妳的終身大事，如果妳願意吃糠咽菜，我就替妳答應了。」夫人的問話帶有強烈的傾向性，有哪家達官貴人會吃錯藥把女兒送去吃糠咽菜？夫人的問話本身就已經表明了：我們不同意。阿喜是什麼反應呢？蒲松齡寫得非常生動，「**俯首久之，顧壁而答**」，這個動作很傳神。阿喜早已跟青梅約好，對方負責求婚，她們來配合，但當父母真來徵求她的意見時，

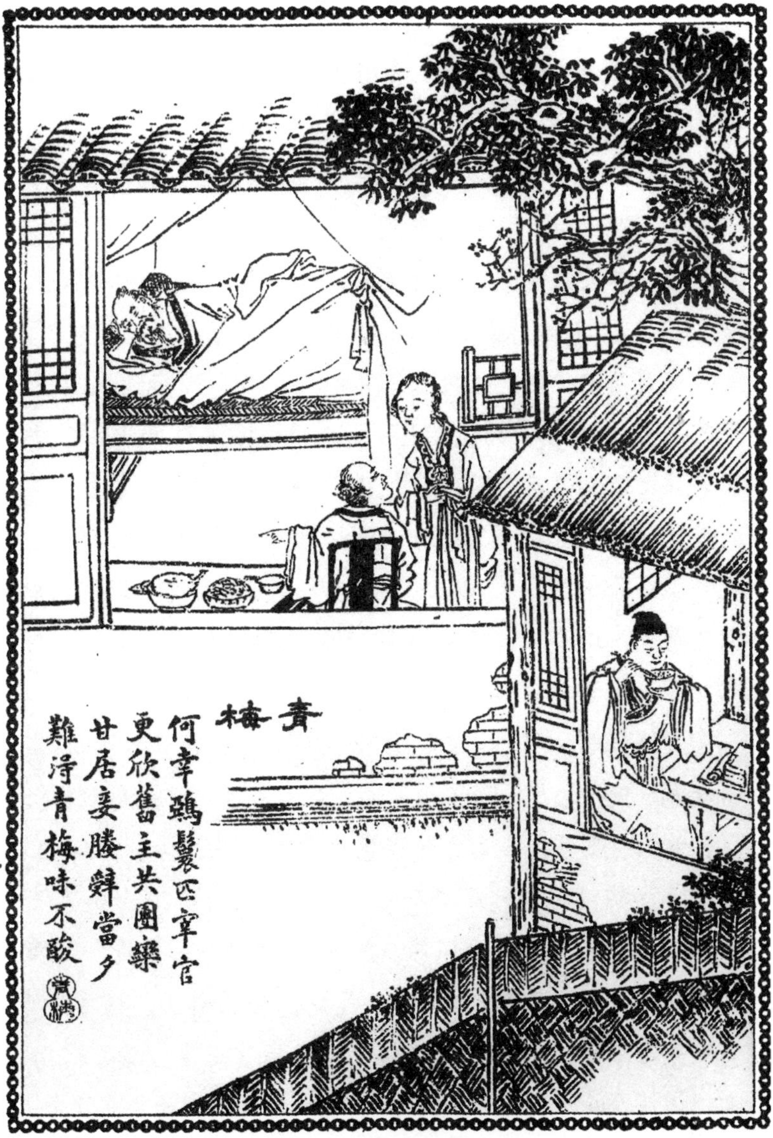
青梅
何幸鵶鬟匹宰官
更欣舊主共團欒
甘居妾媵辭當夕
難得青梅味不酸

〈青梅〉

阿喜故意低下頭沉思，而且沉思了很久，似乎她剛剛才聽到這個求婚意向，得仔細考慮，回答時也不正面對著父母，而是對著牆說，這就是阿喜小姐！在婚嫁一事上要保持矜持自重！蒲松齡總是在細微處精雕細刻，所以他筆下的人物總是三言兩語就形神畢現。阿喜說：「窮和富都是天命決定的。如果命好，窮不了多久，富貴日子在後頭。如果命裡註定要窮，那些錦繡王孫，後來窮得連立錐之地都沒有的事還少嗎？這事還是請父母考慮權衡吧。」阿喜的話非常有策略，回答得很委婉，但有傾向性：張家未必永遠窮困。至於是否同意這門婚事，當然還是得由父母做主。

王進士把女兒叫來，是想拿張家求婚一事取笑，屬於窮極無聊逗樂子，並不是真要徵求女兒的意見。你張生算老幾？不就是我們家的房客？你窮得連房子都沒有，還想娶我的寶貝女兒，癩蛤蟆想吃天鵝肉！王進士以為肯定會聽到女兒「不樂意」的回答，沒想到阿喜回答得有分寸，講禮法，雖說是請父母決定，但傾向已經非常明確：她同意。王進士夫婦鼻子都氣歪了，說：「賤骨頭！一點兒都不長進，打算提個筐做乞丐的老婆，真是羞死人了！」把阿喜罵得張口結舌，哭着跑了，媒人也狼狽而逃。

青梅說服了小姐，說服了張母，一個求婚，一個內應，連奪兩關，卻在王進士夫婦面前吃了敗仗。她太年輕、太缺乏社會經驗了，沒計算到王進士一家根深蒂固的門第觀念，理所當然地碰了一鼻子灰。這一鼻子灰不僅碰到了張母臉上，還碰到了臉皮很薄的小姐阿喜臉上。阿喜同意這門婚事，並不具備對抗父母之命的意義，僅是她眼光高於父母，與父母進行的一次博弈。阿喜同意跟張生聯姻，不拘泥於張生眼前的貧困，而著眼於張生將來可能的富貴。一個養尊處優的小姐為將來可能的「貴」去與張生共渡現實的「貧」，已很難得，但她絕對不敢違抗父母之命。父親罵她一句賤骨頭，她就嚇得老老實實的，再也不敢往前邁一步。

青梅想透過操縱小姐的婚事進而掌控自己的未來，可惜失敗了。但是她不灰心喪氣，轉過頭來替自己打算，果斷地夜奔張生。

《聊齋》裡的書齋好像是天生為美女夜奔而設的，女鬼連瑣來到楊于畏的書齋，狐女紅玉來到馮生的書齋，女妖綠衣女來到於生的書齋，仙女雲蘿公主來到安大業的書齋，不管是鬼是狐是妖是仙，只要有美女夜奔，經常會接著來一段男歡女愛的描寫，滅燭登床，顛倒衣裳。但是，天才作家總會出新招。青梅夜奔不僅和古代其他作家筆下的美女夜奔不同，也跟《聊齋》中常常出現的「夜半女郎」不同，青梅夜奔竟然變成張生宣傳封建禮教的課堂！青梅懷著滿腔熱情和渴望夜奔張生，看到的不是憐香惜玉的多情人，而是正襟危坐、不肯苟合的正人君子。一堂義正詞嚴的倫理課開始了。

張生正在夜讀，一見青梅，就問：「你從哪裡來？要幹什麼？」青梅吞吞吐吐，不好意思直說，張生立即板起臉說道：「請妳馬上離開。」青梅哭了，說：「我是良家女子，不是私奔的女人，因為看出你是賢良之士，所以我願意託以終身。」張生說：「妳愛我，說我賢良。深夜一男一女私相交往，潔身自好的人都不會這麼做，賢良的人就會做嗎？男女未經父母之命私自淫亂，最後即使成了親，有道德的人尚且不贊成，何況未必就能成親。如果婚事不成，我們以後怎麼做人？」青梅說：「萬一能成，妳願意娶我嗎？」張生說：「能夠有妳做妻子，人生還有什麼遺憾？但有三件事沒辦法解決，我不敢輕易答應妳。一是妳不能自己做主，這便無可奈何；二是即使妳能自己做主，如果我父母不同意，還是無可奈何；三是即使我父母同意，但是妳身價高，我家沒錢贖妳，這是最無可奈何的。妳快走吧，我們要避瓜田李下之嫌。」

青梅帶著火一樣的熱情私奔，恪守封建禮教的張生卻斷然拒絕，讀之不能不讓人震撼於張生冷靜而近乎冷峻的內心世界。仔細琢磨，卻又是合理的。青梅判斷張生「必貴」，是因為他「抱父而私」的品德，青梅按封建禮法的要求選中張生為意中人，如果張生違背封建禮法接受青梅的私奔，豈不是前後矛盾、南轅北轍？

對於青梅夜奔，《聊齋》點評家讚不絕口，有「不謂昏夜兒女相會，乃有此正大光明語」、「光明磊落」、「一摑一掌血」等語。蒲松齡給張生起字叫「**介受**」，「介」有孤高、有操守的意思。介受，就是接受、保持孤高的操守。人如其名，張生既愛惜羽毛，又尊重對方，不自欺，不欺人，是慎獨守信的正人君子。青梅夜奔碰了一鼻子灰，一般女人遇到這樣難堪的事，或者灰溜溜地跑了，或者乾脆一根繩吊死，但青梅非常冷靜，在張生義正詞嚴地拒絕她私奔的尷尬情勢下，仍能和張生坦誠對話，尋找解決問題的途徑。青梅夜奔雖被拒絕，但張生說了句真心話：「**得人如卿，又何求？**」說明張生對青梅有意思，只是他不能違背封建道德的要求，只能實事求是地對待他們的處境。有了張生這句話，對青梅來說，這次被拒絕的夜奔就算是成功了一半。青梅臨走時囑咐張生：「你如果有意，我們一起想辦法。」張生同意了。這樣一來，青梅的夜奔在成功的路上又邁出了堅實的一步。

青梅回去後，阿喜問她做什麼去了。青梅跪到地上坦白說找張生去了。阿喜惱她私奔，要責打她。青梅說：「我跟張生沒做苟且之事。」又把自己和張生見面的前後過程說了一遍。阿喜感歎說：「**不苟合，禮也；必告父母，孝也；不輕然諾，信也。有此三德，天必祐之，其無患貧也已。**」這段文言是千金小姐阿喜對張生的評價，用白話來說就是張生「不做男女苟且之事，是講禮儀；一定得先告訴父母，是講孝順；不輕易許諾，是講信用。有這三種德行，上天必然保佑他。這樣的人肯定不會長期貧窮下去的」。阿喜更加欣賞張生，也可以說更加喜歡張生了，但千金小姐還是不敢邁出追求幸福的步伐，她也沒法邁出追求幸福的步伐，因為小姐私奔也會遭到拒絕。阿喜問青梅：「妳打算怎麼辦？」青梅說：「嫁給他。」阿喜笑了：「傻丫頭，妳能做自己的主嗎？」青梅說：「如果不成，只有一死。」青梅寧死也要追求幸福的態度使得阿喜受到感動，阿喜說：「我一定幫妳如願以償。我積攢了幾兩銀子，都拿出來幫助妳！」青梅跪地叩拜小姐的大恩大德。

青梅暗中將此事告訴了張家。張母大喜，多方求貸，湊到若干銀兩，準備給青梅贖身。恰好王進士被委派做山西曲沃縣令，阿喜趁機對母親說：「青梅長大了，爹爹要到外縣上任，把她打發走吧。」夫人本來就認為青梅聰明狡猾，怕她把女兒帶壞，早就想把青梅嫁出去，又怕女兒不高興，現在聽到阿喜這麼說，夫人當然很高興。過了兩天，有個僕婦轉達張母求聘青梅的意思。王進士樂了，說：「他只配娶丫鬟為妻！上回還向我們求親，癡心妄想！不過，把青梅賣給有錢人做小老婆，身價能比原價高一倍。」阿喜忙說：「青梅伺候我這麼長時間，賣她做妾，我於心不忍。」王進士還算通情達理，給張家傳話，可以用原來的身價立贖買文書，把青梅嫁給張生。阿喜幫助青梅和張生結合，有心計、有預謀，一步一步，心思縝密。著名文學家王士禛對這一男二女的故事非常讚賞，曾寫下這樣的評語：「天下得一知己，可以不恨，況在閨闥耶！青梅，張之知己也，乃王女者又能知青梅。事妙文妙，可以傳矣。」

青梅嫁給張生，小說裡根本沒出現《聊齋》中常描寫的夫妻生活如何甜蜜，一個字也沒有！因為蒲松齡要寫的不是愛情，而是借婚姻改變命運。青梅如願以償地嫁給了她認為有前途的張生，是不是就像人們所說的「刀槍入庫，馬放南山」，坐等富貴降臨？不是。青梅沒有傻呵呵地等天上掉餡餅，她自己「和麵、調餡、烘焙」，親手製作「餡餅」，親手創造自己的錦繡前程。青梅嫁進張家後，孝順公婆，體貼入微，甚至超過張生。青梅勸張生不要考慮家事，只管一心讀書，家中裡裡外外，一切由她來承擔。

在這一點上，青梅跟狐狸精紅玉的認識完全一樣，張生只有透過在科舉考試中金榜題名，才能徹底擺脫貧困的命運。青梅像現代社會的股票行家，把讀書考試認作績優股，死死抱著不放。為保證張生沒有後顧之憂，青梅幹活勤快，吃糠咽菜不怕苦。她善於繡花，得空就繡各種新奇繡品拿出去賣，她的繡品賣得特別快，買繡品的人需要在張家門口等著買，否則就買不上。青梅用賣繡品的錢補貼了一部分家用。青梅不僅是一個賢慧的家庭主婦，還是一位聰明能幹的手工業勞動者，一位女性經營者。在這一點上，青梅和封建社會中被「女子無才便是德」等理念規訓的女性有很大差別。她認準一個有希望的男人，並不像青藤纏樹一樣纏上他，而是跟這個男人一起奮鬥，共同創造新的生活。青梅已不是只知三從四德的男性附庸，而是封建社會末期出現的新女性，她的善於經營已帶有女商人的特點。可以想像，如果嫁到張家的不是青梅而是阿喜，恐怕張生在刻苦攻讀的同時，還得考慮怎樣養活橫草不拿、豎草不拈的小姐，他的富貴就必將來得更遲也更加不易了。

因為王進士要到外地上任，青梅到王家跟阿喜告別。阿喜看到青梅，哭著說：「妳找到好歸宿了。我不如妳。」青梅說：「這是誰賜給我的，我怎敢忘記？」二人灑淚分手。

然後是傳統小說慣用的套路——花開兩朵，各表一枝。青梅選擇了張生，她的結局如何？蒲松齡不急著交代，而是用很大篇幅講述了阿喜的「後來」。王進士夫婦的勢利眼使他們的女兒阿喜一步步落到十分悲慘的境地：王進士到山西曲沃縣上任半年，夫人死了，靈柩停放在寺裡。又過了兩年，王進士因行賄被罷免，罰了上萬兩銀子，家裡窮得揭不開鍋。接著瘟疫大作，王進士染病也死了。阿喜孤苦伶仃，只好賣身葬父母。有個姓李的富人出錢安葬了王進士夫婦，把阿喜帶回了家。阿喜以小妾的身分拜見嫡妻。潑悍善妒的嫡妻看到如花似玉的阿喜，醋勁大發，暴跳如雷，把阿喜趕了出去。阿喜披頭散髮，淚流滿面，沒有存身之處，最後只好住進尼姑庵，要求老尼給自己剃髮，要當尼姑。老尼不肯，說：「我看姑娘不會長期經受風塵磨難，庵裡粗茶淡飯還能對付。妳先住下，等待合適的時機，再自行離去。」沒多久，街上的無賴看到阿喜漂亮，常來敲門，喊些不三不四的話，阿喜哭著要自殺。老尼求高官寫了告示，禁止人們到尼姑庵去騷擾。一年後，有位貴公子看上了阿喜，強迫老尼傳達情意，要娶阿喜為妾。貴公子走了，阿喜又想服毒自殺。晚上，阿喜夢到父親來了，他沉痛地說：「我從前沒有順從妳的意願，讓妳淪落到這般地步，如今後悔也晚了。妳先不要急著尋死，妳往日的願望還可以實現。」阿喜的悲慘遭遇是對青梅之慧眼的反證，王進士的懺悔也是對青梅之慧眼的反證。

阿喜在山重水複疑無路時，終於柳暗花明又一村。就在貴公子宣布要強娶阿喜之期的前兩天，外面大雨傾盆，忽然聽到有人用力敲門。阿喜以為貴公子來搶人了，嚇得臉色蒼白。老尼前去開門，只見尼姑庵前停著轎子，奴僕成群，車馬華麗。幾個丫鬟攙著珠翠滿頭的美貌夫人從轎中出來。老尼驚奇地問：「施主有什麼事嗎？」來人回答：「司李大人的夫人要借妳這兒避雨。」「司李」是知府副手，乃朝廷高官。老尼不敢怠慢，把來人引進殿裡，搬來坐榻請夫人坐好。家人僕婦紛紛跑向禪房，各自找地方休息。她們看到阿喜，都驚訝於尼姑庵裡竟然藏著個大美人兒！於是跑去告訴了夫人。不一會兒，雨停了，夫人起身請求參觀一下禪房。

老尼引著夫人進入禪房，夫人和阿喜相見，兩人都驚訝極了。原來，這位夫人不是別人，正是青梅。這段舊日主僕相會的場面，蒲松齡寫得很巧妙，特別契合兩人的修養和身分。青梅被老尼領進禪房，看到了阿喜小姐，兩人的表現是：青梅「**睹女，駭絕，凝眸不瞬**」，阿喜則「**亦顧盼良久**」。聊齋先生的筆墨真叫一個準確生動又凝練傳神！小姐落難尼姑庵，丫鬟成了貴婦人，兩人猝然相遇，貴婦青梅沒有改變過去做丫鬟的習慣，直愣愣、不客氣地盯著對方看，這說明青梅的身分變了，但她對當年主人的親熱沒變，她因為突然相遇而驚喜，唯恐看錯了人，一個勁兒地死盯著看；落難的小姐阿喜沒有改變大家閨秀的風度，她雖然已判斷眼前貴婦正是自己當年的丫鬟，卻不直視，而是小心翼翼地看一眼就扭回頭，忍不住又好奇地再看一眼。小姐不得不對身分已改變的丫鬟另眼相看，卻又按捺不住心中的好奇。昔日丫鬟「凝眸不瞬」，昔日小姐「顧盼良久」，蒲松齡準確細膩地捕捉到了這兩個有著不同教養的女性的眼神。如果叫我們這些當代作家來寫，還不知道得囉唆多少文字。

相認後，兩人都情不自禁，放聲大哭。蒲松齡採用回憶的方式，簡單交代了自她們分手後青梅的情況：張生父親去世，張生守孝期滿後，先中舉人，後中進士，被任命為司李。張生先把母親接過去了，現在又派人來接妻子和家眷。阿喜歎息說：「今天看來，咱們真是一個天上一個地下。」青梅笑著說：「幸虧小姐受到挫折，一直沒成親，這是上天要我們二人團聚。倘若不是我這次出來遇到下雨，怎麼能不期而遇？必定是冥冥之中有鬼神相助。」青梅取出衣服請阿喜換裝，當然是要接她回家跟張生成親了。阿喜低下頭，想來想去，猶豫不決。老尼在一旁幫著青梅勸說。阿喜顧慮跟青梅夫婦一起住，名不正，言不順。青梅說：「當年早定了名分，我怎敢忘記小姐的大恩大德？張生也不是負義的人。」於是硬給阿喜換了服裝，告別老尼後回家。到了張生的任所，張家母子非常高興。阿喜拜見張母說：「今天沒臉來見伯母。」張母笑容滿面地安慰她，要挑個好日子給她和張生舉行婚禮。阿喜說：「庵裡但凡有一絲生路，我也不肯跟隨夫人到這兒來。倘若顧念往日情分，請給我一間草房，能放下一隻蒲團，讓我可以吃齋念佛，就心滿意足了。」青梅只笑不說話。

張母和青梅給阿喜和張生安排了隆重的婚禮。自從阿喜出現，青梅仍然以丫鬟自居，「**執婢妾禮**」、「**莫敢當夕**」。青梅真誠、執著的奴性，是封建等級觀念的表現，是青梅式人物確實會有的，即所謂一日為奴，終生不改。但蒲松齡這樣寫，主要是為了肯定青梅和張生報答阿喜當年的成全之恩。知恩報恩，以德報德。所以這個「二美共一夫」故事的內核不是蒲松齡通常宣揚的男權中心，而是「德」、「義」、「恩」等理念。蒲松齡似乎也想讓青梅從「奴」字下解脫。當青梅對阿喜恭敬得似乎有點兒矯情時，張母下令，兩人互稱夫人；青梅繼續做小伏低，張生上書給皇帝，皇帝給張家封了兩位夫人。表面上看是皇帝老兒出面，把青梅「丫鬟」的帽子摘掉，仔細一琢磨，其實是因為張生上書，向皇帝詳細彙報了他家的舊賬，顯然是張生看不下去在逆境中陪自己艱苦奮鬥的青梅在家中低人一等，而這只有皇命能改變。

透過〈青梅〉，蒲松齡告訴了我們一個什麼道理呢？「卑賤者」聰明，「高貴者」愚蠢。雖然青梅才是小說裡的女主角，蒲松齡卻用相當大的篇幅去寫阿喜小姐的落難。「異史氏曰」說明了他的創作意圖：「天生佳麗，本來是為了報答品德高尚的人，而世俗的王公卻把她們留下，送給那些紈絝子弟。這是上天一定要跟他們爭的。青梅夫人能從貧賤中認清英雄，誓死嫁給張生，曾經表面上嚴肅莊重的高官，反而拋棄賢良之才，謀求膏粱，其見識怎麼就在一個丫鬟之下呢？」看一個作家的作品，應當常常思考，他有什麼其他作家沒有寫過的東西嗎？或者，倘若他寫的是其他作家已經寫過的，但他有比其他作家寫得好的地方嗎？〈青梅〉不管在小說構思上還是人物描寫上，都是古代短篇小說中的另類。蒲松齡採用了一種前人很少涉獵的行文構思方式，我把它叫「青龍白虎並行，春蘭秋菊齊盛」。小說同時出現兩個女主角，都跟男主角發生了戀情，但她們二人不是傳統戲曲中的旦與貼，而是雙美對峙，各有個性，各有千秋。〈青梅〉的故事還是小說家「換位法」的呈現。青梅雖是低賤的丫鬟，但她不服從命運的安排，經過艱苦的個人奮鬥，最後得到封建社會女性夢寐以求的鳳冠霞帔；貴小姐阿喜怯懦從命，則一度落入悲慘的境地。兩人的位置顛倒了過來。這是聊齋先生喜歡採用的換位法，也是世界小說巨匠如馬克・吐溫等常採用的寫作手法，即所謂王子變貧兒，貧兒變王子。從這一點上看，十九世紀的世界短篇小說家跟十七世紀的中國小說家接上軌了。

現代人讀〈青梅〉，讀到最後總覺得有些遺憾，一個巧思妙想的中國版灰姑娘的故事，咋會安上「二美共一夫」、「主奴有別」、「嫡庶相安」好幾條狗尾巴？不過，在蒲松齡和他的欣賞者（包括大文學家王士禛）看來，這，才叫精彩呢！

14 武孝廉

狐狸精懲罰負情郎

武孝廉姓石，他之所以被稱作武孝廉，是因為他是武舉人。石某危難時得一位中年婦人幫助，在他馬上要死時治好了他的病，還和他結婚，給他提供求官的金錢。婦人對他不僅有再造之恩，還有夫婦之義。石某用妻子的錢求到官後，馬上變心，不僅向妻子隱瞞自己當官的消息，還停妻再娶。妻子找到他後，他仍和妻子離心離德，一旦看到妻子露出狐狸原形，立即捉刀要殺。這個忘恩負義、豺狼心腸的人，最終受到了狐狸精的報復，咳血而死。小說在一步一步寫石某忘恩負義的同時，一點一點地透露婦人狐狸精的身分，寫得引人入勝、耐人尋味。

小說開頭，武舉人石某帶著許多銀子去京城謀求官職，走到德州時得了重病，吐血不止。僕人乘機偷了他的銀子逃走了。石某氣血攻心，病情愈加沉重。正當船家打算把他拋棄時，恰好有個中年婦人的船停在了石某的船旁，婦人表示願意用船載石某。船家當然很樂意了，把石某扶到婦人的船上。石某呻吟著感謝婦人。婦人說：「你有肺癆的病根，現在魂已在墓地遊蕩了。」石某聽後號啕大哭。婦人說：「我這兒有丸藥，能起死回生，等你的病好了，不要忘了我。」石某邊哭邊對天發誓：「只要我能痊癒，一定好好報答你。」婦人拿出藥給石某吃。過了半天，石某果然好多了。婦人在床榻前給他餵香甜可口的食物，對石某的照顧超過了夫妻，石某非常感謝她。治療養護了一個多月後，石某的病完全好了，他跪著爬到婦人面前，像敬重母親一樣敬重她。婦人說：「我孤苦伶仃，無依無靠，如果你不嫌棄我年老色衰，我願意做你的妻子。」石某喜出望外。於是兩人結為夫妻。婦人拿出積蓄的銀子交給石某，讓他到京城謀取官職，同時約定等他求官歸來時，兩人一起回家。

石某在山窮水盡的情況下遇到中年婦人，婦人給他提供了幾點關鍵性的幫助。第一，石某「**唾血不起**」，人已在鬼門關，如果不是婦人給的特效藥能起死回生，他早就死了。第二，石某本來要進京給掌權的人送錢買官，但他準備的銀錢都被僕人奪走，還得靠婦人「**出藏金**」提供求官資本。第三，照料生病的石某，並以身相許。婦人四十多歲，石某三十多歲，婦人雖年長於石某，但她向石某求婚時，講得很清楚：「**如不以色衰見憎，願侍巾櫛**。」沒有要脅他非娶不可，而是讓石某自己抉擇，是石某自己歡天喜地同意娶她的。

小說筆墨精細。石某初見婦人時，只見她「**被服粲麗，神采猶都**」，「粲麗」是指服飾講究，說明女子有錢；「都」是美的意思，在「都」的前邊加個「猶」字，說明婦人徐娘半老、風韻猶存。石某接受這樁婚姻時的心情是「**喪偶經年，聞之，喜愜過望**」，和中年婦人聯姻，超過他的期望，他心甘情願，毫不勉強。他們是妻子救丈夫於水火的夫妻。蒲松齡在這裡稍稍透露了點兒資訊，即婦人不是平常人，她手裡的藥能起死回生。

石某來到京城後，用婦人的錢疏通關節，授任為山東地方上的軍事長官，看來婦人給的錢不少，他買到的官職比較高。剩下的錢，他買了鞍馬行裝，頭戴官帽，身穿官服，坐著氣派耀眼的官轎，一時間得意非凡。一闊臉就變，這是負心漢的通病。石某靠婦人的金銀求得官職後，馬上想到婦人年齡大了，不是好的伴侶人選，就用婦人的錢「**以百金聘王氏女為繼室**」。這個勢利小人，為了封鎖消息不讓婦人知道，特地避開德州，繞道上任，過了一年多也不與婦人通音訊。石某的表弟偶然來到德州，跟婦人成了鄰居。婦人往石某表弟處打聽石某的消息，石某表弟如實相告。婦人聽後，大罵石某，把實際情況告訴了石某表弟。他替表嫂抱不平，但以為石某太忙，勸她說：「或許他剛做官，官署中事情較多，還沒來得及接嫂子。請寫一封信，我替嫂子轉交給他。」婦人寫了信，石某表弟恭恭敬敬地把信轉交給石某，石某根本不放在心上。

又過了一年多，婦人親自去找石某。她住在旅店裡，託官衙負責接待客人的官吏向石某通報姓名。但石某拒絕見她。有一天，石某正在自家飲酒取樂，聽到門外響起一片喧譁吵罵聲，放下杯子仔細聆聽的工夫，婦人已經掀開簾子進來了。石某怕得面色如土。婦人指著石某的鼻子大罵：「薄情郎！你現在安樂啦？也不想一想你的財產和地位都是從哪兒來的！我和你情分不薄，你就是想買丫頭、娶小老婆，跟我商量商量又有何妨？」婦人講得有理有節。石某嚇得不敢邁步，大氣也不敢喘，一句話也答不上來。

過了許久，他才跪到地上向婦人認錯，花言巧語，求婦人原諒。婦人的怒氣這才稍微平息。石某跟王氏商量，讓王氏以妹妹的身分拜見婦人，王氏不樂意，石某苦苦哀求，王氏才去向婦人行禮。婦人回禮，說：「妹妹不要害怕，我不是嫉妒撒潑的人，過去的事，實在是一般人都無法忍受的，就是妹妹也肯定不希望有這樣忘恩負義的郎君。」她對王氏詳細述說了過去的事。王氏聽了，跟婦人你一言我一語地一起責備石某。石某無地自容，只求婦人容許他今後老老實實地贖回罪過。三人暫時相安無事。

婦人沒進門前，石某曾一再交代守門人，如果婦人來了，絕對不能讓她進來。此時，石某偷偷責備守門人，守門人堅持說門鎖得好好的，一直沒人進來。石某也不敢去問婦人是怎麼回事。在這個地方，小說家又把婦人的特異功能透露了一些：門鎖得好好的，一般人進不來，但她進來了，那她肯定不是一般人。

婦人和石某雖然也有說有笑，但石某始終不再和婦人親熱。幸而婦人嫻靜溫順，夜晚從不跟王氏爭丈夫，晚飯後便早早關上門睡下，也不問丈夫晚上住在哪裡。王氏開頭還擔心自己的地位不保，看到婦人這樣，越發尊敬她了，早上起來，便先去向她問安，像侍奉婆婆一樣。按照封建禮法的規定，婦人是石某的嫡妻，但是她不跟王氏爭奪丈夫，待下人寬厚，舉止得體，對人對事都明察秋毫，像神明一般。

有一天，石某的官印突然找不到了，整個衙門炸開了鍋，人們驚惶不安地跑來跑去，怎麼也找不到。婦人笑著說：「不要擔憂。把井水淘乾，就能找到印了。」石某按她說的做，果然把官印找到了。問她怎麼知道的，她只笑不說話，好像清楚是誰做的，卻不肯把盜印者的名字說出來。由此可見，她天性善良，與人為善。小說家又稍稍透露出一絲線索：婦人有特異功能，對官衙內發生的事非常清楚。

過了一年，石某察覺婦人的行為跟常人不同，懷疑她不是人。石某派人在她就寢後鬼鬼祟祟地偷看偷聽，只聽到床上整夜有抖動衣服的聲音，也不知道她到底在做什麼。蒲松齡這裡既是在和石某也是在和讀者玩捉迷藏——整夜有抖動衣服的聲音，多麼神祕！但小說家就不告訴你是怎麼回事，你只管自己想去。

婦人跟王氏關係很好。兩個本來可能不共戴天的女子變得感情很好，說明婦人為人確實好，值得人愛憐。有天晚上，石某到按察使官衙辦事沒回來，婦人和王氏喝酒，不知不覺喝多了，趴在酒桌旁，變成了一隻狐狸。王氏愛憐她，給她蓋上綢被，好好守著。沒多久，石某進來了，王氏把這件怪事告訴了他。石某要殺掉狐狸。王氏阻止他說：「即使她是狐狸，又有哪裡對不起你呢？」石某不聽，急忙去找佩刀。此時婦人已醒了過來，變回了婦人模樣，罵道：「你這個東西，行事比毒蛇還毒，心腸比豺狼還狠。這個地方我肯定不會再住下去了。從前我給你吃的藥，請還給我吧！」說完，朝石某臉上吐了一口唾沫。石某只覺得渾身發冷，像澆了冰水似的，喉嚨裡絲絲拉拉地發癢，終於把當年的丸藥吐了出來，丸藥還和過去吃的時候一模一樣。婦人拾起丸藥，憤憤不平地走了，去追她時，她已經走得無影無蹤了。

婦人回到石某身邊後的所作所為完全符合賢婦的要求，甚至可以說，婦人僅要求三餐

〈武孝廉〉

飯食，一個可憐的名分，一塊立足之地，這是最基本的要求了。可是喪心病狂的石某連這都不能容忍，婦人罵他是「**虺蝮之行，而豺狼之心**」，心腸像蝮蛇那樣毒，像豺狼那樣狠，可以說總結得非常到位。

婦人最後變形為狐狸，說明她是狐狸精，就此解開了一系列謎團。她為什麼能令石某起死回生，為什麼能穿過鎖了的門進入官衙，為什麼能知道石某的官印被藏在什麼地方？因為她是狐狸精。當年她治好石某的病，是用了狐狸精千年修煉的紅丸。石某後娶的王氏阻止石某殺狐狸時，說：「**即狐，何負於君？**」《聊齋》點評家但明倫就此評論道：「一語如老吏斷獄。」王氏的這句話是小說的文眼。蒲松齡賦予了女主角狐狸精的身分，才使得人物和故事更精彩：正因為婦人是狐，才救得石某的性命。「即狐，何負於君」的質問，由本來覺得婦人會威脅到自身地位的王氏說出，更加有力，也更能說明武孝廉的可惡。

〈武孝廉〉的故事到底是真實的還是虛構的？「異史氏曰」說：「**石孝廉，翩翩若書生。或言其折節能下士，語人如恐傷。壯年殂謝，士林悼之。至聞其負狐婦一事，則與李十郎何以少異？**」似乎蒲松齡真的認識這位武孝廉。這其實是作者施的障眼法。這段話起到兩個作用：一是進一步描繪了武孝廉這個偽君子以儒雅之態欺世的形象；二是給人以確有其人的感覺。蒲松齡還把自己筆下的武孝廉和李十郎作對比，李十郎是唐代詩人李益，也是作家蔣防筆下的負心漢的代表。負心漢的故事是中國古代小說中非常傳統的題材。我們來簡單回顧一下唐傳奇《霍小玉傳》中關於李益的故事：

李益到長安參加科舉考試時，熱戀名妓霍小玉，發誓「粉骨碎身，誓不相舍」。但當他金榜題名，做了鄭縣主簿後，就拋棄了霍小玉，和名門盧氏女結了婚。霍小玉在黃衫客的幫助下，彌留之際見到李益，對他說：「我為女子，薄命如斯，君是丈夫，負心若此！……我死之後，必為厲鬼，使君妻妾，終日不安！」最後李益得了妄想症。

這是唐傳奇對李益的安排。真實的歷史人物李益是中唐著名詩人，最後做到了禮部尚書，但在唐傳奇裡，他是負心漢的典型。

宋代有「王魁負心」的故事，成為後世小說戲劇屢寫屢演、長久不衰的主題，還創造了「活捉王魁」的構思模式。王魁負心的故事最早出現在宋代《醉翁談錄・王魁負心桂英死報》中。「王魁」本不是人名，而是指在科舉考試中奪魁即名列榜首的王某人。據周密《王魁傳》記載，王魁本名王俊民，山東萊州人，跟蘇軾同代，是嘉祐年間（一〇五六－一〇六三）狀元，發狂病而死。《醉翁談錄》把負心漢的帽子扣在了王俊民頭上，把他叫王魁。

《醉翁談錄》中的這個王魁為山東濟寧人，上京應試落第歸來，在萊陽遇到妓女敫桂英，兩人墜入愛河，桂英承攬起王魁的生活，讓他專心攻讀。一年後，王魁進京趕考，二人焚香設誓：各不負心，生同衾、死同穴。王魁考中狀元，桂英寄詩祝賀：「夫貴婦榮千古事，與郎才貌各相宜。」王魁心想：我現在富貴了，豈能以煙花女子為妻？他到徐州上任後，桂英派人送信，被他逐出。桂英嘔血大哭，自刎而死。王魁和崔小姐完婚，聽說桂英自殺，欣喜於拔去眼中釘。沒想到，桂英的鬼魂找來，罵道：「你輕恩薄義，負誓渝盟，使我至此，怎肯與你干休！」王魁之母請法師驅鬼，但王魁和桂英冥冥之中是一對冤孽，法師也無法改命，最終王魁自殺而死，嗚呼哀哉。王魁的故事在南宋已經廣為流傳並被搬上舞臺，宋元雜劇、明清傳奇乃至現代舞台，仍然有多種劇種在演出《活捉王魁》。

明代《三言二拍》中也有兩個著名的負心漢，一個是白話短篇小說《喻世明言・金玉奴棒打薄情郎》中的莫稽，當他貧困潦倒，差點兒餓死在街頭時，金玉奴救了他，還跟他結了婚，資助他讀書。金玉奴是團頭的女兒，所謂團頭就是掌管乞丐的頭兒。莫稽金榜題名做了官，想到做團頭的女婿沒面子，於是在上任途中，把金玉奴擠到了江裡。金玉奴恰好被一位高官救起，還被認作義女。高官恰好是莫稽的上級，他假裝把女兒嫁給莫稽，洞房中，來了個金玉奴棒打薄情郎。小說的結局是金玉奴不得不從一而終，兩人破鏡重圓。現在很多劇種演出此劇時都把結局改了，兩個人分道揚鑣，莫稽被罷官，進了監獄。

另一個負心漢是《二刻拍案驚奇・滿少卿饑附飽颺，焦文姬生仇死報》裡的滿少卿。滿少卿不得志時，大雪中沒飯吃，餓得嗷嗷哭，得到焦翁救助，請他到家，照顧他讀書。滿少卿跟焦翁之女文姬暗度陳倉，感恩戴德地接受文姬為妻。當他高中皇榜只待選官時，焦翁傾家蕩產給他治裝。做了官的滿少卿僅因為聽說朱家是官宦人家，朱家小姐陪嫁豐厚，就停妻再娶。他的薄倖害死了文姬父女及丫鬟，焦文姬做鬼向滿少卿索命。

中國古代小說中負心漢的故事不少，武孝廉的下場是不是最符合讀者心理？

15 九山王
基督山恩仇異國先聲

德國漢學家漢斯・約格・烏瑟爾（Hans-Jörg Uther）曾說：世界上有些地方把狐狸視為文化圖騰，例如南美神話中的多巴狐[9]是為人類帶來火種的動物，而基督教文化中的狐狸則象徵著邪惡勢力。在東亞文化圈，狐狸與女性之間的聯結關係得到強調。讀《聊齋》的朋友，大多比較關注女狐狸精，其實《聊齋》男狐也很有風采，其中，狐叟（即狐狸精老頭兒）往往是智慧的象徵。〈九山王〉講的就是狐叟機智復仇的故事。

九山王，顧名思義，應該是山大王式的人物。據歷史學家考證，清朝初年，山東南部確實有過占山為王的九山王，有人說他叫王俊，有人說他叫王鉅，有人說他叫王肖武，他曾攻陷過郯城（今山東郯城縣），劫了地方進貢的龍袍，自稱皇帝，最後被清兵剿滅。蒲松齡從歷史上借了點兒線索，創作出這個精彩的狐狸精復仇故事。

曹州秀才李某家境富饒，房子卻不多，房後有塊荒廢許久的園子。有一天，有位老者

9 編者註：這個說法出自《論狐狸的傳說及其研究》，作者漢斯・約格・烏瑟爾，譯者許昌菊，發佈於《民間文學論壇》一九九一（01）。

拿著一百兩銀子來租房子，李某推辭說自家沒有房子出租。老者說：「你接受就是了，不用煩惱憂慮。」李某不明白老者是什麼意思，姑且接受下來。李某心理陰暗，明明家裡沒房子，見錢眼開，收人租金。

一天後，村裡人看到許多車轎裝著老老少少一大群人進入李家，大家都懷疑李家沒有地方安頓這麼多人，於是跑去問李某。李某也不知道是怎麼回事。他回家察看，並沒有什麼異樣。幾天後，租房的老者來拜訪，說：「在你家住好幾天了。事事都要從頭開始，安爐子、砌灶台什麼的，還沒騰出空閒向主人表示點兒心意，今天已經派孩子們做飯，請務必光臨。」老者說話做事禮貌周全。李某跟老者走進後園，原來的荒園已經蓋起了高房大屋，裝飾得煥然一新。進入房中，但覺陳設華麗，芳香撲鼻。「**酒鼎沸於廊下，茶煙嫋於廚中**。」優美簡練的語言描繪出和諧溫暖的家庭生活場景：走廊上燙著酒，熱氣騰騰；廚房裡燒著菜，香氣氤氳。老者請李某入席，謙恭地敬酒布菜，滿桌的美酒佳餚。李某看到庭院裡有不少年輕人來來往往，聽到小兒女笑語綿綿，簾幕後傳出女子笑聲。丫鬟奴僕忙來忙去，像有百十口人，一派大家族和樂景象。

李某心裡明白這家人是狐狸精，便暗藏殺心。於是他每次到集市上去，都會買一些硝石硫磺回來，等累積到幾百斤後，悄悄撒在後園各處。一切準備就緒，他突然點火，各處炸藥齊響，火焰直沖霄漢，滾滾黑煙在空中形成一朵黑靈芝，直燒得焦臭撲鼻，煙塵迷目，不可靠近，號叫啼哭之聲，嘈雜震耳。等到大火熄滅，李某才進入後園查看，只見滿

〈九山王〉

地都是死狐狸，燒得焦黑的不計其數。

正當李某得意揚揚地看著自己的「成果」，請他喝酒的老者從外邊回來了，一看家眷全部遇害，滿園都是慘不忍睹的狐狸遺骸，他頓時哀慟萬分，責備李某說：「向來跟你無怨無仇，一個荒園子一年給一百兩銀子的租金，也不算少，為何忍心滅我全族？這樣的血海深仇，絕無不報之理！」說完憤恨地走了。李某不以為意地想：狐狸精還能怎麼報復我？無非是向房裡丟丟瓦片，往鍋裡丟個死老鼠唄。但一年多過去了，一點兒動靜也沒有。

到了順治初年，山裡出現了許多強盜，有的能聚集上萬人，地方官兵也不敢抓他們。李某因為家裡人多，日夜擔憂離亂。當時正好村裡來了個算命的，自稱「南山翁」，說到人的生平事蹟、窮通禍福，真切得像他親眼看到過一樣，因此名聲大噪。李某把南山翁請到家裡，讓他給自己算命。南山翁掐指一算，肅然起敬，愕然說：「您是真龍天子啊！」李某大驚，認為他在胡說八道。南山翁鄭重其事地堅持自己說得沒錯。李某半信半疑，說：「哪有白手起家做天子的？」南山翁說：「不對。自古開創新業的帝王大多數是普通老百姓出身，有哪個生下來就是天子？」李某被他說暈了，向前移動坐席，靠近南山翁請教：「那我怎樣才能成為天子？」南山翁便毅然以軍師「臥龍先生」自居，請李某先準備幾千具盔甲、幾千張弓弩，準備舉事。李某擔心沒人歸附於他。南山翁說：「臣請命為大王聯絡各個山頭，結成聯盟，再四處宣揚大王是真命天子，到時候各個山頭的兵卒們，都會回應您的。」

李某大喜，派南山翁出發，把埋藏的銀子取出來，用於打造盔甲和兵器。過了幾天，南山翁回來了，說：「借著大王的威福，加上老臣的三寸不爛之舌，各個山頭沒有不願意執鞭追隨大王的。」十幾天的工夫，果然有數千人來歸順李某。李某拜南山翁為軍師，樹起「李」字的帥旗，山頭上彩旗如林。李某安營紮寨，聲勢浩大，名震一方。縣令率兵來征伐，南山翁指揮抵抗，大破官兵。縣令害怕了，向兗州府告急。兗州府的兵馬長途跋涉而來，遭到南山翁伏擊，兵敗如山倒，將士中被殺被傷的很多。李某聲勢更加浩大，黨徒數以萬計，自立為「九山王」。南山翁說山寨的馬太少了，恰好朝廷正從京城運一批馬到江南，於是南山翁派一隊士兵把馬匹盡數奪了過來。九山王名聲大噪。九山王加封南山翁為「護國大將軍」，自己在山寨巢穴中高臥，以為黃袍加身指日可待。

山東巡撫因為朝廷馬匹被奪，打算進軍剿滅九山王，又得到兗州府兵敗的報告，越發惱火，於是發出精兵數千人，讓山東六個道也派兵圍剿。朝廷剿匪大軍的旌旗滿天飛舞，兵士遍布山野。九山王大懼，召南山翁前來商量，卻不知道他跑哪兒去了！九山王被圍困，一籌莫展，登山一望，說：「現在才知道，還是朝廷的勢力大呀！」山寨被攻破，九山王被擒，滿門抄斬，滅九族。這時他才恍然大悟：原來南山翁就是當年租房子的狐叟。他故意引誘李某造反，給李某製造滅族之禍。

「異史氏曰」中說：

夫人擁妻子，閉戶科頭，何處得殺？即殺，亦何由族哉？狐之謀亦巧矣。而壞無其種者，雖溉不生；彼其殺狐之殘，方寸已有盜根，故狐得長其萌而施之報。

一個人自己待在家裡，連出門的帽子都不戴，隨隨便便，閒適自在，哪裡會招來殺身之禍呢？即使被殺了，又有什麼緣由引來滅族之禍呢？狐狸精復仇的計謀也真夠巧妙的。有土壤而不播種子，就是澆水灌溉也不會發芽。李秀才殘忍地殺害狐狸，說明他內心已經埋藏著做強盜的種子，所以老狐狸才能助長它發芽，最終得以報復他。

法國作家大仲馬的《基督山恩仇記》寫基督山伯爵還是年輕水手時，被人陷害入獄，未婚妻也和仇人結婚了。在漫長的監獄生活中，他跟一位神父學到許多知識，根據神父指點，他越獄後拿到巨額財富，成為基督山伯爵。他想方設法接近當年陷害自己的那幾個人，針對仇人的弱點，精準打擊，一一復仇。他的那幾個仇人，最終有的身敗名裂，有的家破人亡，有的精神錯亂。《基督山恩仇記》多次由歐美影壇大明星在銀幕上演繹。而三百年前《聊齋》狐叟的智慧，絲毫不亞於基督山伯爵。狐叟是天才的心理學家，他從李某殘忍地殺害與他毫無怨仇的狐狸全家這一行為，斷定李某有「盜根」，有想當大官的潛在基因，於是先用「真命天子」之說誘惑他，再幫他招兵買馬，造出相當大的聲勢，讓他嘗到甜頭，自立為九山王，以此引起朝廷圍剿，最終借朝廷之手，報了滅族之恨。

16 遵化署狐

老狐狸懲治貪官

河北省遵化市，在明代是直隸省管轄的遵化道。《聊齋志異．遵化署狐》說的是，遵化署狐狸精全家被遵化道員害死，僥倖逃脫的老狐狸精為全家報仇，同時懲治了貪官。狐狸精告發貪官「**尅削軍糧，夤緣當路**」，即克扣軍糧，向上級行賄，鑽營取得更高官職。〈遵化署狐〉有充分的歷史事實作依據。被狐狸精整治的官員，是真實歷史人物，也確實像小說中所寫，被皇帝殺了頭。小說裡的丘公的原型名叫丘志充，山東諸城人，明萬曆四十一年（一六一三）中進士，做過遵化道道員。天啟七年（一六二七）克扣三千兩軍餉，托太醫院吏目王家棟行賄，謀升京堂，被東廠偵察到。東廠是世界上最早設立的國家特務情報機關，與蘇聯的ＫＢＧ、美國的中情局相比，東廠的資歷要老得多。丘志充被東廠盯上，根據丘志充和王家棟的供詞，贓銀共九千一百三十兩，罪證確鑿，丘志充被判死刑，於崇禎五年（一六三二）被殺。丘志充死在蒲松齡出生前八年，蒲松齡把丘志充被殺一事，虛構成狐狸精復仇的故事，借此說明做官必須清廉的道理。

《聊齋》中寫道：

諸城的丘公任遵化道台時，官署裡狐狸很多，在公署的最後一座樓裡，有狐狸聚居，常出來禍害人，越是驅趕越作怪。官員只好供奉整隻羊、豬，向狐狸祈禱，哪個官員也不敢惹這些狐狸。丘公到任後聽說了這事，非常憤怒。狐狸也害怕性情剛烈的丘公，於是幻化成老太太告訴丘公家人：「請告訴大人，不要向我們尋仇，給我三天時間，我將帶領一家老小搬走。」丘公聽說後，卻不吭聲。第二天，閱完兵後，他告訴兵士不要解散，讓他們把各營的大炮扛到官署來，環繞著最後的那座樓，千炮齊發。幾丈高的樓房，頃刻被摧為平地。狐狸的皮毛血肉，像下雨一樣從天上落下。只見濃塵毒霧中，有一縷白氣沖天而去，眾人看著說：「逃走了一隻狐狸。」官署從此平安無事。

過了兩年，丘公派幹練的奴僕帶著很多銀子進京，想找關係買官，還沒安排妥當，就暫時把銀子藏在衙役家的地窖裡。這天有個老頭兒到皇宮門前喊冤，說妻子兒女都被丘公殺害了，還揭發丘公克扣軍糧，想買官升官，用來行賄的銀子就放在某衙役家，可以當場驗證。皇帝於是下令搜查。辦案人員到了衙役家後，到處都翻遍了，就是找不到銀子。老頭兒用一隻腳點地，帶頭搜查的官員立即下令在那個地方挖掘，果然挖出大批銀子，銀子上還鐫刻著「**某郡解**」字樣，證明是軍餉。等再去找告狀的老頭兒，老頭兒已經不見了。按照老頭兒自報的姓名和地址去找，卻查無此人。丘公因此被皇帝下令斬首，臨死前他恍然大悟：告發我的老頭兒就是幾年前遵化署中逃走的老狐狸。

遵化署之狐全家被殺，牠就用揭露丘公克扣軍糧、夤緣當路報復。「異史氏曰」部分表達了三層意思：第一層，狐狸作祟害人，確實該殺，「**狐之祟人，可誅甚矣**」；第二層，狐狸既然服罪且要搬走，可以饒恕牠們，顯示出人的仁慈，「**然服而舍之，亦以全吾仁**」；第三層，丘公過分仇視狐狸，不過丘公被狐狸精復仇，還得從他自己身上找原因，如果他是東漢楊震那樣的官，就是有一百隻狐狸，也拿他沒辦法，「**公可云疾之已甚者矣。抑使關西為此，豈百狐所能仇哉**」。

讀《聊齋》常遇到的難題，就是蒲松齡太愛用典故了，如果不瞭解這些典故，便很難理解那些句子的意思和妙處。「關西」是楊震的代稱，楊震是東漢時期陝西人，有「關西孔子」的美譽，他在漢安帝時做到太尉，因權貴不容，憤而自殺。他一生廉潔奉公，據《後漢書》記載，他調任東萊太守，上任時經過昌邑，昌邑縣令王密原來是經楊震推薦做官的，王密為感謝楊震舉薦之功，深夜帶著一百六十兩黃金來送給楊震。楊震說：「故人知君，君不知故人，何也？」意思是，我瞭解你，難道你不瞭解我嗎？你怎麼能做這種事？王密回答說，深夜沒人知道這件事。楊震說：「天知，神知，我知，子知。何謂無知！」天知道、神知道、我知道、你知道，怎麼叫沒人知道？縣令羞愧難言，帶著黃金走了。這就是中國歷史上非常有名的「四知」，楊震也因此被稱為「四知先生」。

蒲松齡把楊震作為清官代表提出來，表達了一個美好又很難實現的願望，因為像楊震那樣的官太少了。〈遵化署狐〉裡的丘某對狐狸精趕盡殺絕，表面上看，他似乎很剛烈、正直、除惡務盡；實際上，他只對下級、對老百姓、對狐狸精「剛烈」，在權勢者面前，他是搖尾乞憐的哈巴狗。表面上他在除惡，其實他自己就是更大的惡，是涉及國計民生的惡。老百姓對黑暗官場恨之入骨卻束手無策，歷史上的丘志充被東廠懲治，其實東廠裡的許多人物，例如魏忠賢，比丘志充還要壞上十倍不止。蒲松齡讓狐仙懲罰貪官，這是浪漫的幻想，也是有局限性的幻想。狐狸精懲罰了丘公，丘公所鑽營的「當路」，也就是更高的貪官，仍然繼續存在著。

蒲松齡塑造了古代小說中從來沒有過的狐叟群像，這些《聊齋》狐叟往往溫文爾雅，與人為善，知識豐富，像有身分、有地位、有閱歷的現實中人。他們都有特異功能，有點兒像西方小說裡可以揭開屋頂、洞悉人世祕密的「瘸腿的魔鬼」，他們能揭穿一般百姓掌握不了的官場黑暗。〈遵化署狐〉裡的狐叟是這樣，另一個著名的《聊齋》故事〈濰水狐〉裡的狐叟也是這樣。〈濰水狐〉寫濰縣李某有別墅，有位老翁租住。老翁下請帖邀請李某赴宴。宴席豐盛，陳設華貴。李某懷疑老翁是退休高官。老翁說：「實話告訴你，我不是高官，而是狐狸精。」於是李某逢人就說：「我家的房客是狐狸精。」濰縣的頭面人物聽說後紛紛跑到老翁家，願意跟他交朋友。老翁恭恭敬敬地一一接見，只有濰縣縣令要求拜見時託辭不見。李某問老翁為什麼不接待父母官，老翁說：「這位縣太爺前世是頭蠢驢，現在裝腔作勢高踞百姓頭上，實際是個貪財無恥的傢伙。我雖不是人類，卻羞與為伍。」「父母官」既然是頭驢，自然就按驢的道德觀念行事，有草就是娘。蒲松齡在篇末說，希望當官的以驢為戒，求狐狸贊許為同列，道德就可以與日俱進。其諷刺「當路者」手法可謂登峰造極。

17 雙燈

只因有個好名字

〈雙燈〉這篇不怎麼有名，卻很有意思，很好玩。它似乎是寫情緣由天定，但仔細一琢磨，卻能發現蒲松齡寫小說的祕訣，例如人物的命名暗示著人物的命運。這個故事講的是人狐戀。《聊齋》人狐戀經常以女主角的名字為題，如〈辛十四娘〉，這篇卻以〈雙燈〉為題。所謂〈雙燈〉就是一對燈籠。在《聊齋》的眾多故事中，我本來沒太注意到這篇，後來因為一次當代文學會議，我開始關注它。

二〇一〇年，中國作家協會舉行了著名詩人柯岩八十大壽慶祝活動及其創作研討會。柯岩大姐打電話邀請我們夫妻參加。柯岩大姐的老伴兒是《回延安》的作者賀敬之，他們兩位是我們夫妻的長輩兼好友。這兩位當代大詩人，居然還是中央電視臺《百家講壇．馬瑞芳說〈聊齋〉》節目的忠實聽眾，他們曾打電話跟我聊過他們聽我講《聊齋》的感想。我特別榮幸，因為當年上中學就背誦過賀敬之的詩！而柯岩大姐的《周總理你在哪裡》更是不脛而走的詩歌名篇。在跟他們的交往中，我發現，這兩位當代大詩人能寫出那麼好的詩歌，當然是因為他們的聰明才智、生活底子扎實，更因為其學養深厚。柯岩大姐在那次研討會上談到閱讀古典文學的體會時，就提到了《聊齋》中〈雙燈〉這篇不起眼的作品。

她說蒲松齡寫的這兩盞燈籠，在她少年時代給她留下了深刻的印象。我聽了柯岩大姐的講話後，不禁想到，小說好看與否不在立意，而在意境。〈雙燈〉中的詩情畫意，使少女時代讀《聊齋》的大詩人柯岩，直到八十高齡還記著小說情節。

蒲松齡用〈雙燈〉命名小說是想營造一種朦朦朧朧的詩意嗎？小說確實寫到美麗的狐女由雙燈引來，來得突兀而美麗；最後又由雙燈引去，走得衣袖飄飄。一來一去，確實充滿詩意美感，使人過目不忘。

故事開頭寫道，益都岔泉的魏運旺，家中原是世族大家，後來家道中落，沒法供他繼續讀書，到了二十來歲，便跟著岳父學賣酒。有天晚上，魏運旺一個人在酒樓上，忽然聽到一陣腳步聲，似乎有好幾個人，不一會兒，兩個丫鬟提著兩個燈籠，來到他床前，之後一個青年書生領著一位美麗的女郎，站在他床前微笑。魏運旺知道來者是狐狸精，很害怕。青年說：「你不要猜疑。我妹妹跟你有前世的緣分，所以特意讓她來服侍你。」魏運旺看看書生，只見他穿著彩繡輝煌的貂皮大衣，魏運旺自慚形穢，滿臉羞澀，不知道說什麼好。書生領著丫鬟走了，把女郎留了下來。魏運旺細看那女郎，嬌美若仙，很喜歡，但自己又窮又沒地位，不敢說調情的話。女郎看看他，笑了，說：「**君非抱本頭者，何作措大氣？**」意思是，你又不是啃書本的人，幹嗎要做出窮酸秀才的樣子？說完走到床邊，把手伸到魏運旺懷裡取暖。魏運旺這才敢笑，兩人遂相歡好。晨鐘還沒響，丫鬟就來把女郎領走了。兩人又約定晚上相會。晚上女郎果然來了，說：「傻小子什麼福氣啊？不花費一文錢，就得如此佳婦，還每天晚上自個兒送上門來。」魏運旺見沒有外人，便擺上酒跟女郎一起喝，兩人做猜枚遊戲，十次有九次是女郎勝。女郎說：「不如我來握棋子讓你猜，如果讓你握著我猜，你永遠沒有贏的時候。」兩人整個晚上都在玩這遊戲，將要睡覺時，女郎說：「昨天晚上你的被褥又澀又冷，太難受啦。」說完招呼丫鬟抱了被子來，在床上鋪好，都是又香又軟的絲綢。不一會兒，兩人寬衣解帶，女郎的口紅散發出濃郁的香氣。魏運旺覺得當年漢成帝在趙合德的溫柔鄉裡也不過如此。

半年後，魏運旺回到家裡，正在月光下跟妻子聊天，忽然看到女郎穿著華麗的衣服坐在牆頭，揮手招呼他。魏運旺過去，女郎伸手拉他上牆，魏運旺翻牆而出。女郎拉著他的手說：「今天就要和你分手啦。請送我幾步，以表這半年的相愛之情。」魏運旺吃驚地問是怎麼回事，女郎說：「姻緣自有定數，還用說嗎？」兩人說著來到了村外，原來的那兩個丫鬟提著兩個燈籠等著。兩人走到南山高處，女郎跟魏運旺告別，怎麼留也留不住。魏運旺呆呆地站著，看著女郎走遠，只見雙燈明滅，漸漸看不到了。他失落地回到了家。這天晚上南山上的燈光，村裡人都看到了。

〈雙燈〉寫的是帶點兒「杯水之歡」的男女情愛。沒留下名字的狐女大方熱情，開口解頤，個性鮮明，活潑有趣。她給魏運旺提供了溫柔鄉裡的享受，也不要求魏運旺給她什麼。我一直在琢磨，一個賣酒的人，沒什麼背景，也沒多少才智，既沒有寧采臣那樣的鐵骨錚錚，也沒有俊男馬驥那樣的出眾相貌，卻夜夜有美女自己送上門，到底為什麼？憑什

〈雙燈〉

麼？最後我想出來了，因為他有個好名字！「魏運旺」就是「為運旺」。

小說有各種寫法，這樣出人意料的構思，妙不妙？而蒲松齡選擇用姓名決定人物的命運，有些學者提出一些你乍看怎麼也想不出來的解釋，例如有的學者就提出來，辛十四娘是蒲松齡用諧音命名方法命名的，「辛十四娘」就是「心識士娘」，即能判斷讀書人好壞的女郎。這樣的解釋是不是有點兒道理？

一九八〇年代，我在《聊齋》人物命名規律的論文中提到，《聊齋》人物命名非常講究。蒲松齡經常讓他筆下的人物名字暗示其命運。例如，有個故事寫道，某人說他會相面，大家不信，於是把一位貴婦混到許多人當中，對自稱會相面的人說：「吾等眾中，有一夫人在，能辨之焉？」自稱會相面的人從容橫指空中說：「貴人頭上有雲氣環繞。」眾人不由自主看向貴婦的頭上，自稱會相面的人指指那個女子，說：「此真貴人也。」這人很懂心理學，他知道他一說貴人頭上有雲氣，大家就會去看那隱藏的貴婦。所以「刁」是這篇小說的精髓、是人物的姓氏，也是篇名（〈刁姓〉）。還有一個短故事，講一對做生意的老夫妻，老翁八十一，老太太七十八，二人並無子嗣，夢神人相告：「念汝貿販平准，賜予一子。」七十八歲的老太太果然生子。整個情節就是高齡得麟兒，天佑良善，無怪乎小說篇名和主人公都叫「金永年」。

我甚至覺得，蒲松齡就算是用數字命名小說中的人物，也是有一定寓意的。例如：

王六郎，淄川方言「六六大順」，所以他有幸從落水鬼升遷為城隍；田七郎，他是壯士，「七」可以有兩種理解：一是，孔夫子賢弟子稱七十二賢人，《史記．仲尼弟子列傳》有云，「受業身通者七十有七人」；二是，中國俗稱錚錚漢子為七尺男兒，沈約「齊太尉王儉碑」有云，「傾方寸以奉國，忘七尺以事君」，所以名字中帶「七」有男子漢大丈夫之意。

再看幾位不同身分、不同姓氏而名字中帶「九」字的《聊齋》人物，他們不約而同在人生災難中蹉跌滾爬，簡直和《西遊記》九九八十一難之說暗合。例如：

公孫九娘，春秋時諸侯君主的孫子多以「公孫」為姓，意思是王公貴族嫡孫。大家閨秀公孫九娘在「**碧血滿地，白骨撐天**」的場景裡登場，在「**墳兆萬接，迷目榛荒**」的背景下含恨湮然而滅。她的苦難比任何《聊齋》故事中的女主角都要：深重，她身上背負的是家國仇、民族恨，所以她是「九」娘。

《聊齋》賢妾邵女，也叫邵九娘，美麗而聰慧，但是一旦為妾，百無一是，被嫡妻百般凌辱，直到被以赤鐵烙面，受盡「嫡庶有序」的綱常磨難，她的名字裡也有個「九」字。

《聊齋》中有一男性狐狸精黃九郎，他是官場群醜的玩物，喪失了自己的人格，被貢獻給好色高官，他的名字裡也有個「九」字。

這樣推測是不是有點兒鑽牛角尖呢？

中國古代小說自上古神話始，至清初，作品如汗牛充棟，寫法百花齊放。「詞客爭新角短長，迭開風氣遞登場。」蒲松齡博學慎思，在藝術創作的道路上披荊斬棘，開源拓流，像〈雙燈〉這種以姓名謀篇的手法，是蒲松齡窮畢生藝術追求結出的碩果。它是古代小說構思模式的新品種，是蒲松齡對中國小說藝術做出的重大貢獻。在中國古代小說家中，蒲松齡是第一位全面、周密、巧妙地講究人物命名的作家，曹雪芹是第二位。

18 狐諧

意在言外的諷刺

魯迅先生在《中國小說史略》中分析《聊齋》時，那麼多名篇都不引，卻大段地引用〈狐諧〉。受當時的條件所限，魯迅先生不可能剖析出故事的背景，只注意到文字上的講究。行家裡手慧眼識珠，確實，〈狐諧〉是經蒲松齡反覆修改過的，在傳世的《聊齋》手稿中是塗改得最多的一篇，有的地方曾大段刪除重寫，說明蒲松齡對這篇作品真下了功夫，真放在心上。蒲松齡為什麼在〈狐諧〉上下這麼大功夫？因為有些話，他如鯁在喉，不吐不快，卻不便直接說出來，要用點兒策略，搞點兒文字遊戲。我們今天讀這個故事，在欣賞精彩文字的同時，還需要認真思考甚至仔細考證蒲松齡的生平事蹟和思想軌跡，這樣才能較準確地解讀這個故事。

〈狐諧〉表面上是講狐女口才出眾，把打算捉弄她的男士置於被譏罵嘲笑的境地，像古代文人之間互相取笑，是無傷大雅的玩笑；實際上，小說有更深刻的寓意：它是灌夫式「使酒罵座」。蒲松齡罵的是誰？他原來的好朋友孫蕙。若問他如何巧妙地「罵人不吐核」，那可真會叫讀懂的讀者於無聲處聞驚雷了。〈狐諧〉有幾個關鍵人物，一個是狐女，一個是狐女的情人萬福，另外幾個分別是孫得言、陳所見、陳所聞，他們都是萬福的朋友。狐女不斷拿「狐」自嘲，又不斷對幾個客人嘲罵調謔、開口解頤。狐女腦瓜子轉得快，嘴巴跟得更快，思維敏捷，伶牙俐齒，妙語如珠。幾個客人像戰場上的落敗者，望風披靡、潰不成軍。

雖然是借狐罵人，蒲松齡仍然把〈狐諧〉安排成有頭有尾的人情故事。狐女的情人萬福是山東博興人，從小熟讀「四書五經」，家裡比較富有，但二十多歲還沒考中秀才。鄉裡有種壞風氣，總把比較有錢的人報去做里長，忠厚老實的人做這個，常常破產。這一次，萬福恰好被報上去做里長，他害怕了，離家出逃，到濟南找了間旅店住了下來。夜裡，有個女子主動來到他的房間，她長得漂亮，萬福很喜歡她，兩人遂同居。他問女子的姓名，女子說：「實話告訴你，我是狐仙，但我不會害你。」萬福對她深信不疑。她囑咐萬福不要與其他客人同往，此後她每天都到萬福房間來，跟他同床共枕。萬福的日用花銷，都由狐女供給。

住了沒多久，有兩三個相識的朋友來拜訪萬福，整日長談，晚上也不走。萬福不得已，把自己跟狐仙交往的事告訴了朋友。朋友要求見一見狐女。萬福告訴了狐女，狐女對客人說：「見我做什麼？我也是人哪。」聽她的聲音，清脆悅耳，好像近在眼前，然而四處望一望，連個人影都沒有。

客人裡有個叫孫得言的善於開玩笑，他再三請求狐女露面讓大家看一看，還說：「聽到妳嬌滴滴的聲音，真叫人心旌動搖，何必吝惜妳美麗的面容，讓我們只聽到聲音，白白害相思病呢？」這是調戲的話。狐女笑著說：「你倒是個賢孫子，是想給你高曾祖母畫行樂圖嗎？」罵人作「孫子」，是山東人罵人的習慣用語。罵到孫得言頭上，他恰好姓孫，罵得巧妙，引得在座的客人都笑了。

狐女說：「我是狐，請讓我給你們講一講狐狸的典故，都願意聽嗎？」大家都說樂意。狐女說：「過去有個村的旅店裡狐狸很多，常出來騷擾旅客。旅客知道後，互相告誡不要到那個旅店住。這樣過了半年時間，旅店門庭冷落，主人發愁，非常忌諱說『狐』。忽然來了個外國人到旅店住下。主人很高興，不料剛把客人迎進門，就有路人告訴旅客這家旅店有狐狸。客人害怕了，告訴主人，想搬到別的地方去住。主人竭力辯解這裡沒有狐狸，客人才答應不搬。進房間剛躺下，就看見一群老鼠從床底下跑出來，客人大吃一驚，急忙往外跑，喊著：『有狐狸！』主人驚奇地來問，客人埋怨說：『狐狸在這裡做窠呢，怎麼誑我說沒狐狸？』主人問：『你看到什麼啦？』客人說：『我剛才看見的，細細的，小小的，不是狐狸的兒子，就定是狐狸的孫子！』」

狐女說完，舉座客人哈哈大笑。狐女又拿孫得言的姓氏開玩笑，不僅說孫得言是狐狸的孫子，還罵他是老鼠，暗喻姓孫的鼠竊狗偷。玩笑開得巧妙有趣，罵人卻入骨三分。

孫得言說：「既然妳不給面子見我們，我們就留這兒睡覺好啦，誰也別走，耽誤你們倆幽會。」狐女笑著說：「住一夜不要緊，如果小有冒犯，請不要介意啊。」客人怕狐女惡作劇，便一起走了。可每過幾天，他們必定到萬福這兒來一次，找狐女互相笑罵。狐女非常詼諧幽默，每說一句，都讓客人著迷，就是最善於開玩笑的人也說不過她，大家都開玩笑地稱呼她為「狐娘子」。

有一天，萬福大擺酒席，舉行宴會，招待朋友。他坐主人位，孫得言和另外兩位客人陳氏兄弟分坐在兩旁，又在上首安了個座位請狐女坐。狐女推辭說不善於飲酒，大家邀請她入座談話，她答應了。酒喝過幾巡，眾人擲骰子，行「瓜蔓」酒令。什麼叫「瓜蔓令」？不少《聊齋》研究者查史書，都沒查到相應的解釋，也就是說失傳已久，無從考據，只能從字面意思來解讀。有個客人擲了個瓜色，應該罰酒一杯，客人舉起酒杯對著上座說：「狐娘子清醒得很，請替我喝了這杯！」狐女笑著說：「我從不喝酒，願意說個典故，給大家助助酒興。」孫得言立即把耳朵捂起來，說：「不願意聽。」客人都說：「狐娘子如果罵人，就罰酒。」狐女笑道：「我罵狐狸，怎麼樣？」眾人說：「那就罵罵看。」大家都側耳細聽，看狐女怎樣罵狐狸。

狐女說：「過去有個大臣，出使紅毛國（荷蘭），戴著狐腋皮做成的皮帽去見國王。國王見了很驚奇，問：『這是什麼動物的皮毛，這麼溫暖厚實？』大臣說是狐狸皮。國王說：『這東西我從沒聽說過，狐字是怎麼寫的？』使臣上奏國王：『右邊是一個大瓜，左邊是一個小犬』。」狐女說罷，舉座又哄堂大笑。

狐女這是用拆字法，罵孫得言和另外一位陳氏客人，他們恰好坐在萬福的一左一右，因此一個成了「瓜」，一個成了「犬」。山東方言把傻瓜叫「大瓜」。狐女罵孫得言和陳氏兄弟是狗，是傻瓜。但如果細推敲這段話卻有點兒問題，荷蘭國王怎能懂得漢字寫法？顯然是蒲松齡胡編的。

陳氏兄弟，一名陳所見，一名陳所聞。陳氏兄弟看見孫得言被狐女戲弄得很尷尬，就說：「雄狐狸哪兒去了，竟放縱雌狐狸在這兒惡語傷人！」狐女說：「剛才的典故還沒講完，就被一群狗叫聲打斷了，請讓我講完。這個國王看見使臣騎著頭騾子，感到很奇怪。使臣告訴國王：『騾是馬生的。』國王更感到奇怪了，使臣說：『在中國，馬生騾子，騾子生駒駒。』國王細問：『這是怎麼回事？』使臣說：『馬生騾子，是臣（陳）所見，騾子生駒駒，是臣（陳）所聞。』」舉座又是一陣開懷大笑。

狐女先是說剛才的笑話被狗叫聲打斷，罵陳氏兄弟的話是狗吠；接著把陳所見、陳所聞兄弟二人的名字嵌到故事裡取笑。按時俗，直呼人名不太禮貌，讀書人之間互相稱呼須得喊字。而「駒駒」則完全是狐女隨機應變編造的生物名字，因為騾子沒有生育能力，所以「騾子生駒駒」僅是「所聞」。

〈狐諧〉是蒲松齡精心修改的一篇作品。在拿陳氏兄弟開玩笑一段的手稿上，原來的文字也是拿孫得言開玩笑的，有二百多字，蒲松齡在修改時用濃墨把原來的文字抹掉了，現在只能看到有幾處是孫得言的名字，具體寫的什麼話已看不清。估計蒲松齡是想搞點兒障眼法，不能一直把矛頭指向姓孫的，所以出來個紅毛國王和臣所見、臣所聞的玩笑。

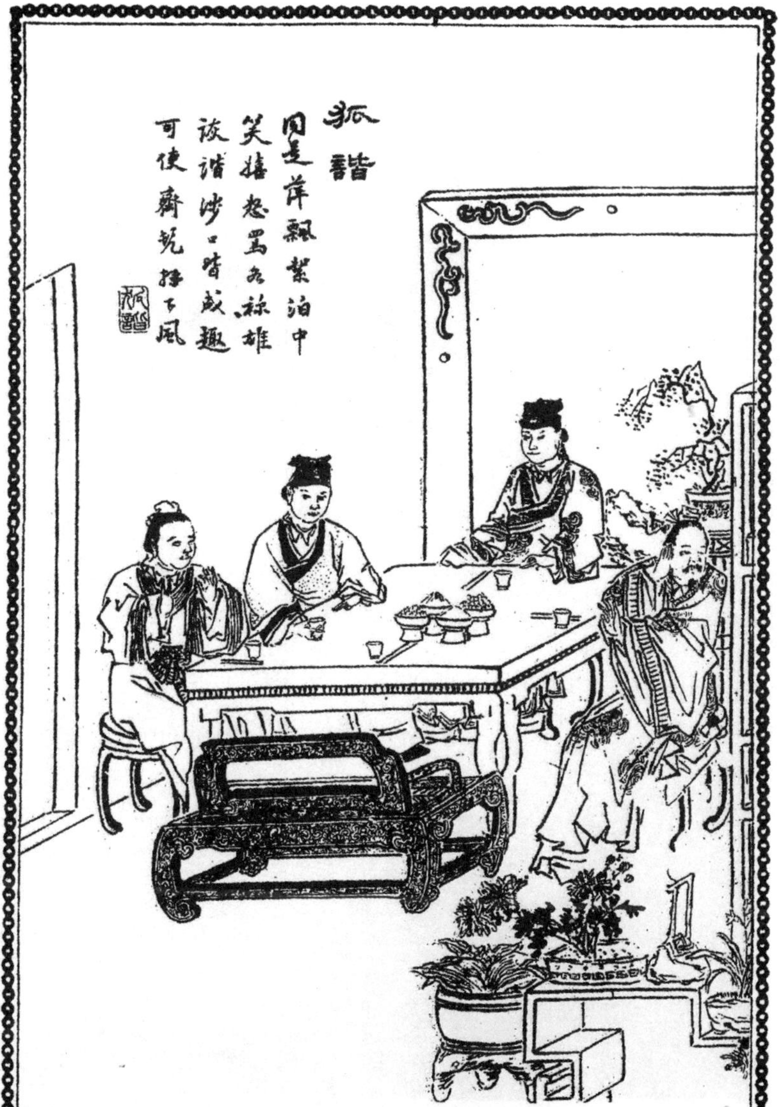
狐諧
同是萍飄絮泊中
笑嬉怒罵各稱雄
詼諧涉口皆成趣
可使齊諧據下風

〈狐諧〉

在一系列似乎都是普通玩笑的話之後，蒲松齡真正想說的話藉由一副對聯說出來了。

眾人知道鬥嘴鬥不過狐女，互相約定：以後哪個再跟狐女開玩笑，就罰做東道主。過了一會兒，酒喝得差不多時，孫得言又戲耍萬福，說：「有個對聯請你對一對。」萬福說：「上聯怎講？」孫得言說：「**妓者出門訪情人，來時『萬福』，去時『萬福』**。」萬福是古代女子見人行禮的動作，一邊略作鞠躬的樣子，兩手鬆鬆抱拳，在胸前右下側上下移動，一邊嘴裡說「萬福」。狐女把陳所見和陳所聞的名字嵌到話裡邊取笑，孫得言以其人之道還治其人之身，把萬福的名字嵌到上聯裡邊取笑，還嘲笑萬福是妓女。在座所有人都想不出如何對才妥貼。狐女笑道：「我有下聯啦。」大家洗耳恭聽。狐女說：「**龍王下詔求直諫，鱉也『得言』，龜也『得言』**。」狐女把孫得言的名字嵌到下聯裡邊取笑，罵他是王八。在座所有的人聽了，都笑得前仰後合，樂不可支。孫得言惱了，說：「剛才跟妳約定的，妳怎麼犯戒？」狐女說：「我確實錯了，不過不這樣對，這副對聯就對不工整了。明天我請客，補償我的過失，向大家道歉。」

〈狐諧〉的主旨是罵姓孫的烏龜王八蛋，當孫得言出對聯「妓者出門訪情人，來時『萬福』，去時『萬福』」後，狐女對上「龍王下詔求直諫，鱉也『得言』，龜也『得言』」，其實對聯對得並不十分工整，上一句《「妓者出門訪情人」》對《「龍王下詔求直諫」》還可以，後一句就不行了，「萬福」勉強可以對「得言」，「來時」「去時」跟「鱉也」「龜也」就對不上了。很懂對聯怎麼寫的蒲松齡，可能還經常教學生對對聯，這次卻顧不得了。因為他必須這麼對，他就是要罵出「鱉也『得言』，龜也『得言』」，這是整篇小說的文眼——把「得言」也就是朝廷言官和鱉、龜聯繫到一塊兒。

接著，蒲松齡繼續把〈狐諧〉當作普通人情小說，給人物關係做了一個了結。過了幾個月，狐女跟萬福一起回家。到了博興縣界內，狐女告訴萬福：「我在這裡有門遠房親戚，很長時間不來往了，路過此地，得去看望一下。天馬上黑了，我們到他家住上一晚上，明天再走吧。」萬福從來沒聽說過這地方有村子，姑且跟著狐女往前走。走了二里多地，果然看到一個莊子，他生平從沒見過，那當然是狐狸精幻化的。狐女前去敲門，一個老僕出來開門。進門一看，重門疊閣，像大戶人家。過了一會兒，萬福見到了主人，是老頭兒和老太太兩人，他們向萬福施禮，請他入座，又擺上豐盛的酒席，對待萬福就像招待姻親似的。萬福和狐女就在這家住下了。第二天早上起來，狐女對萬福說：「我突然跟你回家，怕嚇壞了家裡的人，你先走，我接著就到。」萬福聽了狐女的話，自己先回到家，預先把狐女要來的事告訴了家人。沒多久，狐女來了，跟萬福說說笑笑，人們都能聽到，就是見不到她的人形。

過了一年，萬福又到濟南辦事，狐女也跟著他去了。忽然來了幾個人，狐女跟他們熱情地問長問短，然後她對萬福說：「我本來是陝西人，因為和你有緣分，所以跟了你這麼長時間，現在我的兄弟來了，我要跟他們回家了，不能跟你終生相伴了。」萬福留不住她，狐女就這樣走了。

在這個狐狸精和書生相處的故事裡，絲毫看不到一男一女如何情致綿綿。狐女飄忽而來，飄忽而去，跟蒲松齡寫的其他狐狸精不太一樣。為什麼？因為萬福不過是狐女那些妙語的「托兒」，是蒲松齡的優孟衣冠，蒲松齡借萬福和狐狸精講出壓在心底的話，痛罵當年的朋友孫蕙。

那麼，這兩位當年的朋友為什麼會交惡呢？康熙九年（一六七〇），蒲松齡到寶應給孫蕙做幕賓，此時兩人相處得還不錯。蒲松齡南遊歸家，孫蕙曾向有關官員「說項」，想幫蒲松齡鄉試過關，不過沒達到期望的效果。蒲松齡窮困潦倒，常寫詩向孫蕙訴說襟懷，對孫蕙的感情仍然很深。孫蕙做縣令時能體恤民情，又因和江蘇布政使慕天顏是世交，在「大計」，也就是朝廷對官員的考核中曾得「卓異」評價。康熙十四年（一六七五），孫蕙進京任戶科給事中。「給事中」又叫「給諫」，和御史同屬諫官，俗稱「言官」，也就是「得言」。縣令升給事中，外官變京官，很受重用。康熙十九年（一六八〇），孫蕙又升戶科掌印給事中。官越做越大，排場越來越大，姬妾也越來越多，而蒲松齡卻漸漸和他疏遠了。為什麼孫蕙的官做大了，蒲松齡卻和他疏遠？一個重要的原因就是孫蕙的家人橫行鄉里，百姓敢怒而不敢言，朋友憒懣不便言，耿直的蒲松齡卻毫不留情地給孫蕙寫信，竹筒倒豆子一般將其家人魚肉鄉民的惡行控訴了一番。康熙二十三年（一六八四），父親病故，孫蕙回鄉守制。蒲松齡把一封長達千言的《上孫進諫書》送進孫蕙的豪華別墅萬仞芙蓉齋。

這封信在《聊齋文集》中放在第一篇，說明蒲松齡對這封信很重視。《上孫進諫書》直言不諱：你做諫官有赫赫之名，可喜；向皇帝直言進諫，忠誠可嘉；在家鄉有赫赫之名，可怕。你的家人在家鄉橫行霸道，我是草野之人，對你做官沒發言權，但你們孫家在淄川做了哪些對不起家鄉父老的事，我知道得很詳細，作為老友不能不說。蒲松齡用提建議的方式，層層深入，把孫家族人、僕人的惡行逐一列出。

「一曰擇事而行」：孫府對百姓盤剝，令人忍無可忍，需要有人燒掉孫府的高利貸債券。

「一曰擇人而友」：孫蕙信任無恥小人，入鮑魚之肆，久而不覺其臭，這些人慫恿孫蕙把傷天害理的事當積陰德辦。

「一曰擇言而聽」：孫蕙身邊的人，巧言令色，助長孫蕙作威作福、巧取豪奪。

「一曰擇僕而役」：孫蕙依賴的僕人「如中山之狼」，有「豺狼之性」；鄉中狡獪之徒透過孫家僕人進身，構訟公門，肆行市井，鄉里為之側目，官府為之枉法。

「一曰收斂族人」：孫家人打著「給諫大人」的旗號，在淄川擺出「老子就是淄川太爺」的架式，而孫蕙就是惡行的包庇者和縱容者。

蒲松齡大義凜然地指出孫蕙的行為與他平素愛民的宣言南轅北轍：「先生存心何等菩提！乃使桑梓愚民，聞聲而股栗，誠不知其可矣。」他鄭重聲明：這些事都是我親眼所見，如果不是實有其事，我絕對不會說。蒲松齡知無不言，言無不盡，光明磊落，痛快淋漓！孫蕙沒回信，也沒法回信。不過他還是顧全名聲，曾禁誡族人。蒲松齡不顧情面直言進諫，最終還是影響了二人的關係。自那以後，再也見不到兩人之間的文字來往。康熙二十五年（一六八六），孫蕙死在家中。蒲松齡沒去弔唁，也沒寫悼詩。孫蕙對其妾顧青霞的態度，也引起了蒲松齡的不滿，這也可能是蒲松齡罵孫蕙的原因之一。但言官裡外不一，說一套做一套，像烏龜王八蛋，是蒲松齡的主要意思。

〈狐諧〉用的是中國古代文人的調謔手法。王士禛說：「此狐辯而黠，自是東方曼倩一流。」東方曼倩就是東方朔，他是西漢時期著名的文學家。漢武帝即位，拜為常侍郎中、太中大夫等。他性格詼諧，言詞敏捷，滑稽多智，常在武帝面前談笑取樂。「東方朔」就成了後世詼諧多辯者的代名詞。

作家心裡有話不能直接寫出來，往往會透過小說變形反映出來，對於這一點我有親身體會。一九九七年夏天，我應狄金生學院（Dickinson College）邀請訪問美國，去時自己提著行李箱從濟南出發；回來時我先生居然把我接到首都機場。原來，他到北京參加「中日學者當代小說討論會」，中國作協認為我也該參加，不以學者身分，而是以小說家身分。長篇小說《藍眼睛黑眼睛》、《天眼》的出版，使我成了部分國內外小說研究者的研究對象。我到了討論會現場，發現日本漢學家中沒有熟人。日本的文學研究和中國一樣，「鐵路員警各管一段」，我熟悉的日本漢學家都是搞古代小說研究的。我參加的是日本的文學研究者和當代中國小說家討論會專場。有日本的文學研究者問我：「請問馬教授，您是研究中國古代小說的，為什麼也寫小說？」我說：「改革開放以來，中國高等學校發生了很多變化，我要像巴爾扎克一樣，做『時代的祕書』，把我親自經歷過的大學風雲和人心變化，用小說的形式寫下來，留給後人。」

當被問到為什麼寫小說時，北京作家劉恒的回答給我留下了深刻的印象。他說：「我寫小說，是為了愛現實中非常愛卻不敢真正去愛的人，恨現實中非常恨卻不敢惹的人。」這位小說家說得多麼坦誠！其實，大部分小說何嘗不是如此？不管小說寫的是什麼時代的故事，當小說家使用某些細節刻畫人物時，他在日常生活中的所見所聞，會像鹽溶於水一樣融進小說。小說家喜歡或厭惡的身邊的人和事，會變形進入小說。以今比古，我想，把蒲松齡的〈狐諧〉理解為和孫蕙有關，應該大體不錯。

19 張鴻漸

逡巡人狐間的苦樂人生

張鴻漸是名士，所謂名士，就是在讀書界名氣不小、處世本領卻不大的讀書人。張鴻漸老實而有點兒怯懦，真誠而有點兒迂腐，善良而有點兒軟弱，既不能鐵肩擔道義，又不能呼風喚雨、踢天弄井，更不能運籌帷幄、決勝千里。誠篤儒雅是好人張鴻漸的底色。好人有好報，好人能在危難時刻遇到救星，這是張鴻漸的鴻運。當張鴻漸在現實人生中陷入困境時，幻想世界向他敞開了祥和之門；當官虎吏狼、奸佞小人向他伸出魔爪時，狐仙向他伸出了溫暖的手。

張鴻漸是男子漢，始終得益於兩個女人：美而賢的妻子方氏，美而慧的狐妻舜華。方氏精明睿智，歷練成熟，千方百計維護書生氣十足的丈夫，獨撐家庭重負；舜華聰慧過人、多情多義，幫助張鴻漸度過困境，她對張鴻漸沒有任何要求，表現出狐狸精的超強能力和獨立意識。在封建社會，書生常受官場迫害，這本不足為奇，而蒲松齡把張鴻漸放到了真實與幻想之間，人妻與狐妻之間，離離奇奇，曲盡人情。

〈張鴻漸〉寫追求正義的知識分子如何受官場迫害，苦苦掙扎。張鴻漸是守法書生，卻被朝廷當作罪犯追捕，張鴻漸的東逃西竄是小說主線。

河北永平府盧龍縣知縣趙某貪婪殘暴，在公堂上把范生打死，一同的秀才要到巡撫衙門告狀，求名士張鴻漸寫狀子，並邀其一同參與告狀。張鴻漸答應了。張妻方氏美麗賢慧，勸他說：「大凡秀才做事，可以共同享受成功，不能一起分擔失敗，勝了人人貪功，敗了紛然瓦解，各自奔逃。當今這個勢利世界，對錯都不能用常理判定，你又沒靠山，要是事情真有反覆，危難時誰能救你？」

天下烏鴉一般黑，官官相護，巡撫只會比縣令更貪暴，豈能為黎民申冤？這麼簡單的道理，秀才們看不透，閨中弱女子卻洞若觀火。方氏對秀才群體有深刻的觀察和一針見血的分析；對黑暗時勢有清醒的認識和合理的預測；對丈夫有深切的關懷和深情的擔憂。小說開頭寥寥二百字，就刻畫出了這對夫婦的基本輪廓：張鴻漸書生氣十足，方氏精明睿智，是巾幗謀士。

張鴻漸聽從了方氏的建議，只草擬了狀子，婉拒了秀才們的邀請。秀才們將狀紙遞了上去，結果「**質審一過，無所可否**」。字面意思是：雖未告倒縣官，秀才們也沒招惹什麼罪名，巡撫判斷不出誰是誰非。實際蘊含著的話外音是：上下其手的幕後操作正在緊鑼密鼓地進行。強梁世界，原無皂白，金錢就成為最有力的「語言」。州裡的大官受縣官趙某巨金賄賂，黑白馬上顛倒，「**諸生坐結黨被收**」。秀才們得了個結黨營私的罪名，被抓了起來。由〈張鴻漸〉改編的俚曲《磨難曲》把審案官員受賄的過程寫得更明白，二品大員自稱：「盧龍知縣被那秀才們告他貪酷。我豈不知他貪酷？但他送了一萬銀子，要俺把這些人砍頭充軍，不得不敬從尊命。」

官府抓了告狀的秀才，又要抓寫狀子的人。事態果真按方氏預見的形勢發展著，張鴻漸棄家外逃，急急如漏網之魚。當他進入陝西鳳翔境內時，盤纏已然耗盡。夜晚來臨，眼看就要在曠野面對虎狼環伺，此時有一戶人家的老僕婦私自留他進屋過夜，給了他一個草墊子，囑咐他說：「我可憐客人無家可歸，私自留你住下，天亮前請早點兒走，我怕我家小娘子知道了要怪罪我。」張鴻漸倚著牆閉眼休息，忽然看到有人提著明晃晃的燈籠，原來是老婦領著一個人出來了。張鴻漸匆忙躲到暗處。來者是個二十幾歲的漂亮女郎。她走到門口，看到了草墊子，問老婦是怎麼回事。老婦如實相告，女郎生氣地說：「一家子老的老、小的小，怎麼可以讓一個來歷不明的外人進來！那個人到哪兒去了？」張鴻漸從躲藏的地方出來，跪到臺階下。女郎仔細問完他的家鄉門第，臉色漸漸緩和下來，說：「你是風雅文士，不妨留下，老奴竟不告訴我，草草相待，這豈是接待君子的禮數！」於是讓老婦把張鴻漸領進房，又擺上酒菜招待他，用的吃的，都乾乾淨淨，很是精緻。吃完飯，老婦給張鴻漸鋪好錦緞被褥，請張鴻漸休息。張鴻漸感激女郎，偷偷向老婦打聽女郎的姓名。老婦說：「我們家姓施，太翁和夫人去世了，只留下三個女兒，這是大女兒舜華姑娘。」張鴻漸的詢問是出於人之常情，並無非分之想。這時，小說家似乎閑宕一筆，寫到客房有一本《南華經注》[10]。客房裡有《南華經注》這本書，表面上好像無關緊要，實際起著兩方面的作用：一方面，家有《南華經注》，說明家主並非俗人；另一方面，還能突出張鴻漸手不釋卷的特點。張鴻漸正翻閱著《南華經注》，忽然，舜華推開門就進來了。

張鴻漸急忙丟下書，找帽子和鞋子，準備迎接。舜華伸手把他止住，說：「不需要，不必這麼客氣。」這段描寫把兩個人都寫活了。舜華猝然進門時張鴻漸之所以慌亂，一是因舜華沒敲門就進來了，他尷尬異常；二是因自己冠履不整，很難為情。這說明張鴻漸秉持「男女之大防」的觀念和「慎獨」的態度。他搜覓的是冠、履而不是衣服，更說明他為人拘謹而且很講禮貌：睡在陌生女子家，連衣服都不敢脫；跟人相見時必須衣冠整齊、禮貌周全。一系列細膩、確切、富有分寸感的情態、動作，刻畫出一個在男女關係上持嚴肅態度的儒雅君子形象，也刻畫出他作為受過教育的讀書人的處世態度。很有教養的舜華深夜不經敲門就直接進入陌生男子的房間，說明進來前已有「結秦晉之好」的想法，接著舜華坐到床邊，面紅耳赤地說：「因為你是風雅之士，我想把這個家託付給你，所以才不避諱男女授受不親、瓜田李下的嫌疑。你不會嫌棄我吧？」

逃難期間有此豔遇，豈非天上掉餡餅？張鴻漸偏偏如實交代：「**小生家中，固有妻耳**。」意思是早就娶妻了。舜華笑了，說：「就這一點，也能說明你是個誠懇的君子。這倒無妨。既然你不嫌棄我，明天我就請媒人來說合。」說完，起身要走。張鴻漸探身抱住

10 《南華經》即《莊子》，因為唐玄宗把莊子封為南華真人，後世又把《莊子》叫《南華經》。

她，她就留下了。

窮途遇仙本是浪漫之至的故事，舜華是廣有法力的狐仙，按說，應該明察秋毫，預知張鴻漸的身分和遭遇，不會怪罪老嫗私留「匪人」；應該先知先覺，知道張鴻漸家中有妻。蒲松齡卻寫得如同現實中素不相識的青年男女意外相逢。一個是窮途末路的讀書人，一個是士族人家的當家女，透過從陌生、猜疑，到瞭解、相知再到相愛的過程，這兩個人物被刻畫得生動形象、逼真傳神。張鴻漸的忠厚老實、誠惶誠恐，舜華的聰慧識人、多情多義，都寫得細緻入微、栩栩如生。張鴻漸跟妻子相處時，處於主動地位的是方氏；他和舜華相處時，處於操縱地位的是舜華。張鴻漸是堂堂男子漢，但他跟這兩位女性相處時，卻完全由這兩位女性掌控局面。這也寫出了封建社會有些家庭表面上男尊女卑，實際上女人當家的現實。

舜華天不亮就起來了，她拿出一些銀子給張鴻漸，說：「你拿這些錢出去遊玩，晚上晚點兒回來，免得讓其他人看到。」張鴻漸早出晚歸，一玩就是半年。有一天，他回來得早，到了平時住的地方，卻發現那裡既沒村子，也沒房子。他奇怪極了，正在他徘徊尋找時，忽聽到老婦說：「怎麼回來得這麼早呀！」一轉眼，院落又出現了，跟平時一樣，自己也已待在房裡，他越發奇怪。舜華從裡間走出來，說：「你是不是懷疑我啦？實話對你說，我是狐仙，跟你有前世註定的緣分，如果你見怪，就請分手吧。」張鴻漸留戀她，也就安之若素。

張鴻漸知道舜華狐仙的身分後，首先想到的，是求舜華幫他回家看妻子，這簡直匪夷所思！求現在的妻子帶自己回家看結髮妻子，大概只有老實人才會提出這種要求。他對舜華說：「妳既然是仙人，千里之間應該瞬息就到。我離家三年，想念妻子和兒子，總不放心，妳能帶我回去看看嗎？」舜華似乎不太高興，說：「若論夫妻之情，我覺得我對你的感情夠深了，可是你對著我，想的卻是那邊的妻子，說明你對我的恩愛都是假的。」張鴻漸道歉說：「何出此言？俗話說『**一日夫妻，百日恩義**』。將來我回到家，想念妳的時候，就像我現在想念她一樣。假如我是個得新忘舊的人，那你還喜歡我什麼呢？」舜華笑了笑，說：「我是個小心眼兒的人，對我，希望你永遠不要忘記；對別人，希望你忘記她。」關於這一段的小說原文特別生動，用詞尤其耐人尋味：

> 女似不悅，謂：「琴瑟之情，妾自分於君為篤；君守此念彼，是相對綢繆者，皆妄也！」張謝曰：「卿何出此言！諺云：『一日夫妻，百日恩義。』後日歸而念卿，猶今日之念彼也。設得新忘故，卿何取焉？」女乃笑曰：「妾有褊心，於妾，願君之不忘；於人，願君之忘之也。」

蒲松齡用了個「**褊心**」，而沒用「偏心」，「褊心」帶點兒心胸狹隘、小心眼兒、一門心思只想著自己的意思，比起「偏心」更能表現三角戀關係中人物內心的情感。舜華表現出愛情的排他性，反映了封建時代的女性心理：你要記住我忘了她。但她說這番話時，語氣調皮、溫和、微露酸意，似可窺見舜華倩語絮絮的嬌嗔之態。張鴻漸表露的是愛的「相容性」，是「得新不忘舊」，反映了封建時代的男性心理。他在說這番話時，推心置腹，曲意安撫，似可窺見張鴻漸挖空心思央求舜華的焦急情態。小說寫張鴻漸和狐妻之間的這種微妙關係，寫得很細緻，很合理。

接著，聰明的舜華李代桃僵，變幻成方氏的模樣對張鴻漸的真實心理進行了一番絕妙的考察。舜華說：「你想要暫時回去一趟，這有何難？你們家不過咫尺之遙。」說完拉著張鴻漸的衣袖出門，張鴻漸看到道路昏暗，猶豫著不敢往前走。舜華拉著他走，走了沒多久，就說：「到啦。回家吧，我先回去了。」

張鴻漸果然看到了家門。他從坍塌的牆頭爬進去，看到房間的燈還亮著，走近前敲門，裡邊的人問是誰，張鴻漸說自己回來了。裡邊的人拿著蠟燭打開門，果然是妻子方氏。兩人相見，又驚又喜，手拉著手上床，看到兒子躺在那兒，張鴻漸感慨地說：「我走的時候，兒子才到膝蓋那麼高，現在都長得這麼高啦！」夫妻相互依偎，像在夢裡。張鴻漸對妻子說了這些年的遭遇，問到打官司的事，才知道那幾位秀才有死在監獄裡的，有被發配充軍的。張鴻漸越發佩服妻子的果斷明智。

妻子撲到張鴻漸的懷裡，說：「你現在有了漂亮的新妻，想來不會再惦記我這個獨自睡在冷清被窩裡哭泣的人啦。」張鴻漸說：「我如果不想妳，怎麼會回來呢？我跟她雖然感情很好，但畢竟不是同類，只是因為她對我的恩義難忘罷了。」妻子說：「你以為我是誰呢？」張鴻漸一看，懷中人哪兒是方氏？原來是舜華！用手摸一摸兒子，卻是一個消暑用的竹夫人[11]。張鴻漸慚愧極了，啞口無言。

舜華為什麼幻化成方氏？她是想從張鴻漸口中「挖」出他的真實想法，看在他心裡到底是她的分量重還是方氏的分量重。

張鴻漸急於見到妻子，根本想不到「方氏」竟是舜華幻化的。其實稍加留意，就會發現張鴻漸與「方氏」的會面有許多漏洞：第一，富有社會經驗、精明謹慎過人的方氏，在半夜有人敲門時，竟然只問一句「是誰」就輕率開門，這合乎方氏的個性嗎？當然不對頭，但急於見到妻子的張鴻漸連琢磨一下的心思都沒有，立即沉浸在夫妻久別重逢的熱情當中；第二，張鴻漸和方氏離別這麼久，夫婦見面，妻子既不向丈夫訴度日之難，也不問丈夫逃亡之苦，只有久別重逢的欣喜，而沒有對生活艱難的悲傷和怨懟，這合乎情理嗎？張鴻漸仍是因為跟妻子久別重逢而喜出望外，沒想到這一層；第三，這個「方氏」和原來的方氏不同，原先殺伐決斷、不作小兒女之態的方氏，居然還沒跟丈夫敘寒溫，就「**握手入帷**」、「**夫婦偎倚**」，還要「**縱體入懷，曰『君有佳耦，想不復念孤衾中有零涕人矣！』**」這還是那個像法庭上的精英律師一般給張鴻漸分析官場利弊的方氏嗎？這個「方氏」有幾分天真，幾分任性，幾分嬌憨，幾分狐媚，卻沒有歷練、成熟和憂患意識，也沒

11 編者註：竹夫人是一種東亞傳統的消暑用具，一般是由竹條編織成四周漏空、上下封閉的籠狀物體，或用一段竹子雕刻鏤空，並打通中間的節製作而成。

有經歷過生活磨難的痕跡，沒有對丈夫的深切擔憂和刻骨思念，更沒有獨撐家庭重負的辛勞和幹練。這一切其實都已經在暗示這個「方氏」是假的。

特別有意思的是，這個「方氏」幾乎直奔一個主題：張鴻漸究竟是愛人間的結髮妻，還是愛患難相識的狐妻？而關心這個問題的是誰？正是狐仙舜華。張鴻漸或是歸家心切，未覺察出蛛絲馬跡，或是向來老實本分，缺乏想像力。直待他說出對舜華的感情是「**與彼雖云情好，終非同類，獨其恩義難忘耳**」，舜華陡然現形，張鴻漸才「**大慚無語**」。這段描寫，筆走龍蛇，搖曳生姿。高明的小說家，就是在極其細微、不起眼的地方下功夫，這樣才能寫出水準。

舜華的一次惡作劇考驗出張鴻漸的真心，幸虧張鴻漸誠篤，他即使對著「方氏」，也能坦誠地說出對狐妻恩義的難忘。舜華說：「你的心思我現在知道了。本來應該就此跟你斷絕關係，幸好你還想著我們之間的恩義，勉強可以贖回你的罪過。」過了兩三天，舜華對張鴻漸說：「我如此癡情依戀你，終究沒什麼意思，你天天怨我不送你回家，今天我恰好要到都城去，順道把你送回家。」於是她把床頭的竹夫人拿下來，二人一起跨坐到上邊，她讓張鴻漸閉上雙眼，張鴻漸只覺得耳邊風聲嗖嗖。不一會兒，竹夫人從天上降落。舜華說：「我們從此分手吧。」張鴻漸剛想跟她說句話，舜華已消失得無影無蹤。

張鴻漸悵然若失地站了一會兒，聽到村裡狗叫的聲音，夜色蒼茫，模模糊糊看得見樹木和房子，都是家鄉的景物。他回到家，翻過牆頭，來到門前敲門，一切都跟上次一樣。

方氏隔著門詳細問明白，知道確實是張鴻漸回來了，這才點上燈，邊哭邊來開門。看到張鴻漸時，她哭得頭都抬不起來。張鴻漸還以為是舜華又在搞幻局，又看見床上兒子躺在那裡，一切都像極了上次，就笑著說：「你又把竹夫人帶來啦？」方氏不知道是什麼意思，馬上翻了臉，說：「我盼望你回來，度日如年，枕頭上的淚痕都還在那裡。剛剛見面，你卻一點兒悲傷憐惜的情分都沒有，長的一副什麼心腸啊！」張鴻漸察覺出方氏的感情是真的，這才拉起她的手歎息不已，一五一十地向方氏述說起他這些年的經歷，又問起秀才們的案情是如何了結的。方氏所說，跟上次舜華假扮方氏時所說一模一樣。

假作真時真亦假，張鴻漸先將狐仙誤認為妻子，後又將妻子誤認為狐仙。文筆婀娜，特別有諧趣。張鴻漸二次歸家與首次歸家的寫作層次大不一樣，但同樣筆藏深意。先是寫張鴻漸的聽覺：「**村犬鳴吠**」；再是視覺：「**蒼茫中見樹木屋廬，皆故里景物**」，聽的、見的，儼然家鄉舊物。然後「**方氏驚起，不信夫歸，詰證確實，始挑燈嗚咽而出**」，方氏如驚弓之鳥，不肯輕易開門，慎之又慎，儘量控制感情，完全符合方氏的性格；一旦證實確是丈夫歸來，立即悲情迸發、嗚咽迎出，相見之後，「**涕不可仰**」。上過一次當的張鴻漸偏偏真假不分，「**猶疑舜華之幻弄**」，還將床頭的兒子看作「**竹夫人又攜入**」，結果方氏勃然訓斥：「**妾望君如歲，枕上啼痕固在也。甫能相見，全無悲憐之情，何以為心矣！**」

兩個「方氏」，一真一假，裝扮相同，神態不同；面目相同，心理不同；話語近似，語氣不同。方氏是膽大心細、有遠見卓識、感情內向的秀才娘子，因長期生活在丈夫逃亡、惡勢力窺伺的環境下，如履薄冰，如臨深淵，時時嚴加提防，處處小心謹慎。她有結髮之妻固有的優越感，一旦發現丈夫「不規」的痕跡，就正言訓斥，決不輕言倩語，撒嬌作嗔。舜華雖能幻作方氏模樣，能預知秀才冤案中諸人的下落，能揣摩夫婦久別重逢時的「臺詞」，甚至能周到地將竹夫人化作張鴻漸已長大的兒子，卻唯獨沒有方氏的人生體驗，扮相似真，細揣摩卻假。在張鴻漸的兩次歸家中，蒲松齡把人情寫得絲絲入扣，兩個妻子的個性在對比中越加鮮明。

張鴻漸好不容易和日思夜想的愛妻「**執臂欷歔**」，門外卻有對方氏不懷好意的惡徒虎視眈眈，藉口所謂捉姦對方氏說下流話。當著丈夫之面調戲妻子，稍有血性的男兒都不能容忍，一直對惡勢力採取惹不起躲得起態度的張鴻漸，手無縛雞之力的秀才張鴻漸，這次終於不再退讓，怒目拔刀，殺了惡徒。方氏表示：「**事已至此，罪益加重。君速逃，妾請任其辜。**」方氏真乃令鬚眉汗顏的巾幗豪傑，膽識過人亦思謀過人。方氏欲承擔殺惡徒的罪名，當然是出於對丈夫的深愛，但代丈夫認罪或許又出於「兩害相權取其輕」的考慮：張鴻漸是欽犯，若再犯殺人罪，則萬不能赦；深閨弱女殺惡徒，卻有可能以自衛之名減罪。不管出於何種考慮，一個平時只知道相夫教子、飛針走線的少婦，危難時刻不懼怕，不驚慌，剛毅冷靜，沉著果斷，有指揮若定的大將風度，有敢作敢當的強人氣勢，不啻於家庭頂梁柱、主心骨。而一向優柔寡斷、膽小怕事的張鴻漸，關鍵時刻盡顯男兒本色：「**丈夫死則死耳，焉能辱妻累子以求活耶！**」

張鴻漸自首，被押送京城，路遇舜華，這當然是舜華未卜先知，特意守候在此相救於他。舜華像天才演員一般，煞有介事，把兩個貪財的公差玩弄於股掌之中。她先對著張鴻漸叫「**表兄**」，故意問他「**何至此**」，好像根本不知道張鴻漸的遭遇。點評家戲評：「此狐一生善於搗鬼。」然後舜華對張鴻漸說：「**依兄平昔，便當掉頭不顧，然予不忍也。**」這是對此前張鴻漸的「背叛」拈酸，其實是嬌嗔。接著，她針對公差愛財之心，說要送幾十兩銀子給他們做盤纏，邀公差帶著張鴻漸去所謂「寒舍」（實為高房大屋）休息，把二差灌醉。她用手一指張鴻漸，張鴻漸身上的手銬腳鐐立馬就「嘩啦」一聲脫落下來，舜華拉著張鴻漸同騎一匹馬，飛快地跑了。

狐女舜華眼珠一轉，鬼主意就來了。她對公差說鬼話，對張鴻漸半開玩笑說真話，心細如發，巧舌如簧，暗設機關，請君入甕。聰慧多情、深諳世人心理的狐女形象栩栩如生。

他們跑了一會兒，舜華讓張鴻漸下馬，說：「你就在這裡下吧。我和妹妹約定到青海去，因為你的事耽擱了一會兒。她一定等急了。」張鴻漸問：「咱們什麼時候能再見面？」舜華不回答，再問，她就把張鴻漸推下馬，自己跑了。張鴻漸兩次逃亡脫難，全靠狐女舜華。舜華在張鴻漸落難時，給了他一個溫暖的家；在張鴻漸思念妻子時，大度地送他回家；在張鴻漸落入惡官之手、面臨死亡時，又如及時雨般救他出來。舜華一次次幫助張鴻漸度過困境，卻沒有對張鴻漸提過任何要求，她跟張鴻漸乍離乍合，她本人更是如神

〈張鴻漸〉

龍見首不見尾。二人最後分手，舜華連張鴻漸「後會何時」的問題都不回答，矯若游龍，飄若飛鴻，留下一個美麗的懸念。吳組緗教授題詩曰：「巾幗英雄志亦奇，扶危濟困自堅持。舜華紅玉房文淑，肝膽照人那有私。」

張鴻漸等天亮後一問，原來他到了太原。於是他到城裡租下一間房子教書，託名「宮子遷」。張鴻漸在太原一住就是十年。他打聽到追捕他的事漸漸鬆懈，於是再次往家裡走。經歷了丈夫的逃亡、返家、再逃亡，此時的方氏更加成熟，更加老練，更加有心計。幾乎可以說，張鴻漸還沒進家門，已隱約感到方氏的能力：呈現在張鴻漸眼前的家園，不再像十年前那樣可以踰牆而過，而是「**牆垣高固**」。這看似一般的描述，實際寓含深意：一個沒有男主人的家，非但沒有牆倒屋塌，反而牆垣加高、加固，這意味著什麼？意味著方氏不僅獨自撐起了家庭，且使這個家比男主人在家時還要蒸蒸日上。方氏判斷歸來者確實是丈夫時，雖然「**喜極**」，卻立即假作呵斥聲，似乎來的人是跟隨兒子去府裡應試的僕人。原來兒子經方氏調教成材，到府裡參加鄉試去了。張鴻漸流淚說：「我流離在外幾年，兒子已長大成人，想不到真能繼承咱家的書香門第，可見妳真是煞費苦心啦。」

張鴻漸在家時，白天都藏在屋裡。剛住了幾天，有天夜裡，外邊人聲鼎沸，敲門聲又響又急，還有人問：「他們家有後門嗎？」張鴻漸越發害怕，方氏急忙用門板代替梯子，送張鴻漸爬牆逃走，然後才開門問：「什麼事啊？」原來是兒子中了舉人，報喜的來了。方氏大喜，但張鴻漸已逃走，追不回來了。張鴻漸急不擇路，天亮時跑進了一個村子，想用衣服換吃的。他看到個高門大戶，報喜的條子粘在門上，知道是姓許的人家，剛考中舉人。有個老頭兒出來，見張鴻漸儀表堂堂，文質彬彬，不像騙吃騙喝的，就請他進門，用飯食招待他。老頭兒問他要去哪兒，張鴻漸編了句謊話：「我在京城教書，回家的路上遇到強盜了。」老頭兒就留下他教自己的小兒子。老頭兒是退休京官，新舉的孝廉是他的侄子。過了一個多月，新孝廉帶了個同榜中舉的朋友來，說是河北永平府人士，姓張。張鴻漸暗中懷疑這個舉人是自己的兒子。等看到登載舉人家族情況、父親姓名的「同年錄」，他終於敢確認，張孝廉果然是他兒子！父子相認，抱頭大哭，許老先生給審案的御史寫信送禮，替張鴻漸講情，父子倆才得以一起回家。

〈張鴻漸〉後來被改寫成了五、六萬字的俚曲《富貴神仙》，又被改編成十萬字的俚曲《磨難曲》。長篇俚曲涵蓋了官府腐敗、惡霸橫行、科場黑暗、閨閣教子乃至農民起義等廣泛的內容。張鴻漸是蒲松齡晚年特別關注的人物，是他思考社會問題的支點。從張鴻漸身上可以看出蒲松齡銳利的思想穿透力，也可看出蒲松齡隨年齡增長越發突出的思想局限——對高官厚祿、妻賢妾美、富貴神仙的夢寐以求。《聊齋．張鴻漸》以張鴻漸的兒子中舉這種庸俗的大團圓結尾。《磨難曲》結尾處的《八仙慶壽》愈加酸腐不堪，「一品官尚書郎」張鴻漸「在朝中三十年，拖玉帶上金鑾，子孫又赴瓊林宴。進士還生進士子，翰林又產翰林男，天爺賜了生鐵券」。俚曲裡的張鴻漸替一輩子貧困的窮秀才蒲松齡圓了一個高官厚祿、富貴神仙的白日夢。

小說裡的張鴻漸是《聊齋》人物畫廊中一個逡巡於人狐之間、真幻之間的男性形象，一個有棱有角的讀書人形象。跟他相輔相成的是他的兩位妻子——巾幗謀士方氏和聰慧過人的狐妻舜華。在〈張鴻漸〉這篇小說裡，蒲松齡特別喜歡用一個詞——「逡巡」。張鴻漸第一次隨舜華歸家時「**逡巡不前**」，張鴻漸逃亡十年後二次歸家時「**逡巡東向**」。「逡巡」似乎是蒲松齡給張鴻漸選定的特殊情態。「逡巡」有欲進不進、遲疑不決之意。這是生活在荊天棘地般的社會中弱勢群體真實的精神狀態。張鴻漸逡巡於真實世界與幻想世界之間，逡巡于人妻與狐妻之間，似真非真，似幻非幻，真即是幻，幻即是真，真幻莫辨，虛虛實實，離離奇奇，構成曲盡人情人性人世的妙文。

20 王子安
狐狸精捉弄官迷

〈王子安〉篇幅雖短，意義卻深。正文以誇張的想像力，描繪了王子安垂涎富貴，惹來狐狸精對他小施調侃的故事。名士王子安夢裡中舉、中進士、成翰林，狐狸精謊稱「**報馬來**」，王子安始而懷疑，繼而大喜，接著想「**出耀鄉里**」。狐狸精對利慾薰心者的嘲弄極其精彩。而「異史氏曰」則以親歷者的語氣，對「**秀才入闈**」即秀才參加鄉試的情形，用了七個巧妙而形象的比喻，把讀書人迷戀科舉的情態表現得窮形盡相、入骨三分。〈王子安〉既是構思巧妙、寓意深刻的小說，又是真切描繪人情世態的小品。

東昌府名士王子安多次參加科舉考試，屢屢不中。他這次參加鄉試，想中舉的願望特別強烈。將近放榜時，他喝得酩酊大醉，躺在臥室中。忽然有人來說：「報喜的來啦！」王子安踉踉蹌蹌地爬起來，說：「**賞錢十千！**」家人知道他喝醉了，騙他說：「只管睡你的，賞過啦。」王子安又睡下了。不一會兒，又有人說：「你中進士啦！」王子安說：「我還沒到京城參加考試呢，怎麼就中了進士？」來人說：「你忘了？你已經考完三場啦。」王子安大喜，跳起來，喊道：「**賞錢十千！**」家人又騙他說：「你只管睡就是了，已經賞過了。」又過了一會兒，有人進來說：「你在殿試中經皇上面試，選中了翰林。你的隨從在這裡。」王子安果然看到兩個人站在床前給他叩頭，穿戴整潔華麗。王子安心想：哦，我做了翰林，有了隨從啦。於是他招呼道：「快賞給他倆酒飯。」家人騙他說已經賞了，卻暗笑他醉得厲害。過了一陣子，王子安想：既然做了翰林，不能不出去向鄉親炫耀一番。於是他大喊跟班隨從，喊了幾十聲，也沒人答應。家人騙他說：「你再躺著等一會兒，已經派人叫他們去啦。」又等了好一會兒，隨從果然來了，王子安捶著床大罵：「愚笨的奴才，跑哪兒去了？」隨從憤怒地說：「你這窮酸無賴！剛才跟你開玩笑呢，你還真罵呀？」王子安生氣了，跳起來撲向隨從，打落了他的帽子，自己也跌到床下。王子安的妻子進來了，將他扶了起來，說：「怎麼醉成這樣子！」王子安說：「我的隨從太可惡了，我剛才是在懲罰他，怎麼說我醉了？」王妻笑了，說：「家裡只有我這個老婆子，白天給你做飯，晚上給你暖腳，哪裡來的隨從伺候你這把窮骨頭？」子女也都笑他，王子安的醉意稍稍消退，如夢初醒，才知道之前所有事都是虛幻的。然而他還能記起打落隨從帽子的事，找到門後邊，發現一頂紅纓帽，像小酒杯那麼大，大家都覺得很奇怪。王子安恍然大悟，說：「過去有人被鬼戲弄，今天我卻被狐狸精耍了一把。」

王子安渴望金榜題名的精神狀態其實就是蒲松齡自己的精神狀態。蒲松齡有首詞叫《鼓笛慢．詠風箏》，寫普通的竹子紮成的風箏，借春風之力，頃刻間直上青雲，就像尋常不過的學子借科舉東風做了高官，多少紅塵中人眼紅不已！仕途順利的學子像青天上的風箏得意鳴叫：做官有無窮無盡的好處啊。而我蒲松齡只能跟大家一起，在地面仰著頭看著。我離做高官還有多遠？什麼時候我也能像這風箏，直上青雲？

〈王子安〉

蒲松齡為何如此著迷於做官？因為在科舉制度下，應試做官是讀書人唯一的出路，而在當時做官就擁有了一切。根據〈張鴻漸〉改編的俚曲《富貴神仙》第一回的楔子，就把蒲松齡的人生理想表現得淋漓盡致：

每日奔波條處裡撞，一舉成名四海傳。歌兒舞女美似玉，金銀財寶積如山；一捧兒孫皆富貴，美妾成群妻又賢；萬頃田園無薄土，千層樓閣接青天。大小渾身錦繡裹，車馬盈門滿道看……天爺賜了生鐵券，千年萬輩做高官……

這樣的人生理想，能說它偉大、高尚，還是清高？哪一點也談不上。與行吟湖濱、心懷天下的屈原相比，可謂高下立判。而蒲松齡為這極世俗甚至庸俗的人生理想投入了極熱烈的感情。他用了幾十年的精力想衝開鄉試關，進而向貢士、進士前進，奈何一再遭受失敗，於是他透過自己的遭遇，對科舉制度做了淺層次的思考，寫出了他自己這一類知識分子對科舉的癡迷乃至精神變態，王子安就是典型的例子。蒲松齡至少參加過十次鄉試，他在〈王子安〉中「異史氏曰」部分用了七個比喻，把舉人考試形容到位了：「秀才參加鄉試，有七種樣子：剛進考場時，光腳提著考籃，像乞丐；點名時，考官訓斥，隸卒責罵，像囚犯；回到考試號房，一個個上邊露出腦袋，下邊露出腳丫，像秋末快要凍壞的蜜蜂；等出了考場，神情恍惚，只覺得天地變色，像出籠的病鳥；盼望放榜時，草木皆兵，做夢也幻想考中，想到得志，頃刻間樓閣亭台都有，想到失意，瞬息間骨頭都爛了，這時坐臥難安，像被拴住的猴子；忽然，飛馬來報考場消息，報條裡卻沒自己的名字，於是神情大變，灰心喪氣得要死，像服了毒藥的蒼蠅，擺弄牠也沒感覺；第一次考場落敗時，心灰意冷，大罵考官沒長眼睛，筆墨沒有靈氣，勢必把案頭的書都燒掉，燒了還不解氣，還要撕碎了，用腳踏，用腳踏還不解氣，還要把書丟到髒水裡，發誓再不應試，而後披髮入山，面向石壁，如果再有人把八股文拿來，必定把他轟走；沒多久，氣漸漸平了，求取功名的想法又起來了，像破殼而出的鳩鳥，只好『銜木營巢』，從頭開始。對於這種情況，當局者痛苦得要死要活，旁觀者卻只覺得實在可笑到極點。王子安在頃刻之間冒出千頭萬緒，想來鬼狐對他已偷偷笑了許久，所以趁他喝醉了捉弄他。得志時的情景、滋味，不過就是這麼一小會兒罷了。翰林院諸公，也不過經歷了兩三個一小會兒，而這些滋味王子安一個早上全部嘗到了，這樣說來，狐狸精對他的恩情，跟舉薦的考官的恩情是一樣的。」〈葉生〉、〈司文郎〉、〈于去惡〉、〈王子安〉、〈賈奉雉〉，都是《聊齋》中描寫科舉制度的名篇，都對科舉制度的弊病做了尖銳而有趣的揭露。

蒲松齡有沒有對整個制度產生全面懷疑？我在寫蒲松齡的傳記時發現，蒲松齡到了晚年，因深受科舉制度的荼毒，漸漸能把准科舉制度的「命門」所在。他終於認為，靠這樣的取士辦法，選不出真正有用的人才。康熙四十七年（一七〇八），六十九歲的蒲松齡來到濟南，恰好遇到秀才考試的最後一關——院試。他觸景生情，寫下敘事長詩《曆下吟》五首，描繪院試的陰霾、考生的痛苦，把科舉考試的弊病淋漓盡致地再現出來。《曆下吟》其一是蒲松齡對院試考場鳥瞰式的描繪：入場點名，童生擠得像一堵牆；點名的官員飛揚跋扈，拿鞭子打童生，輕的帽子被打掉，重的被打傷；點名時回應得稍微晚了點兒，官員就像趕羊一樣把考生轟出考場。考場官員喜歡辱罵童生，言詞低俗得超過戲子娼妓，不拿童生當人，將其視若草芥一般。面對這樣的汙辱，童生只能俯首貼耳地忍受著，一切都是為了考中秀才，走上富貴榮華之路。

蒲松齡從半個多世紀裡親眼所見的科考場面出發，對科舉取士制度提出了根本性的懷疑：用這樣不尊重人才、不愛惜人才的方式，靠這些沐猴而冠的考官，從這些忍氣吞聲以求恩寵的士子裡，真能求得像輔佐商湯的伊尹、輔佐周武王的周公那樣的國家賢才嗎？恐怕辦不到吧。這首詩經常被研究者引用：

> 試期聽唱名，攢弁類堵牆。黑鞭鞭人背，跋扈何飛揚。輕者絕冠纓，重者身夷傷。退後遲噭應，逐出如群羊；貴倨喜嫚罵，俚媟甚俳倡。視士如草芥，而不齒人行！帖耳俱忍受，階此要寵光。此中求伊周，亦複可惻愴。

在寫下這首詩的半個世紀前，蒲松齡成為山東頭名秀才；如今，曾給蒲松齡留下美好回憶的院試，竟成了這副德性！《曆下吟》客觀地描寫了山東童生參加院試時受到的侮辱、折磨，描繪了康熙年間考場的真實情況，也反映出蒲松齡經半個世紀的切身體會，對科舉制弊端的新的認識。年近古稀的蒲松齡終於看清，他在其中拚搏了一輩子的「棘闈」，不僅在考場周圍插滿防備考生做弊的棘刺，更是在精神上插滿了毒害讀書人的毒刺！蒲松齡正是從本營壘殺了個回馬槍，才能成為中國古代文學中對科舉制度作出藝術性反映，並且創造出若干典型的大作家。

#【後記】世界短篇小說之王的成王之路

蒲松齡的一生可以用一句簡單的話概括：一個一輩子住在農村的窮秀才，一個寄人籬下的家庭教師。他的一生與孟子所說的「天將降大任於是人也，必先苦其心志，勞其筋骨，餓其體膚，空乏其身，行拂亂其所為也，所以動心忍性，增益其所不能」相呼應。蒲松齡的世界短篇小說之王的成王之路，可謂艱難困苦，玉汝以成。

蒲松齡出生在崇禎十三年（一六四〇）。蒲松齡對自己的出生做了一番神奇的記述：農曆四月十六日夜間，他的父親蒲槃做了個奇怪的夢，夢到一個瘦骨嶙峋的和尚走進妻子的內室，和尚裸露的胸前貼了塊銅錢般大的膏藥。蒲槃從夢中驚醒，恰好聽到一陣嬰兒的哭聲。原來，他的第三個兒子出生了。在給新生兒清洗時，他驚訝地發現，新生兒胸前有塊銅錢大的青痣，跟他夢中所見的病和尚胸前的膏藥大小、位置完全吻合。

蒲松齡認為自己是苦行僧轉世。他的人生確實很苦，他生活貧苦，科舉考試考得苦，《聊齋》寫得也苦。蒲松齡教書一年掙的錢，還不夠大觀園一頓螃蟹宴的錢。蒲松齡最犯愁的是怎樣不讓催稅的人登門。他甚至抱怨說，我種的莊稼怎麼不直接長出幾錠銀子來？

一九九〇年，哈佛大學著名漢學家韓南教授派他的學生蔡九迪到山東大學訪學。她準備以《聊齋》研究作為博士論文的方向。我陪蔡九迪去了蒲家莊，蒲松齡紀念館館長魯童用「蒲松齡寫過的煎餅[12]和蒲松齡常吃的菜」如韭菜炒豆腐、雞蛋煎香椿芽、涼拌曲曲菜、蒸榆錢兒等熱情地招待了我們。蔡九迪這位美國女博士說：「我來中國訪問，吃到了蒲松齡吃過的飯，這是這次訪問期間最大的收穫！」我一邊教蔡九迪怎樣把韭菜炒豆腐卷到煎餅裡，一邊給她講蒲松齡後人曾給我講過的三老祖（蒲松齡）「唐詩待客」的故事。

有一次，蒲家來了幾位朋友，蒲松齡想招待朋友吃飯，但家裡只有六文錢。妻子劉氏發愁，蒲松齡卻說好辦好辦……他叫妻子用兩文錢買一把韭菜，兩文錢買一團豆腐渣，兩文錢買一個冬瓜，再從門前柳樹上掐下一把嫩葉兒，從雞窩裡取出兩個雞蛋，做起菜來。每上一道菜，蒲松齡都說這菜有個別緻的名字：

第一道菜是清炒韭菜，上邊鋪了兩個蛋黃，這叫「兩個黃鸝鳴翠柳」；
第二道菜是焯好的柳葉撒上細鹽，再圍一圈兒蛋白，這叫「一行白鷺上青天」；
第三道菜是清炒豆腐渣，這叫「窗含西嶺千秋雪」；
第四道菜是清湯上漂著冬瓜刻的小船，這叫「門泊東吳萬裡船」。

12 《煎餅賦》是清代文學家蒲松齡的一篇著作，文中主要考證了煎餅的歷史演變，也記述了三百年前魯中地區製作食用煎餅的狀況，對研究淄博飲食具有重要意義。

美國女博士聽到這樣的「蒲家菜」做法，想到世界短篇小說之王竟然就吃這樣的菜，非常感慨。蒲松齡窮而後工，在這樣困苦的生活環境中，他才能觀察到老百姓的痛苦，寫出《聊齋》名篇中的〈官虎吏狼〉。

蒲松齡參加科舉考試，一開始很成功。他十九歲就在縣、府、道三試中名列榜首，成為山東的頭名秀才。但當他信心滿滿地去考舉人，考了十次以上，卻都名落孫山。三十一歲時，他到江蘇寶應縣給老鄉孫蕙做幕賓，一年的幕賓生涯對他來說非常珍貴。這是他僅有的一次親歷官場，也使他在那兒認識了夢中情人顧青霞。他的這位夢中情人對《聊齋》愛情故事的產生起到了舉足輕重的作用。著名《聊齋》愛情故事〈嬌娜〉、〈連瑣〉、〈宦娘〉中，都有顧青霞的影子。蒲松齡從寶應回來後，繼續參加科舉考試。有兩次他幾乎考上舉人，但都落榜了。康熙二十六年（一六八七），四十八歲的蒲松齡再次參加鄉試，拿到考題後，他覺得很有把握，寫得很快，回頭一看，天塌地陷！原來他違犯了書寫規則。科舉考試有嚴格的書寫規範，必須按照頁碼連續寫。蒲松齡下筆如有神，寫完第一頁，飛快一翻，寫到第三頁上了，這就叫「闈中越幅」，不僅會取消本輪考試資格，還要張榜公告，是件很丟臉的事。過了三年，蒲松齡又參加舉人考試，再次落榜。他一直考到了六十三歲，所以他在詩歌裡說：「三年復三年，所望盡虛懸。」因為親歷了多次科舉考試，他對於考場的舞弊現象有著非常深刻的瞭解。所以蒲松齡成為中國古代文學史上第一個向科舉制度全面開火的作家。他寫出了很多關於科舉考試的名篇佳作，例如〈葉生〉、〈司文郎〉、〈于去惡〉、〈賈奉雉〉、〈胡四娘〉等。

《聊齋》是從什麼時間開始寫的？據我考證，蒲松齡應該是二十幾歲就開始寫了，整整寫了一輩子。一直到六十多歲，他都還在繼續修改和撰寫新篇目。他最要好的朋友認為寫《聊齋》妨礙他求取功名，寫詩勸他「聊齋且莫競談空」，但蒲松齡仍堅持寫。他四十歲時，《聊齋》初步成書，他也得到一個比較好的教書工作，在王村西鋪畢家。畢家世代高官，主人畢際有支持蒲松齡寫小說，最關鍵的是，畢家有數萬卷藏書，給蒲松齡提供了豐厚的學術滋養。《聊齋》故事好看、好玩、有趣、耐讀，和《聊齋》文化含量高有很大的關係，而這又和蒲松齡博覽群書有密切聯繫。蒲松齡讀書破萬卷，經史子集、雜史小說、曆算天文、園林種植、醫藥民俗……沒有他不讀的，他總是從前人的書裡找有用的東西，活學活用，推陳出新，變腐朽為神奇。在西鋪教書的三十年裡，蒲松齡花了大力氣，要《聊齋》出新、出奇、出絕招。據我考察，《聊齋》小說能從前人的作品中找到原型的大概有百篇，也就是說，《聊齋》中有不少篇幅是蒲松齡從唐傳奇、六朝小說、歷史書裡找到的素材，經過精心構築後成為《聊齋》故事，其中有幾十篇成了膾炙人口的名篇，例如〈畫皮〉、〈勞山道士〉、〈香玉〉〈促織〉、〈種梨〉等。這些篇目都非常有名，且都是改寫自前人的作品，真可謂點鐵成金。在我看來，蒲松齡算得上古代最愛講故事也最會講故事的小說家，也算得上最有思想藝術追求又最有文采的小說家。《聊齋》還有詩化的特點，它不僅超越了六朝小說，也超越了唐傳奇。唐傳奇是由若干個進士共同創造的，《聊齋》是一個窮秀才自己創造的。

在中國文學史上，《聊齋》短篇之最的地位無人可以撼動，而在世界文學範圍內，蒲松齡同樣是當之無愧的短篇小說之王。學術界通常認為十九世紀西方三大短篇小說家是俄國的契訶夫、法國的莫泊桑以及美國的歐・亨利。歐・亨利的影響相對小一些。高爾基認為契訶夫的成就超出莫泊桑，這個觀點是被學術界普遍接受的。我把契訶夫和蒲松齡簡要地做個比較。

契訶夫（一八六〇－一九〇四）是俄國批判現實主義的傑出代表，他的《變色龍》、《凡卡》、《帶閣樓的房子》、《套中人》等，均是世界小說名篇。可惜疾病過早地奪去了契訶夫的生命，他僅活了四十四歲。而蒲松齡活了七十五歲，終生磨一書，寫《聊齋》就不止四十四年。不管是黑暗時世、科舉風雲，還是家庭婚姻，《聊齋》無不涉及。除了寫現實生活，《聊齋》還天馬行空地把神、鬼、狐、妖、夢幻、離魂等構思推向極致。可以說，《聊齋》神有「神彩」，鬼有「鬼魅」，是古代風姿綽約的「精靈」集結號，是姹紫嫣紅的愛情百花園。《聊齋》中的小說不論數量，還是構思、描寫手法，都比契訶夫的小說更博大精深。而且蒲松齡生活的年代比契訶夫整整早兩個世紀！特別是，蒲松齡是站在中國文化史的肩上寫作的，從六朝小說到唐傳奇，從《詩經》、《楚辭》到唐詩宋詞，從六經到戲劇稗史，無不為《聊齋》所用。讀一本《聊齋》就能濃縮性地瞭解中國文化。

關於蒲松齡，有兩個流傳得很廣的說法。一個是蒲松齡曾在柳泉擺茶攤，請人喝茶講故事，回到家加工，以此寫成《聊齋》。這個說法來自《三借廬筆談》，魯迅先生早就認為不可靠了。「蒲松齡擺茶攤」從未見於蒲松齡自己及其後人的記載，蒲松齡一直在富貴人家坐館，哪有空閒到柳泉擺茶攤聽故事？不過，蒲松齡總是有意識地向朋友收集小說素材。這就是《聊齋自志》說的「喜人談鬼，聞則命筆」。

還有一個流傳得很廣的說法是大文學家王士禛想收購《聊齋》的署名權。這是一樁幾百年的冤案。實際情況是：蒲松齡在西鋪畢家做家庭教師時，山東檢察使喻成龍透過淄川縣官把蒲松齡請到濟南，想用一千兩紋銀（相當於蒲松齡全家五十年的生活費）交換《聊齋》的署名權。但蒲松齡沒有接受。王士禛官至刑部尚書，他和蒲松齡是文字之交的朋友，他曾借閱《聊齋》手稿，寫下三十六條評語，還留下一首詩：「姑妄言之姑聽之，豆棚瓜架雨如絲。料因厭作人間語，愛聽秋墳鬼唱時。」蒲松齡希望王士禛給《聊齋》寫序，從而提高本書的知名度，王士禛最終沒寫。臺閣重臣給窮秀才的「鬼狐史」寫序，是需要點兒勇氣的。有趣的是，歷史常跟人開玩笑，清初文壇盟主王士禛不肯給《聊齋》寫序，而蒲松齡卻靠著艱苦努力創作出的《聊齋》，贏得了「世界短篇小說之王」的稱號。反觀王士禛，其在現代讀者群體中知名度比較高的作品，竟然就是這首《戲題蒲生〈聊齋志異〉卷後》。

蒲松齡在西鋪畢家做了三十年家庭教師，七十歲才回到自己家，七十二歲，「排隊挨號」取得貢生功名，終於可以做官了。什麼官？儒學訓導，相當於縣中學副校長，但他這個儒學訓導前邊還有個修飾詞：候補。也就是說，還要排隊，等到排在他前邊的人都安排完了，他才能做這個比七品芝麻官還要小得多的官。直到他去世，他兒子給他寫的傳記上仍然備註的是「候補儒學訓導」。我們現在看到的蒲松齡畫像，穿的是貢生服裝。蒲松齡在畫像上有親筆題詞，擔心穿這樣的衣服為後世怪笑。

康熙五十四年（一七一五）正月二十二日，蒲松齡在清冷的書齋依窗危坐而卒，享年七十五歲。苦行僧入室出生的蒲松齡，像高僧坐化，離開了人世。

一九七〇年代末，我開始考察蒲松齡的生平，準備給他寫傳。一九七九年，我去看了蒲松齡墓，墓的旁邊有棵柏樹，有人剝掉樹皮，在樹幹上寫了首打油詩：「失卻青雲道，留仙發牢騷。倘若中狀元，哪有此宇廟。」跟我一起去的山東大學中文系著名訓詁學家殷孟倫先生說：「這歪詩倒有幾分道理。人哪，總是生於憂患，隳於安樂。艱難困苦，玉汝以成。」中國古代有多少狀元、多少進士、多少蒲松齡夢寐以求的舉人？他們成千上萬，都被荒草黃土湮沒了，而寫《聊齋》的窮秀才蒲松齡的名字，卻以金字寫進了中華文明

【有意思的聊齋】
當代大師馬瑞芳品讀聊齋志異＿狐卷

作　　者　馬瑞芳
美術設計　莊謹銘
內頁排版　高巧怡
行銷企劃　蕭浩仰、江紫涓
行銷統籌　駱漢琦
業務發行　邱紹溢
營運顧問　郭其彬
責任編輯　林芳吟
總 編 輯　李亞南
出　　版　漫遊者文化事業股份有限公司
地　　址　台北市103大同區重慶北路二段88號2樓之6
電　　話　(02) 2715-2022
傳　　真　(02) 2715-2021
服務信箱　service@azothbooks.com
網路書店　www.azothbooks.com
臉　　書　www.facebook.com/azothbooks.read

發　　行　大雁出版基地
地　　址　新北市231新店區北新路三段207-3號5樓
電　　話　(02) 8913-1005
訂單傳真　(02) 8913-1056
初版一刷　2025年6月
定　　價　台幣380元

ISBN　978-626-409-107-7

國家圖書館出版品預行編目 (CIP) 資料

當代大師馬瑞芳品讀聊齋志異 . 狐卷 / 馬瑞芳著 . -- 初版 . -- 臺北市 : 漫遊者文化事業股份有限公司出版 ; 新北市 : 大雁出版基地發行 , 2025.06
面；　公分 . -- (有意思的聊齋)
原簡體版題名 : 马瑞芳品读聊斋志异 . 狐卷
ISBN 978-626-409-107-7(平裝)
1.CST: 聊齋誌異 2.CST: 研究考訂
857.27　　114005991

清工筆彩繪插圖《聊齋圖說》之〈紅玉〉（二）

清工筆彩繪插圖《聊齋圖說》之〈小翠〉（一）

清工筆彩繪插圖《聊齋圖說》之〈小翠〉（二）

清工筆彩繪插圖《聊齋圖說》之〈小翠〉（三）

清工筆彩繪插圖《聊齋圖說》之〈鳳仙〉（一）

清工筆彩繪插圖《聊齋圖說》之〈鳳仙〉(二)